古今名作品鉴

王美春　著

九州出版社
JIUZHOUPRESS

图书在版编目（CIP）数据

古今名作品鉴 / 王美春著 . -- 北京：九州出版社，
2019.8

ISBN 978-7-5108-8205-0

Ⅰ . ①古… Ⅱ . ①王… Ⅲ . ①中国文学 – 文学欣赏
Ⅳ . ① I206

中国版本图书馆 CIP 数据核字（2019）第 163277 号

古今名作品鉴

作　　者	王美春　著
出版发行	九州出版社
地　　址	北京市西城区阜外大街甲 35 号（100037）
发行电话	（010）68992190/3/5/6
网　　址	www.jiuzhoupress.com
电子信箱	jiuzhou@jiuzhoupress.com
印　　刷	北京亚吉飞数码科技有限公司
开　　本	787 毫米 ×1092 毫米　16 开
印　　张	18
字　　数	233 千字
版　　次	2020 年 3 月第 1 版
印　　次	2020 年 3 月第 1 次印刷
书　　号	ISBN 978-7-5108-8205-0
定　　价	86.00 元

序

一、生命的奇遇

自从几年之前，生了一场大病之后，感觉自己的整个生命都变了。

深感人生无常，经常感叹生命真的是一场奇遇。

每个生命的诞生，都是一个奇迹。那么，每个生命的存在，当然也是一个奇迹。没错，你只要活着，就是一个奇迹！

如此说来，每个人都是一个传奇的存在了。

你喜你忧，你悲你乐，你肤浅你深沉，你朴素你华贵，都是你传奇中的一个片段。无可复制，也无法回放，生命，就是这么一个一直向前的过程。每个人最后都会走到那个终点，优雅地走也好，沉重地走也罢，没有例外，大家最终都会走到自己生命的终点。

明白了这些，也就没有那么介怀了。很多的事，很多的人，无非是因缘和合的结果。缘来则聚，缘尽则散，如此简单，仅此而已。

大道至简，简素，是生命的一种境界。

奢华无度，纵欲享乐的人是一生；至简淳朴，克制节欲的人也是一生。哪一种更好呢？多少哲人参悟这个命题，答案无非是：适合自己的，就是最好的；顺其自然即可。

每天早上醒来，看到明媚的阳光，心中常常欢喜，呀！又是新的一天，美好的一天，是自己生命中比起以后的日子最年轻的一天，当然是开心的啦。看花开花谢，看日升日落，听风起风停，观云聚云开，不知不觉，生命已进入人生的下半场了，不由得更加珍惜当下的每一天。

运动场上欢乐的人们，菜市场上水嫩的青菜水果，夏日树荫下聚精会神对弈的老者，早起晨读的莘莘学子们，养了多年终于开花让主人惊艳的君子兰，在上水石旁努力挣扎存活的那条小鱼，刚从睡梦中醒来睁开圆溜溜的黑眼睛甜甜地看着你的娃娃……这一切，是多么的亲切和让人留恋。

生命如此短暂，每个遇到的人都是奇遇。

生活如此无常，每个发生的事情都是传奇。

那对经常吵架至深夜的对门夫妻，请相信因果，调整心态，善待彼此。生活如此艰难，何必难为自己和对方，伤了别人也损了自己。

那位 80 高龄依旧康健、开朗、乐观的老人，请保持这种状态，为我们做个榜样。

那位体态婀娜、能歌善舞、明眸善睐、矜持端庄的美妙女子，请让我来猜一猜，你来自哪里？去向何方？你可有心仪同行的人了吗？

那位浓妆艳抹、深夜站街的女郎，请你珍惜自己，生活不易，请怜爱自己。

那位玉树临风、利落潇洒、彬彬有礼的魅力男子，还是请你故作神秘吧，让少女们留点遐想的空间。

山河如此壮美，江湖如此多娇。

愿每个人都能活成自己喜欢的样子，都能经历让自己满意的传奇。

愿你的传奇中有歌，愿你的生命中有你喜欢的。

愿有情人终成眷属，愿苦心人天不负。

愿宇宙和平，世界圆满。

愿天遂人愿，众生幸福。

愿岁月静好，花好月圆。

二、洒水施肥　静待花开

年轻的时候，大多数人可能比较浮躁，追求生命的壮阔和华美,不甘平凡,追名逐利。当半生过去,心态沉淀下来,很多人事往往又有了另一种解读。

不再羡慕那些浮华和浮夸,观日月星辰变化,看江河湖海风波,肉身的人类真的很渺小,渺小到不及一棵树的寿命长久,脆弱到不及一颗石子耐受时光的打磨。

四季的更替轮转,昼夜的轮回变换,天地的亘古长久,阴阳的和谐共生,都让人感叹造物主的神奇莫测,不由得升起一种恭敬谦卑之心。

佛说:生死疲劳,由贪欲起。少欲无为,身心自在。戒掉贪、嗔、痴、慢、疑,一念放下,万般舍得。诸恶莫作,众善奉行。

观宇宙之宏大,始知人类之渺小。

在现实生活的重重重压之下,也许很少人还有心情去读一首年轻时喜欢的诗作。但饶是这样,也还是有无数人喜爱读书。读书的意义就像贫乏现实生活中的一道光,就如一个疲惫的人在寂寞旅途中听到的音乐,它们或空灵或奔放,或婉转或昂扬;总之,会让你觉得旅途不再寂寞,生活不再凄苦,奔波不再辛劳。这是生命之光!这是沙漠绿洲!

忙忙碌碌、蝇营狗苟,还是快乐逍遥、淡泊宁静,这取决于个人的生活态度,也是各人造化。不管天地风云如何变幻,世间万物从来都有因果。见了天地,见过自己,遇见众生。世事虽然无常,总有因果可循。

恶缘有恶因。善因结善果。慈悲喜舍。悲天悯人。众生得度。

明白这些,养花人只需洒水施肥,然后静待花开就好了。

做好自己。无须疑虑。无须彷徨。

思想独立,精神独立。

三、开启灵魂的钥匙

清晨,饮一杯白开水,打开喜欢的书籍,精神便丰盈起来。

阅读是对外部世界的开发,也是对自己生命和灵魂的挖掘。

好的书籍可以鼓舞人的智慧和心灵，但茫茫书海，真正与我们有缘的只是一小角；名作如林，真正属于我们的也只是不多的几十本。生命旅途中，为自己选择几本值得用终生领悟的书籍，将有助于对自我人生方向进行谨慎、周密的把握。

古今名作如同那些经历千万年风霜洗礼而风姿依旧的古迹，如同一株永远不会停止生长的千年古树，会呈现永不褪色的神秘风光。不谙世事的孩子眼中，名作中多的也许是新奇和知识；不惑之人读之，多的或许是感悟；风烛残年时再读，多的则可能是追忆、通透和感悟。

书香氤氲中，漫步哲思、美学的长廊，清风、明月、诗文，一切皆澄澈清明。打开尘封，倾听历史的钟声，回视千年华夏，从战国时期的刺客身上，竟然发现历史上文人与侠客间有千丝万缕的联系；三国时期的战略管理风采，丝毫不逊色于现代企业中的战略管理；万历前期的繁荣是明王朝的落日辉煌，清王朝的"康乾盛世"可谓中国整个封建社会的落日辉煌；司马光在《资治通鉴》中真诚地讲述着他所理解的治国之道；马克思则用他的《资本论》启发了一代代有理想、有抱负的人……

穿越时空的冉冉隧道，走进名作中的人物，这些人正以自己的方式活着、爱着、欢乐着、忧虑着、奋斗着……崔莺莺在西厢房寻觅着她的真爱；简·爱在罗彻斯特远隔千里的呼唤中滴下真挚的泪水；美丽自尊的林黛玉，在宝玉和宝钗的婚礼乐曲中黯然神伤，香消玉殒；罗密欧与朱丽叶为了守卫爱情，饮鸩而亡；处在宿命和人生边缘的哈姆雷特，为维护人的基本尊严，挥起了复仇之剑；贵族聂赫留朵夫玩弄了纯洁的女孩玛丝洛娃，使之沦落为妓女，但他们善良的人性最终复活了；爱丝梅拉达用美和真诚举起一把火炬，照亮了卡西莫多美丽的灵魂；杀父娶母的俄狄浦斯王，以刺瞎双眼的沉重代价抵消了自己亵渎神灵的罪过；刚正不阿的斗士于连·索雷尔虽桀骜不驯，但力量太单薄，只好带着不屈的灵魂匆匆入了棺木；少安和少平在希望与绝望、幸福与痛苦的平凡世界里，真诚、努力地追寻着生活之梦。

　　饱经沧桑的老人桑地亚哥在生与死、人与自然、爱与被爱、控制自己与机体失控、摧毁与求生存的较量中，以血肉之躯告诉我们：人，可以被毁灭；但，不能被打败。在南美的甘蔗园中做苦力，在杂耍班子经受灵与肉的践踏，运军火最终走向刑场的牛虻，则以饱经忧患、意志坚强、机智勇敢的革命者形象告诉我们：暴力可以砍掉一个人的头颅，却无法砍掉他灵魂的高贵；肉体可以腐烂，精神却可以穿越时空。自由灵魂的精神领袖约翰·克里斯多夫把音乐带给人类，这位尘世的普罗米修斯给绝望者带来希望，给征服者带来勇气，给苦难者带来欢乐，给前进者带来力量。

　　荒山之恋如一面肃穆而醒目的蓝旗，独树一帜，散发出忧郁、凄美、诗意的气息。鲁滨逊在长达 28 年的与世隔绝的荒岛生涯中，经历了数不清的磨难：地震、旱灾、疾病……但这些都未让他气馁，凭借双手和智慧，他创造了属于自己的小家园，迎接大自然的种种挑战，不惧来自生番、野人的威胁，终于成功地离开了孤岛返回到社会中。活力充沛的年轻水手爱德蒙·唐代斯本来诚实正直，有一个漂亮的未婚妻梅塞苔丝，但就在他们即将举行婚礼时，唐代斯的好友费南德为夺得梅塞苔丝设计将其陷害，从此，唐代斯历经炼狱 14 年，走向基督山伯爵的报恩和复仇之路……

　　在现代世界，名作的特殊魅力也许就是振奋人心，提醒我们记住勇气、荣誉、希望、自豪、同情、怜悯之心和牺牲精神。名作就像光芒四射的烛光，把人生之路照得耀眼通明；来者从光亮中认识了人生的意义，去者如蜡烛燃尽，照亮了别人。

　　品名作，亲经典，识美善。

　　仰之弥高，钻之弥坚。

　　仰观古今名作，伴随着深厚的文化积淀，我们低头走自己的路。

　　仅此，以为序。

目　录

《山海经》

一、《山海经》的来龙去脉

《山海经》是一本风格独特的奇书、怪书。此书分《山经》5篇和《海经》13篇，虽仅有3万多字，但就内容而言，从天文、地理、神话、宗教，到民族、动物、植物、矿产等，天南海北，包罗万象，是研究上古时代绝好的宝贵资料。然而，由于它所述多奇诡怪异之事，常被人斥为荒诞不经，所以，《山海经》的书名虽最早见之于《史记》，但直到汉成帝时，刘向、刘歆父子奉命校勘整理经传诸子诗赋，才将它公之于众。

刘歆将原来流传的32篇的《山海经》，整理校定为18篇的《山海经》，今天看到的各种版本《山海经》均由它而来。但是，刘歆校定的18篇的《山海经》原版，以及他依据的32篇的《山海经》原版，早已失传。《山海经》在汉代流行一阵后，便归于寂寞。大约300年后，东晋学者郭璞对《山海经》进行了全面的校订和注释，从此《山海经》又重新流传于世，至今不衰。

《山海经》是记录中华民族文明与文化起源和发展的最珍贵的历史典籍之一，它是一种与金字塔、兵马俑同样重要同样有价值的人类文化遗产。《山海经》问世之后，围绕其内容、作者、成书时间的争论一直没有停止，众说纷纭，酿成学术界中千年未解的悬案。

《山海经》的作者，有人说是楚人，有人说是中原人，还有人认为是"海外人士"。按照刘向、刘歆父子和东汉王充的"正统"说法，《山海经》的作者是大禹和伯益，但人们在《山海经》中却找到

了发生在大禹和伯益以后的史实,因此这种说法受到了质疑。于是,《山海经》的作者便成了众多学者考证的对象,种种假说纷纷而出。近代多数学者认为,《山海经》不是出自一人之手,也不是作于一时,其成书年代在春秋战国时期或秦汉之际。

一些学者,特别是国外学者对《山海经》的内容进行了仔细分析和研究后,将追踪作者的视角向国外延伸,得出结论说,《山海经》的真正作者可能是外国人。法国汉学家马伯乐认为,《山海经》是受到公元前5世纪外来的印度和伊朗文化的影响而成。其言下之意,暗示《山海经》的作者可能是印度人或伊朗人。而香港学者卫聚贤进一步明确《山海经》的作者为印度人隋巢子。苏雪林提及《山海经》时,又把作者的属地推向更西更远的巴比伦;还认为《山海经》也可能是邹衍的讲义,由其弟子笔录,但记录者并非一人。美国学者认为,《山海经》中有对美洲大陆的精确描写。

对《山海经》作者的争论,反映了此书在历史、地理、文学、动植物学等诸多领域内有着重要的学术价值和地位。这一疑案的彻底破解需要时日。现在看来,历史学家凌纯声的看法可能比较符合实际,即《山海经》是以中国为中心,东及西太平洋,南至南海诸岛,西抵西南亚洲,北到西伯利亚的一本《古亚洲地志》,它记述了古亚洲的地理、博物、民族、宗教等诸多宝贵的资料。

二、千奇百怪神话渊薮

《山海经》是中国古代的一部怪书,是记录古代传说中的地理知识的书,共有18篇。全书分《山经》和《海经》两部分:前者有《五藏山经》5篇;后者有《海外经》4篇,《海内经》5篇,《大荒经》4篇,共13篇。《山经》大多记载山川地理、祭神的典礼仪式和所用之物,中间也写到众山神的形貌、职司和神力。《海经》大多记载海内外的奇风异俗及神奇事物,内容丰富多变,充满奇幻色彩。

《山海经》以描述各地山川为纲,记述了许多当地的神话传说,是我国古代一部最古老的文化典籍。该书主要介绍了我国的民族、山川、河流、物品、医药等方面的知识；介绍了中华腹地的山川宝藏，特别是一些异鸟怪兽、奇花异石。其中传说中的海外异国，如双头国、三首国、女子国、大人国、小人国等，更是奇中有奇。《海内经》介绍了海内各国的风俗习惯和上古的一些珍贵动物，介绍了古代的一些传说，语言生动，情节离奇。《大荒经》介绍了大荒外的风土人情、历史典故、奇风异俗等，令人爱不释手。此外，《山海经》还介绍了上古的天外来客、异邦奇闻等。

《山海经》首先是一部有关古代自然地理的书。书中记载了500多座山、300条水道。每记一山，一般都要说明它在另一个山的什么方向，相距多少里程，有什么物产，有什么河流发源，流向何处。但是，由于古今地名的变化，古人测计方位与里程的不准确，简策和文字的错乱，不同作者因所处方位不同而指向不同，书中有些后人不知道的非常古老的地理观念等原因，作为地理书的《山海经》，十分难读。

《山海经》还是一部有关古代历史地理和氏族世系的书。其中记载了约100个邦国，并记述了这些邦国人们的形状、民族来源，以及他们的生活食料。全书记载人名140多个，大部分都叙述他们的传代关系，其中属于帝使后裔的最多。《山海经》对研究上古史有一定史料价值。当然，从严格的地理学的观点看，《山海经》所记的古国，有许多是荒唐古怪的，如丈夫国、女子国之类，绝非实有。

《山海经》又是一本有关中国古代巫术和医药的书。中国古代医学发源于巫术，《山海经》里所记的140多人中，有15个是巫者。在记述名山大川、动植物和矿产时，往往兼及鬼神。虽没有何神用何物品的记述，但讲神巫活动的地方，随处可见，又有许多怪神和怪物的叙写，带有宗教迷信的色彩，大约也与巫术有关。

《山海经》形象地记载了动物127种，植物58种，以及许多矿产，给人以琳琅满目的感觉。记述各地特产的动植物，常常是连带说明哪样可吃、哪样可佩、哪样不可吃、哪样吃了会发生什么作

用。《山海经》里的动物,多数都有些稀奇古怪。有的可能因观察不准,被假象蒙蔽,便误以为真。但不能由此把那些古怪动物都指为虚说,也许有些是因为灭种而见不到了的。

《山海经》所记载的上古神话故事,如《精卫填海》《夸父逐日》《共工怒触不周山》等,是古代人民对其所接触的自然现象、社会现象幻想出来的具有艺术色彩的解释和描述。这些神话故事是浪漫主义文学的萌芽,对后世文学影响深远。

三、远古的奇书异典

《山海经》是一部记录远古自然地理和人文地理的专著,它记述着中华民族文明与文化的起源和发展,以及这种生存与发展所依靠的自然生态环境。"山海经"的"经",是"经历""经过"的"经",不是"经典"的"经";书名意思是山海之所经历或经过。

《山海经》的突出特点是"怪"。书中记载的都是古代的一些怪事和怪物,古怪离奇之至,连最早把它的名字载入史册的司马迁都认为它荒诞不经,难登大雅之堂。

《山海经》最重要的价值,在于它是一部关于中国上古神话的书。书中保存的远古神话有两个特点:一是数量最多,书中所记神灵和神灵故事400多个;二是产生时代古老,在很大程度上接近于原始形态。因此,此书对研究上古神话的价值,是其他书籍所不能取代的。

《山海经》中关于母系氏族社会的神话,留下了人类母系氏族社会的影子,是人类母权制历史的折射。如《大荒经》中记有生了10个太阳的女神羲和以及生了12个月亮的女神常羲,这两个女神都具有开辟天地之神的特征,都可能是母系氏族社会时期创造出来的。但《山海经》又说她们都是天上的上帝俊的妻子,这可能是这个神话流传到父系氏族社会后所打上的印记。

《山海经》所记的夸父逐日的神话和鲧、禹治水的神话等,其中的神都是男性,无疑是产生在父权氏族时期的。这些神话的中心问题都是人类与自然的关系，夸父、鲧、禹这些神在自然面前，都显示了一种不屈不挠、气吞山河的大无畏气概，表现了远古人民企图征服、支配自然的愿望和信心。《山海经》对这些神话的记载古朴简略，从文学趣味上看显得有些单薄。但这些记载，还没有附会上后代的人情世故，还没有被历史化，比其他书中的记载更符合它的原始面貌。

《山海经》神话的原始性，还表现在关于"帝"的观念上。被《山海经》作者称为"帝"或视为"帝"的有一大群，如黄帝、女娲、炎帝、帝尧、帝舜、帝丹朱等，在这些"帝"当中，没有哪一个是绝对的权威，《大荒经》称他们为"群帝"。这种状况与古代混战中原的部落联盟的军事首领不止一个的历史状况相吻合。丰富而古朴的《山海经》原始神话，为后世文学创作留下了想象的广阔余地，中国古典文学中许多动人的文学故事，都可从《山海经》中找到源头，或者说是在《山海经》神话的基础上丰富起来的。

《山海经》涉猎之广，内容之奇杂，使人对其应该归于何类多有分歧。《汉书·艺文志》将它列入法家之首。以后很长一段时间，它却被看作地理书。东汉王景治水，明帝赐给他的地理书籍中，《山海经》赫然有名；经过《隋书·经籍志》《旧唐书·经籍志》等分类检索古籍的史书的登载，《山海经》是地理书似乎已成定论。但到了清代编修《四库全书》时，《山海经》被定作小说，并说它是"小说之最古者"。道教徒们又一直把《山海经》看作神仙方士之言，并把它收入《道藏》。

鲁迅先生把《山海经》列作"盖古之巫书也"，这种观点被许多学者所接受，形成今日对《山海经》看法迥异的两大派别之一。该派学者认为《山海经》虽然记述了山川、异域，但大多是传闻之辞，很难得以实证，不能把它看作地理书；同时，它虽然对后世志怪小说影响很大，但其不能算是小说，只能认定它是一部巫术之书。另一派学者则坚持传统观点，把《山海经》看作地理书。也有人兼顾两派观点认为，《山海经》是一部巫术性的地理书。

如《山海经·海外北经》中：

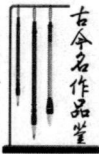

夸父与日逐走，入日。渴欲得饮，饮于河渭，河渭不足，北饮大泽。未至，道渴而死。弃其杖。化为邓林。[1]

这是一个讲述人与大自然做斗争的悲剧色彩浓厚的神话，反映了远古人民同干旱的斗争。在这场斗争中，尽管有所牺牲，但是最后还是如人民所希望的那样，大地上出现了一片茂盛的桃林，人类战胜了干旱。神话中的夸父是与太阳神作斗争的英雄，在他身上有中华民族所固有的伟大的自我牺牲精神，以及不屈不挠、至死不忘给后人造福的高尚节操。

---

① 山海经 [M].冯国超，译注.北京：商务印书馆，2016：395.

《左传》

一、沧桑变换春秋史

一般认为，《左传》是配合《春秋》的编年史。因为《春秋》被儒家奉为经典，所以解释经典的著作被称为"传"。一个名叫左丘明的人写的《春秋左氏传》，简称《左传》，又名《左氏春秋》。现在见到的《左传》一般都是与《春秋》经文合在一起，一段经文附一部分传文。

但是，《左传》究竟是不是为解释《春秋》而作的？它的作者究竟是不是左丘明？左丘明又是何许人也？这些问题，自汉朝以来就争议不休，迄今尚无定论。依照司马迁和班固的说法，《左传》的作者为春秋时鲁国的左丘明。左丘明，生卒年无从查考，大约与孔子同时，或在孔子之前。相传在春秋末年，曾任鲁国太史。

《左传》是一部依据春秋时代各国史料写成的编年史，同《公羊传》《穀梁传》并列，合称《春秋》三传。《左传》详细记载了春秋及春秋以前社会的历史，它在我国史学、文学发展史上居于非常重要的地位。《左传》用鲁国的年号来纪年，书中编年纪事从鲁隐公元年即公元前722年起，到鲁悼公四年即公元前464年止；在形式上是按鲁国的十二公记事，但其内容追记往事到了周宣王二十三年即公元前805年晋穆侯的伐条之役，早于《春秋》83年；编年截至鲁哀公二十七年即公元前468年，比《春秋》多13年；所记事最晚到了智伯的灭亡（发生在公元前453年）。前后总计比《春秋》多出了100多年，实际上共记载了268年间的一些重大事件。

　　《左传》保存了大量的古代史料,是上承《尚书》《春秋》,下启《国策》《史记》的重要桥梁,是战国时期优秀的历史散文。这是我国第一部叙事详细的完整的历史著作。全书共有 30 卷,18万多字。一般认为,左丘明写此书的目的,是用具体的历史史实来解释孔子所修的史书《春秋》,它所叙述的内容远远大于《春秋》。《春秋》是简单的历史大事记,《左传》则详细记载了这些历史大事发生的本末以及有关的佚闻琐事,系统记述了春秋各国的政治、经济、军事、外交和文化等各方面发生、发展、斗争、变革的一些情况。

　　由于春秋战国期间生产发展和社会变革的影响,《左传》在一定程度上揭露了统治阶级的荒淫残暴,反映了进步的民本思想和爱国思想。春秋时期的复杂斗争,使得统治阶级里面有政治远见的一些人物,感到人心向背在政治斗争中的重要作用。他们把国家盛衰、战争胜败,看成是能否得到人民支持的结果。《左传》记载的一些政界人物的言论,就大量地反映了这种思想认识。书中暗含了历史进化论的观点,主要表现在它对春秋以来旧秩序的破坏没有惋惜之情,没有对礼崩乐坏的愤慨,而且对春秋初年开始没落的周王室也没有给予任何同情。《左传》对于大国兼并小国和吞灭同姓国的事实也毫不掩饰,并且认为这种兼并是很自然的趋向,不是违背大道的事情。

　　《左传》比《春秋》更为详细地记载了鲁国以及周王室和其他诸侯国之间的政治、经济、外交、军事事件等,反映了当时王室衰微、诸侯争霸、社会动乱、战争频繁的现实,是研究中国古代社会很有价值的历史文献。

二、春秋历史的完整记录

　　《左传》内容丰富多彩,从春秋列国的政治、外交、军事各方面的活动及有关言论,到天道、鬼神、灾祥、卜筮等,无所不记。王、诸侯、大夫、后妃们的祭祀鬼神、吊葬问礼、会盟朝聘、征伐兼并、饮宴狩猎占去了《左传》的绝大部分篇幅。

《左传》各部分的内容所用笔墨很不平衡。在时间方面,前期略,后期详。前期以庄公时期为简略,最少者一年中只记二三事。后期以襄、昭之世为最详,二公时间共 63 年,不过是春秋时期的四分之一,而内容几乎占了全书的一半。在空间方面,以晋、楚、鲁、郑之事最详,宋、卫、周、齐等国次之。把时间和空间结合起来看,庄公以前,以郑、宋、周、卫之事最多,其后开始渐及于晋、楚等国,吴、越更在其后,已到了春秋中后期。《左传》就是在这样的时空背景下,把春秋一代天下大事的演变作了比较全面的记载,记事范围不局限于政治、军事、外交活动,而是涉及社会的各个方面,对经济、学术文化、社会生活、自然现象等都有不同程度的反映。

就主要内容而言,《左传》可以说是一部春秋时期霸主更迭的纪实,对于齐桓公、晋文公等人建立霸业的事迹描述得非常生动、详细。僖公 23 年记载的晋国公子重耳四处流亡 19 年的曲折经历,就是脍炙人口的名篇。《左传》通过对各国历史的记述,暴露了当时社会的各种矛盾和政治斗争,特别是统治阶级内部的矛盾,如王权的衰落,诸侯的强大,卿大夫的专权。还有不少记载从不同角度反映了统治阶级与人民群众间的矛盾,暴露了统治阶级荒淫残暴的罪行,以及由此带给人民的灾难。如在齐国,统治者拼命剥削;官府贮藏的粮食多得霉烂生虫,百姓的生活却痛苦不堪,甚至连小吏三老也都挨饿受冻。百姓为了活下去,不断反抗,结果又遭到残酷镇压,以至于因犯罪被砍掉脚的人太多,市场上竟然出现了假脚无比昂贵、鞋子无人购买的反常现象。

《左传》特别善于描写战争。在描写战争时,不是单纯地记叙军事行动,而是常常着眼于政治问题,把军事和政治结合起来。如《曹刿论战》记叙的是庄公十年齐、鲁两国在长勺发生的一次战事。描写这次战事时,详述的并不是战斗场面,而是"论战",把军事和政治巧妙地结合起来,描写有条不紊,简繁得当,别具一格。《秦晋崤之战》等也描写得绘声绘色。《左传》把春秋时期霸权争夺和列国间的大规模战争全写到了,并且写得都很成功。每

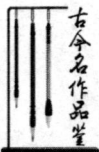

次战争几乎都能抓住战争的性质、交战双方政治军事的特点和力量对比，把各种征伐的场面描述得条理井然，曲折细致，栩栩如生，扣人心弦。

礼俗制度也是《左传》注重的内容之一。例如僖公六年，楚国逢伯叙述武王受降的礼节，是其他古书中所没有的材料。至于朝聘会盟中，升降揖让献酬授受，以及坛场乐舞服章玉帛等，都可以作为研究古代文物的佐证。

《左传》的记事，不仅包括了春秋时期的重要史实，还引述了一部分西周和以前的重大事件和古史传说。这些传说从春秋时的人物口中说出，虽然不一定是信史，但总有相当根据。如昭公十七年，郯子谈论古代官名，提供了上古图腾崇拜的材料。襄公四年，魏绛讲后羿代夏的故事等，既可以与其他古书相印证，也可补其他书所未详。

值得指出的是，《左传》还保存了非常宝贵的自然科学方面的材料，记录了我国古代自然科学上的一些成就。如全书记录了37次日食；对恒星作了观测；观察到了彗星的出没；记录了陨石的降落；地震发生的时间、地点以及水旱虫灾等。这些记录，是世界科技史上出现最早的宝贵材料。

三、文史结合的典范

《左传》不仅是一部著名的历史著作，从文学的角度看，它的艺术成就也是很高的。作者善于突出事物的本质，用简约的语句写出纷繁复杂的历史事件。它的叙事有紧张动人的情节，富于故事性、戏剧性。叙述和描写善于进行严密的剪裁和组织，都能抓住故事的重要环节或有典型意义的部分，而不是毫无选择，平铺直叙。作者善于用很少的笔墨刻画出人物的细微动作和内心活动，使人物跃然纸上。它的语言优美，委婉而有风致，富于形象性。

《左传》记事相当详细，对于历史事件一般都能做到首尾完整，有言有行，有直述有概述，有追叙有附叙，并有评论和分析，标志着我国编年体的史书发展到了比较成熟的程度。如《城濮之战》讲述的是僖公二十八年晋、楚两国之间争霸的一次大战。就双方兵力而言，楚国实力雄厚，加上陈、蔡、郑、许等国参战，更加处于优势。但是，因为晋国善于分析形势，利用各种矛盾，争取了齐、秦两国的支持，并使曹、卫和楚国断绝关系，这使形势发生很大变化。战争过程中，晋军首先击溃楚军最薄弱的右翼，又集中力量以佯败击溃楚军的左翼，而避开楚国实力最强的中军，最后赢得战斗胜利。城濮之战是我国战争史上以弱胜强的一次著名战争，头绪纷繁，矛盾错杂。文章对两军胜败的原因和战争的进程都作了井然有序的记叙和描写。

春秋晚期，诸侯衰微、政权落入大夫手中。三家分晋、田氏代齐，标志着新的历史时期的开始。对于这种局面，特别是对那些所谓"乱臣贼子"的掌权行为，《左传》大都给予一定的同情和支持。鲁国新兴地主季氏赶跑了鲁昭公，书中记载说：季氏赶跑鲁君，深得民心，并得到了诸侯赞同。还引用晋国范献子评论季氏政权的一段话，进一步说明鲁国政治操在季氏手中的局面已定，昭公即使想复辟也只能是徒劳的。这种承认社会、事物发展变化的历史进化论观点，在许多史实的记载中均有所反映，特别是昭公三十二年所载史墨评论昭公之死的一段话更为典型。史墨说：社稷无常奉，君臣无常位，自古以来都是这样。《左传》能够承认并肯定这一社会变革的现实，相比《春秋》恋旧的情绪，是一大进步。

善于描写战争，是《左传》的突出特点。从《左传》一书对全部战争的描写来看，作者并不只是单纯地叙述战争的过程，而总是把政治和军事联系起来一并考虑。如著名的"曹刿论战"一段，讲的是庄公十年齐、鲁长勺之战，此时齐强鲁弱，战前曹刿求见鲁庄公，张口便问靠什么去打？最后又通过庄公和曹刿的对话，进一步总结了鲁军取胜的战术指挥原因。

《左传》是事件、场面、人物、辞令叙述的巧妙统一。如《烛之武退秦师》《吕相绝秦》《王孙满论鼎》等，叙写行人辞令，语言委婉精妙，人物形象栩栩如生。《左传》通过人物言行还表现了很多

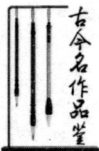

进步思想、民本思想之外，还有爱国思想。如僖公三十三年记载，弦高遇见秦军侵伐郑国，机智地以犒师为名，保全了郑国。书中揭露了统治者的残暴和荒淫无耻，但是也有宣扬封建伦理思想、正统等级观念和宗教迷信的篇章，这是要批判和扬弃的。

《左传》这部书，史学、文学价值都很高。文史结合，是中国古代历史著作的优良传统和特点，而这个特点，正是由《左传》所开创的，它为后世的历史著作和叙事散文树立了典范。以《烛之武退秦师》为例：

> 九月甲午，晋侯、秦伯围郑，以其无礼于晋，且贰于楚也。晋军函陵，秦军氾南。
>
> 佚之狐言于郑伯曰："国危矣，若使烛之武见秦君，师必退。"公从之。辞曰："臣之壮也，犹不如人；今老矣，无能为也已。"公曰："吾不能早用子，今急而求子，是寡人之过也。然郑亡，子亦有不利焉。"许之。夜缒而出，见秦伯，曰："秦、晋围郑，郑既知亡矣。若亡郑而有益于君，敢以烦执事。越国以鄙远，君知其难也。焉用亡郑以陪邻？邻之厚，君之薄也。若舍郑以为东道主，行李之往来，共其乏困，君亦无所害。且君尝为晋君赐矣，许君焦、瑕，朝济而夕设版焉，君之所知也。夫晋，何厌之有？既东封郑，又欲肆其西封，若不阙秦，将焉取之？阙秦以利晋，唯君图之。"秦伯说，与郑人盟。使杞子、逢孙、杨孙戍之，乃还。
>
> 子犯请击之，公曰："不可。微夫人之力不及此。因人之力而敝之，不仁；失其所与，不知；以乱易整，不武。吾其还也。"亦去之。①

本文通过对郑国大夫烛之武智退秦兵、保全郑国事件的叙

---

① 左丘明.左传 [M].郭丹，译注.北京：中华书局，2017：115.

述,反映了当时列国之间错综复杂的矛盾。全文可分三部分,第一部分写烛之武见秦君的原因。秦晋联军包围了郑国首都,郑国危在旦夕。郑文公派烛之武秘密去见秦穆公,希望说退秦军,解除城下之围。第二部分写烛之武见秦君的经过。烛之武见到秦穆公,首先承认在秦晋联军的夹击下,郑国必亡的事实,接着分析了郑亡与郑存对秦国的利害,得出郑亡对秦国没有任何好处的结论,劝秦穆公慎重考虑。第三部分写烛之武见秦君的效果。秦穆公觉得烛之武分析得非常正确,于是单方撤军,并派军帮助守护郑国。晋军由于种种原因,也撤离了郑国。作品语言委婉精妙,外交辞令简明生动,人物形象栩栩如生,叙事富有故事性,有紧张动人的情节,史学、文学价值都很高。

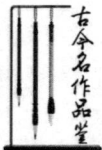

《诗经》

一、集体才华的结晶

《诗经》是我国文学史上最早的一部诗歌总集。《诗经》共有305篇,包括公元前11世纪(或更早)至公元前6世纪,即西周初期到春秋中叶大约500年间的作品;它产生的地区,东临渤海,西至六盘山,北起滹沱河,南到江汉流域,相当于今天的陕西、山西、山东、河南、河北、湖北的大部。

在先秦时期,《诗经》被称为《诗》或《诗三百》。到了汉代,汉武帝罢黜百家,独尊儒术,与儒学关系密切的《诗》《书》《礼》《易》《春秋》的地位也跟着提高,《诗》被正式列入五经之一。最早出现《诗经》二字,大概见于《史记·儒林列传》。

这些上下500年、纵横几千里的作品是怎样搜集、汇总成册的呢?先秦典籍中没有明确记载,但古代有采诗说、献诗说及删诗说。采诗说认为古代天子为了观民风,命太师采诗谣,每年初春时候,由朝廷派出专门人员,摇着大铃铛,到处征集歌谣,然后集中交给王室的乐官,由他审订编曲,再演奏给天子听,让天子"足不出户而知天下"。献诗说认为古代天子为了考察时政,命诸侯百官献诗。采诗与献诗,目的是一致的。至于删诗说,是指"孔子删诗"一说,是不可信的。但孔子晚年曾整理过《诗》的乐章,还把《诗》作为学生的必读教材,一再强调"诵诗三百";孔门后学也继承了这个传统;所以孔子对《诗经》的保存与传播,是有功劳的。

《诗经》中的诗是通过采诗、献诗的方式收集起来的。虽然这些诗歌的作者及具体的创作年代都难以确切地考察出来,但是它们从各个方面广泛而深刻地反映了当时的社会生活。《诗经》奠定了我国现实主义的文学传统,无论思想或艺术,都对后世文学产生了深远影响。

《诗经》收集成书以后,流传很广,不但宴会、典礼上用到它,就是日常生活、外交往来,也经常要"赋诗言志"。孔子有"不学诗,无以言"之说。《左传》和《国语》中所引用的有 250 条之多。不过当时人们引诗的特点是"断章取义"。在春秋时代,诸侯相会也往往赋诗,用《诗经》表达情意,代替外交辞令。

到了汉代,《诗经》对当时人来说,可谓是"古代文学"了,非加注释不可。于是出现了鲁、齐、韩、毛"四家诗",即鲁人申培所传的《鲁诗》、齐人辕固所传的《齐诗》、燕人韩婴所传的《韩诗》和鲁人毛亨、赵人毛苌所传的《毛诗》。鲁、齐、韩三家诗盛行于汉初,武帝时立于学官。《毛诗》出世最晚,不方便立;但到东汉时,卫宏为《毛诗》写了诗序,经学家郑玄给《毛诗》作了笺注,于是《毛诗》盛行起来,而三家诗却消亡了。

现传的《诗经》,是盛行于东汉以后的古文经学,即《毛诗》,内容分风、雅、颂三部分。其中风诗包括十五"国风",有诗160篇;雅诗分"小雅""大雅",有诗105篇;颂诗分"周颂""鲁颂""商颂",有诗40篇。这些诗都可以入乐歌唱,风、雅、颂的分类,是因为音乐上的不同而得名的,"风"是地方乐调,就是民歌,它原是"风俗、风土"的意思,因为从这些民歌中可以"观民风",所以就把它称作"风";"雅"即雅乐,是宫廷乐歌,是西周中央地区的乐调;"颂"则是赞美诗,是一种宗庙祭祀用的舞曲。

二、多姿多彩的社会生活图像

《诗经》的内容包括当时社会内容的各个方面,凝聚着先民丰富的感情与想象。

"国风"里的大部分和"小雅"里的一部分民歌,深刻地反映了周代社会生活的面貌和实质,真挚地表现了劳动人民的优秀品德和美好愿望,它们是《诗经》里的精华。这些民歌的内容丰富,有的生动、真实地描写了劳动人民被剥削、被压迫的生活,表达了他们的愤怒,对剥削阶级提出了严厉的抗议,如"魏风"的《硕鼠》、"秦风"的《黄鸟》和"豳风"的《七月》。有的深刻、鲜明地反映了当时频繁的战乱带给劳动人民的灾难,如"王风"的《君子于役》、"唐风"的《鸨羽》。"国风"中还有少数诗歌表现了人民共同抗敌的决心和要求,如"秦风"的《无衣》。这些民歌中,还有很多揭露统治阶级丑恶本质的讽刺诗,从中可以看到人民对自己力量的认识,对统治阶级的蔑视,如"邶风"的《新台》、"鄘风"的《相鼠》和"陈风"的《株林》。

《诗经》中的雅诗和颂诗,大部分是贵族文人的作品。这些诗对于周人的建国经过,周初的经济制度和生产情况,以及某些重大的历史事件,都有直接或间接的反映。特别是"小雅"中的大部分和"大雅"中的少数篇章,是政治讽刺诗,它们比较真实地反映了西周末年至东周初年的黑暗政治,人民生活的痛苦,统治阶级内部的荒淫腐朽生活,表达了诗人对国事的忧虑、对昏君佞臣的谴责。

《诗经》中数量最大、最为人称道的恐怕还是爱情诗。有些诗表现少男少女热烈真诚的恋慕,如《卫风·木瓜》;有些诗描写山林草野不期而遇的幽会,如《郑风·溱洧》。《郑风·将仲子》则写一个女子由于受家庭的压抑,不敢表露爱情。《召南·行露》表现了爱情生活苦涩的一面。古代社会婚姻也有圆满的,像《召南·关雎》就描写了男女从恋爱到结婚的美满欢乐的生活。有的诗歌表现了不合理的婚姻制度使妇女受到的压迫和她们不幸福的生活,强烈地表达了妇女的愤怒与反抗,如《邶风·谷风》《鄘风·柏舟》《卫风·氓》和《郑风·遵大路》;还有的诗则表现了青年男女爱情的真挚与欢乐,以及离别思念的深情,表现了劳动人民健康开朗、纯真朴素的思想品格和对待爱情的严肃态度,如《邶风·静女》《王风·采葛》和"郑风"的《狡童》《风雨》《出其东门》。

深情的故国之思、乡土之恋、爱国思想，在《诗经》中是最突出的主题之一，它表现了不同阶级的爱国精神：统治者与士大夫对社稷兴衰的感叹；劳动人民对故土的眷恋和热爱，虽然他们处于被压迫的地位，但每当祖国受外敌侵略时，他们会含着热泪走向战场，保卫国家。《诗经》中表现爱国主义的诗篇，有《鄘风·载驰》《魏风·园有桃》《秦风·无衣》《秦风·小戎》《小雅·采薇》《小雅·六月》《大雅·江汉》等。这些作品赞扬了人民的爱国热情，如《采薇》，抒写了出征士兵保家卫国、怀念亲人和乡土的情思，描述了当时社会阶级矛盾，表达了抗敌精神和阶级意识的交织，塑造了爱国英雄的形象。《无衣》《六月》表现的是在国难当头之际，人民虽对统治者不满，但依然能忍受饥渴劳顿、背井离乡之苦，为国御侮。

三、中国诗歌的光辉源头

《诗经》是我国文学的光辉起点。它的民歌，不仅有高度的思想性，艺术成就也是辉煌的，二者得到了完美的统一。这些民歌，形象鲜明突出，语言畅达精炼，音韵铿锵和谐。《诗经》丰富的内容和多彩的艺术形式，启发和哺育了历代文人；《诗经》的赋、比、兴，一直成为古代诗歌创作手法的典范；以四言为主的句法，一直影响到魏晋。就中国诗歌史来说，《诗经》是源头。

《诗经》按作品题材可分为史诗、爱国诗和爱情诗等。《诗经》以想象的方式，主观地对社会的变迁加以神奇的解释，对英雄人物作半人半神式的歌颂。这些作品记述了人类"童年时代"的精神风貌，是那个时代人们对现实的认识。如《大雅·生民》《大雅·公刘》和《大雅·绵》都是记述周民族起源、发展的神话和传说，再加上歌颂文王、武王战功的《大雅·皇矣》《大雅·大明》，就构成了一组颇具规模的史诗，反映了从周的始祖后稷建国直到武王灭纣的全部历史。这些诗篇，记述传神，描写生动，开了后世叙事诗的先河。

在《诗经》里突出表现统治阶级爱国思想的诗篇要数《鄘风·载驰》。作者许穆夫人,她本是卫国女公子,出嫁给许穆公。当卫国由于狄人的入侵面临覆灭时,她为了拯救卫国,不顾礼法的限制和自身的安危,返归卫国,联齐抗狄,在齐桓公的支持下,终于达到恢复卫国的目的。著名的还有《王风·黍离》等。在《诗经》中,还有不少讽刺诗,有的也可称为政治抒情诗,如《小雅》里的《巧言》《节南山》《正月》《十月之交》《巷伯》《北山》等。这些诗篇成为后来现实主义创作的典范。

《诗经》的表现方法古人概括为"赋、比、兴"。

凡是不加譬喻、直陈其事、写人写物抒发情意的都是赋。它的写法特点就在于"直",不用比兴,不加修饰,自鸣天机。《诗经》中这类诗有《邶风·击鼓》《卫风·氓》《郑风·将仲子》《豳风·七月》等。《诗经》中弃妇诗有 4 首,《邶风·谷风》和《卫风·氓》是其中的代表作。这两首诗都运用"赋"的手法,通过回忆对比,反映诗中主人公的不幸遭遇。

比包括比喻和比拟。《诗经·国风·卫风》中的名作《硕人》就是用比喻塑造了贵妇人形象的。诗共四章,选第二章为例:

手如柔荑,肤如凝脂。领如蝤蛴,齿如瓠犀。螓首
峨眉,巧笑倩兮,美目盼兮。①

这一章写硕人的容貌之美,连用比喻,后加"美目盼兮"点睛之笔,使美女形象跃然纸上,呼之欲出。《硕人》以"比"的手法写人,对后代创作启发很大。《豳风·鸱鸮》则是以比拟手法写的禽言诗。全篇鸱鸮用比,诗写一只小鸟对鸱鸮的斥责,写得生动形象,可以把它看成后世"寓言诗""童话诗"的先驱。《诗经》中"比"的手法运用很广泛,有的还写得很质朴,如《小雅·青蝇》。

---

① 诗经 [M].赵逵夫,注评.南京:凤凰出版传媒集团,2011:64.

　　不少阐释《诗经》者，每当打算将哪首诗列入政治教化的内容，便称此诗为"兴"的手法。"兴"有启发之意，但如果解释过于穿凿，便歪曲了诗的原意。《卫风·淇奥》就是用"兴"的写法，这种手法使诗文收到情景相映的效果，以景补情，以情托景，引人入胜。

　　《诗经》对文学语言这门艺术的运用，已达到了相当的水平。今天的修辞手法，在《诗经》中大多运用完美，像比喻、借代、夸张、比拟、对偶、对比、排比、衬托等，例子不胜枚举。《诗经》以其独有的魅力，成为我国文学宝库中的一颗璀璨的明珠。

　　以《诗经·国风·秦风》中的名作《蒹葭》为例：

　　　　蒹葭苍苍，白露为霜。所谓伊人，在水一方。溯洄从之，道阻且长。溯游从之，宛在水中央。
　　　　蒹葭萋萋，白露未晞。所谓伊人，在水之湄。溯洄从之，道阻且跻。溯游从之，宛在水中坻。
　　　　蒹葭采采，白露未已。所谓伊人，在水之涘。溯洄从之，道阻且右。溯游从之，宛在水中沚。[①]

　　这是一首优美的情歌，写对可望而不可即的心上人的追求与仰慕。全诗分三章，各章内容和结构基本相同，一唱三叹，充分抒发了缠绵动人的情思。诗以一片白色的秋水和清霜白露为背景，在这清寒而纯洁的白色中，优雅娴静的佳人，或在水中央，或在水边草地上，或在沙洲之上。这种跳跃式的描写，更加衬托出佳人不好追求，追求者始终在崎岖而漫长的爱情之路上，道路迷茫而感情执着。全诗充溢着一种对所恋对象渴望却又无奈的惆怅和伤感的情绪。作者运用暗喻、象征的手段，寓情于景，寓理于情，把人引入一个迷离恍惚的境界，营造出一个朦胧消魂的意境。

---

① 诗经[M].赵逵夫，注评.南京：凤凰出版传媒集团，2011：144-145.

《论语》

一、仁爱修身定乾坤

孔子(前551—前479),春秋末期伟大的思想家、教育家,儒家学派的创始人。

因父母曾为生子而祈祷于尼丘山,故名丘,字仲尼。鲁国陬邑(今山东曲阜)人。他本是殷商后代,先世为宋国贵族,因政治变乱逃到鲁国。孔子父亲孔纥,又名叔梁纥,曾做过陬邑宰,本身属于贵族阶级下层的"士"。他的母亲姓颜,名叫征在。孔子3岁丧父,家境贫困,17岁时母亲也死了。青年时,曾做过管理仓库和管理牛羊的小吏。19岁娶宋人亓官氏之女为妻,一年后生子,鲁昭公派人送鲤鱼表示祝贺,孔子感到十分荣幸,于是给儿子取名为鲤,字伯鱼。

后来孔子精通"六艺",即礼、乐、射、御、书、数。中年以后,孔子聚徒讲学。51岁,孔子为中都宰,治理中都一年,卓有政绩,被升为小司空,不久又升为大司寇,摄相事,鲁国大治。

鲁定公十三年,齐国送80名美女到鲁国,季桓子欣然接受。接下来的日子君臣迷恋歌舞,不理朝政,孔子非常失望。不久鲁国举行郊祭,祭祀后按惯例送祭肉给大夫们时,没有送给孔子,这表明季氏不想任用他了,孔子在不得已的情况下离开鲁国,开始了周游列国的漂泊旅程。这一年,孔子55岁,他历时十余年,先后到过卫、陈、曹、宋、郑、蔡、齐、楚等国,向各诸侯宣传自己的政治主张,但是到处碰壁,不被信用。

60岁时,孔子过郑国到陈国,在郑国都城与弟子失散,只好独自在东门等候弟子来寻找自己,他狼狈的样子被人嘲笑,称其为"累累若丧家之犬"。孔子竟欣然笑答:"然哉,然哉!"公元前484年,孔子被迎回鲁国,这时他已是白发苍苍的68岁的老人了。鲁哀公和季康子经常向孔子问政。孔子晚年虽然很受鲁国当局的敬重,但是觉得行道济世的希望越来越小,有点心灰意冷。在这以前,独子伯鱼先他而死,而对他打击最大的,该是颜回的短命,没有人可以继承他的衣钵。

孔子73岁那年,得意门生子路战死在卫国,子贡去看望老师,看到他的精神,比平常要差很多,就赶紧扶他去休息。稍后孔子对子贡说:"天下失去常道已经很久了,唉,世人都不能遵循我治国平天下的理想啊!"孔子说完这些话,过了7天就辞离了乱世。孔子死后,葬在鲁城北方的泗水边上,弟子们都在墓旁服丧3年,唯有子贡在墓旁搭了一间草屋,守了6年之久。弟子以及鲁国的其他人相继搬到那里定居的,有一百多家,形成一个村子,大家便叫它孔里。

孔子的政治主张是"礼"和"仁"的学说,反对以政、刑来强迫人民服从。他所说的"礼",是一种政治秩序,他所说的"仁",是最高的道德规范。当然,这种仁和礼是有上下、尊卑、贵贱、等级之分的。但在动荡不安的春秋时代,诸侯为了争霸,是讲究实力,着眼于利的,所以未能采纳孔子"仁"的政治主张,孔子也没有被重用。

孔子晚年致力于教育,整理《诗》《书》等古代典籍,删修《春秋》。孔子是东方最伟大的教育家、哲学家和政治家。他一生教育的弟子据说有3000人,其中有72人精通"六艺"。他有教无类、诲人不倦的精神,铸成了他在中国历史上不朽的地位。他的思想,至今仍独步于人类世界。弟子们把孔子的思想言行记载下来,编纂成书,就是中国文化的宝典——《论语》。它不但是中国人的圣书,也对世界文化造成重大的影响。后世尊孔子为至圣先师,并将他列为世界十大历史名人之首。

二、儒家的经典　道德的规范

　　《论语》是记录孔子与弟子之间,弟子与弟子之间,以及弟子与再传弟子之间的问答体著作,主要记载了孔子及其部分门徒如曾子、子夏等人的言论,还记载了一些孔子的行为。全书内容涉及政治、经济、伦理、教育、哲学、历史、文学、艺术、道德修养等各方面,有很高的历史价值和学术价值,是研究孔子思想的最直接的材料。

　　孔子道德思想的范畴和伦理思想的核心是"仁",仁在孔子思想中是最高、最根本的理想和准则。"仁"字在书中出现百次以上,孔子所讲的仁,有对己、对人两个方面的含义。对己就是"克己复礼",即克制自己,使视听言行都合乎礼;对人指"忠"和"恕","忠"就是积极地为别人着想,"恕"就是消极意义的推己及人。仁有时还指一种理想的行为规范和高尚的品德。《论语》讲仁,还常表现为一种积极的斗争精神。

　　《论语》提倡德治主义的政治哲学,认为礼的最基本的原则就是仁,伦理范畴的"仁"和政治范畴的"礼"是不可分割的统一体。把仁的准则贯彻于政治制度——礼、乐之中,就是实行仁德之政。爱护百姓、以民为本是德政的主要内容。《论语》特别强调道德教化而贬低行政命令和刑罚的作用,还指出统治者要得到百姓拥护必须加强自身修养和自我约束。

　　孔子从他的政治、哲学和心理学观点出发,认为德育的主要内容是仁和礼。所以他主张"为政以德"。孔子所谓"礼",其核心是"正名"。在孔子看来,周礼最重要的原则是尊尊与亲亲。为了贯彻亲亲和尊尊的原则,孔子提出"正名"的主张,提出"君君,臣臣,父父,子子"(《论语·颜渊》)作为"正名"的具体内容。在等级森严的奴隶制社会里,上下尊卑的关系是靠"礼"来维持的,孔子对于不按自己名分行事的人和事进行批评。

　　《论语》是一部完整、系统的道德修养教科书,认为对于做人与做学问二者来说,做人是第一位的。孔子认为道德品质教育是首要的,文化知识学习是从属的,只有先接受了道德品质教育,然后学习的文化知识才有用处。他认为最崇高的道德标准是中庸之道,即一切言行都要不偏不倚,守常不变。《论语》说,做人要有志气,并且要讲信用;一个有道德的人,要安贫而乐道;要培养良好品德,必须虚心向有道之士学习。

《论语》记载了孔子有关学习与修身的态度和方法的很多名言。孔子继承了传统的天命鬼神观,认为天命主宰着人的生死,也决定着社会的治乱。但同时他又否定周时盛行的占卜活动,认为天命就蕴含在自然事物的运行之中。所以他主张"敬鬼神而远之,可谓知矣"。

《论语》作为儒家思想所依据的经典,其中保留着孔子生平、思想学说的重要材料,尤其是教育思想和教学活动的重要材料,它可作为中国历史上最早的一部教育书。《论语》中保存了孔子丰富的教学经验,提出了一系列有科学价值、至今仍有意义的教育学的普遍规律。孔子是我国第一个主张"因材施教"的教育家。为贯彻这一思想,孔子很注意对自己学生的观察了解,在此基础上采取不同的教育方法。他对子路、冉有的不同教育就可以说明,孔子说,冉有遇事畏缩,要鼓励他;子路遇事轻率,要加以抑制。孔子主张多方面学习,要不耻下问;主张学以致用;开创了死书活读的读书途径。孔子还重视诱导式的启发教育,不要求学生死读书,而贵在触类旁通;还强调在实行启发诱导的基础上,必须注意循序渐进;提倡师生之间相互切磋,互相启发,以收到教学相长的良好效果。

三、隽永古朴的文学佳作

《论语》是孔子死后由其门人相与编辑而成的。论,就是论纂、编排的意思;语,就是谈话记录;论语,就是语录汇编。当日孔子与弟子以及别人的言谈、学生们之间的言谈,都被记录下来,作为

先师言传来教育孔门弟子,谓之《论语》。这是现存的古代第一部基本上用口语记录的书。

《论语》成书于战国初期。因秦始皇焚书坑儒,到西汉时期仅有口头传授及从孔子住宅夹壁中所得的本子,计有:鲁人口头传授的《鲁论语》20篇,齐人口头传授的《齐论语》22篇,从孔子住宅夹壁中发现的《古论语》21篇。《齐论语》《古论语》不久亡失。《鲁论语》是鲁国学者所传,就是现在通行的《论语》。

现存《论语》共20篇,篇名取篇首的两三个字为题,并没有具体意义。如第一篇第一句话是"学而时习之",该篇就叫《学而》。一段话为一章,全书共492章,13000多字,其中记录孔子与弟子及时人谈论之语444章,记录孔门弟子相互谈论之语48章。

《论语》是一部儒家学派的代表著作,儒家学说后来成为封建地主阶级的正统学说,《论语》就成为儒家学说的主要经典。从东汉开始,它成为"七经"之一;唐代列入经书;到南宋时,理学家朱熹把《论语》《孟子》《大学》《中庸》合在一起,称为"四书",《论语》是"四书"之首。到了明清两朝,规定科举考试中,八股文的题目,必须从"四书"中选取,而且要"代圣人立言"。这一来,当时的读书人都要把《论语》奉为"圣典",背得滚瓜烂熟。

两千多年间,它不但是士人必读的教材,还是统治者言行的是非标准。

《论语》是语录体的哲理散文,尽管还没有构成完整的文学形式,但在一些篇章中却有着许多富于文学价值的记述。它的语言简洁明快,用意深远,通俗流畅,雍容和顺,迂徐含蓄,在简短的对话和行动中展示了人物的形象,表现了人物性格。可以说,《论语》是我国最早而写作技巧非常成熟的散文作品。

《论语》记载了孔子在文学艺术方面的某些观点,是我国最早的文学评论。它强调文学的真实内容,指出不应该片面地追求形式美以及文学的社会功用。书中有很多生动精辟的名言警句,读了令人难忘,发人深省。有很多都成了人们习用的成语,至今仍有强大的生命力。

直到近代新文化运动，在两千多年的历史中，《论语》一直是中国人的初学必读之书。

因为孔子的思想体系中有进步的一面，也有消极的一面，所以进步的思想家、政治家利用孔子的学说来作宣传，顽固的、保守的分子也利用孔子的学说作挡箭牌。历代统治者总是利用他的维护等级制度的伦理观念和唯心主义思想，来维护封建统治；把孔子奉为"圣人"，给以各种封号，唐代加封为至文宣王。

孔子的思想在我国历史上影响最大，涉及面最广，在世界上也很有影响。汉代以后，尽管中国历史上换过不少封建王朝，但孔子的圣人地位却从未动摇过，他成为"万世之表"。《论语》所蕴含的丰富的思想内容，日益渗透在人们的生活、习惯、风俗、行为方式和思维方式中，对于形成中华民族的道德、文化、心理状态和铸造民族性格等方面，起了重大作用。

以《论语·先进》中的《子路曾皙冉有公西华侍坐章》为例，本章讲述在孔子的启发诱导下，门徒们畅谈自己的理想，孔子最后对他们作出评价，表现了孔子"为国以礼"的思想。

《庄子》

一、逍遥自在的人生

庄子(？ 前369—前286),姓庄,名周,宋国蒙城(今河南商丘县东北,一说今山东曹县)人。战国时期著名的思想家,杰出的文学家。

庄子曾做过蒙地漆园(地名)的小官吏。据《史记》记载,楚威王听说了庄子的贤明,派人以重金请他为相,遭到庄子的拒绝。他生活清贫,曾经住在陋巷里,一面靠编草鞋维持生计,一面安静闲适地讲学、著书。他的门徒不多。屈指可数的朋友中,只有惠施算是个名人,经常找他进行辩论。庄子身穿满是补丁的粗布衣服,脚穿草鞋。有时家中揭不开锅,只好跑去向管河道的小官借点米,日子过得不能再苦了,但他却悠然自得,坚决不去做官。

传说他曾隐居于南华山,妻子死了,惠子去吊丧,看到庄子正蹲在地上,敲着瓦盆唱歌。惠子说:"妻子和你住在一起,为你生儿育女,现在她死了,你不哭倒也罢了,还要敲着盆子唱歌,岂不太过分了吗?"庄子说:"不是这样。当她刚死的时候,我怎能不哀伤呢?可是想想她原本就是没有生命的,不仅没有生命,还没有形体;不仅没有形体,而且没有气息。她在若有若无之间,变而成气,气变而成形,形变而成生命,现在又变为死,这种变化,就像四季的运行一样。她静静地安息在天地之间,而我却在哭哭啼啼,我以为这是不通达生命的道理,所以不哭。"

庄子曾在自己的书中编了一个故事,表达了对功名利禄的轻蔑:他在濮水边钓鱼,楚威王派了两个大夫对他说"希望把国内的政务委托给先生"。他收拾起鱼竿,头也不回,边走边说:"我听说楚国有只神龟,已经死了三千年了,国王把它盛在竹盒里用布巾包着,藏在庙堂上。请问,神龟愿意死了留下一把骨头让人尊敬呢,还是愿意活着拖着尾巴在泥里爬?"两位大夫说:"宁愿拖着尾巴在泥里爬。"他说:"那么二位请回吧!"这个拖着尾巴在泥里爬了一生的人就是庄周,记载这则故事的书就是《庄子》。

庄子涉猎各家学说,而以老子之言为依托。他著书攻击儒家、墨家,是老子以后道家学派的代表人物;老子和庄子,世称老庄。道家主张"无为而治",对现实采取消极逃避的态度,这种思想在庄子身上表现得更加明显。他一面议论君相,讥讽儒墨,甘愿贫贱;一面则否定一切,认为万物是一样的,生死是一样的,泯灭是非得失,追求内心的调和。

在生活上,尤其是思想上,麻木不仁,追求个人心灵的宁静和健康长寿,是庄子人生哲学的全部内涵。它既可以教人忘怀得失,超越庸俗的现实计较和生活束缚,与大自然打成一片,获得生活的力量和生命的意趣,替代宗教来作为心灵创伤的慰藉,为后来的避世之士找到了一块忘却失意痛苦的天地;也给玩世不恭的处世态度提供了遁词;还对培植逆来顺受、滑头主义的奴隶性格起了恶劣的作用。历代的唯心主义者对《庄子》垂青备至。魏晋玄学把它奉为祖师;佛教把它说成释迦的同调;道教则把庄周尊为南华真人,《庄子》便成了《南华真经》。

二、自然无为的道家学说

《庄子》一书集中反映了庄子的哲学思想。《内篇》对庄周思想有系统的阐述。它主张顺应自然,反对人为。庄子的理想是要人类社会退回到太古时代,要求帝王淡漠无为地治理天下。他反对当时儒、墨和名家的是非之争。在认识论上提出世界上一切事物的长短、大小、善恶、是非都是相对的,没有客观标准可言。他是一个悲观的厌世主义者,但也有一些进步的方面。书中的一些

篇章对剥削阶级对劳动人民的残酷统治,对儒家仁义学说在许多方面表现出的虚伪浮妄,都做了揭露与批判。

《庄子》全书内容根据语言形式,可以分为"寓言""卮言""重言"三部分。凡是虚构、别有寄托的语言,无论禽言兽语,还是离奇故事,都属"寓言"之列,它是文章的基本形式。"卮言"就是支离荒诞、强违世俗、耸人听闻的语言,它是《庄子》思想学说的具体内容。凡是援引前贤古人的谈话言论,都属于"重言"之类,它是借以申明思想学说的往古佐证。这三种形式在书中相辅而行,浑然一体,奏出了一曲哲学、政治、历史、社会、伦理、人生观的交响乐。

《庄子》把"道"作为其思想体系的基本概念。它说"道"是宇宙的本体,万物的根源,是超时间空间的绝对,主宰一切。"道"是一种绝对的精神力量,只能靠主观直觉去体会它的存在;"道"有一个基本的属性,就是"无为"。《天运》篇说天地运转、风云雷雨完全是自己的自然运动。《应帝王》篇表明自然的就是好的,人应当听凭自然。《秋水》篇提出了认识角度的问题。《庄周梦蝶》篇说梦和真是难以分清的,一切都是相对的。

《庄子》主张用不知来求知,用不疑惑来解除疑惑。它说真正的智慧就是什么都不知道,那种最高明的人是不知道有物的,这样的人就是大智的人。《庄子》认为现实的社会没有正义和真理,造成天下大乱的原因在于人心变坏了,圣人是导致人心变坏的罪魁祸首。《庄子》甚至认为天下人人都是贼,儒家的孔丘也是企图窃取富贵的大贼。主张把所有与文明、智慧、技巧沾边的东西全毁掉,一切复归原始自然,尽善尽美的理想社会就出现了。理想社会是什么样的呢?《马蹄》篇展示了一个人兽不分、人物无别、没有欲望、没有制度的浑沌世界。

《庄子》中,笔墨最多的还是关于人生的思辨和处世的智慧。重视生命是《庄子》人生哲学的一个出发点,它强调要珍惜生命,人不要为种种身外之物所役使,只有活着才是真实的。凡不能畅行自己的意志,保养自己的寿命者,都不是通达道理之人,因为

"道"是养生的。求生必须把求生的目的都忘掉,彻底听天由命,随遇而安。

《庄子》设计了一套混世哲学,随大流,从世俗,八面玲珑,就可免于灾害。但是,这样随波逐流,还算不上绝对的自由。在《庄子》一书看来,绝对自由就是"逍遥游",即我要怎样就怎样,无所依赖,不受任何现实关系的束缚、限制;达到天地与我并生、万物与我一体的境界。《庄子》描绘了一个叫做"真人"的理想人格,认为一切都不想,和"道"融为一体;不计较生死、是非等,把一切被仁、义等所奴役的"假我"统统抛掉,就能达到真我、真人。这实质上是一种纯粹心理的追求和绝对精神的幻象。

三、混沌齐物逍遥游

《庄子》是一部庄子学派的总集。《汉书·艺文志》著录《庄子》52 篇,今存 33 篇,分为内篇、外篇、杂篇三部分,内篇 7 篇,一般认为是庄子的手笔;外篇 15 篇,杂篇 11 篇,它们可能是庄周弟子或庄周后学的作品。

《庄子》是一部哲学著作,作者为了表达见解或抒发情感,大量吸收神话、传说材料,或者虚构杜撰,凭借想象、联想,创造了众多光怪陆离的场景和形象,编写了 100 多个寓言,通过这些虚构的故事和色彩斑斓、个性鲜明的艺术形象,曲折地表现了作者的哲学思想和人生见解。如《逍遥游》就是由 5 个寓言故事组成的,它的主旨是阐述不受时空限制的绝对自由。全篇没有用论述性的语言去阐述什么是绝对自由,但通过神奇的大鹏、夜郎自大的蝉和麻雀,敝屣功名的许由、绰约如处女的神人等几个鲜明生动的形象,使人受到感染。

《庄子》的文章想象奇幻诡异,构思自由巧妙,情节曲折离奇,行文布局变化多端,富有奔放驰骋、毫无拘谨的飘逸情思。文势雄奇,汹涌澎湃;辞采灵动,诙谐洒脱。词汇丰富,语言活泼,善于把各种事物人格化,擅长运用比喻、夸张等手法,奇思妙笔使文

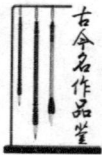

章变得妙趣横生。这在《逍遥游》《齐物论》《秋水》等名篇中表现明显。

作品的文学成就以寓言故事见长。寓言包括一些神话式的幻想故事,也包括一些通常所说的寓言。这些寓言具有浓郁的诗意和浪漫主义色彩,写得机智幽默。如《秋水》篇,作者用河伯望见海水时的惊叹,说明人在宇宙间的渺小和所知的有限,含义深刻。

《庄子》的世界,大至混沌宇宙,小至杯水芥舟,上天入地,广漠无垠。在那里,不仅鸟兽虫鱼会思考,充满人情味,即使无生命的物体也活立纸上,读来如临其境,如闻其声。如蝉与麻雀可以自白,车辙中的鲫鱼可以向人求援,东海之鳖能够与井底之蛙侃侃而谈,蛇和风能够对话,栎树也会发表议论,甚至两个抽象的概念名词都可以争辩一番,罔两和影子能够讨论问题,骷髅也能探讨人生。看似荒诞不经,实则充满了作者的感情,表达着强烈的爱憎,反映了深邃的哲理。

《庄子》的另一个特点是善用譬喻。几乎任何情况、任何事物都可以用作譬喻。如庖丁解牛,循自然之道游刃有余,比喻养生之理。另外,"井底之蛙""望洋兴叹""东施效颦""邯郸学步""匠石运斤"等典故,无不委婉巧妙、深入浅出地把深奥的思想表达得浅显易懂,增添了说理的奇特色彩。

《庄子》的出现,标志着在战国时期,我国的语言文学已发展到了非常高深的水平。庄子的文章,不仅在先秦诸子中独具一格,后世的古典散文也很少有能与之相比的。它的文学造诣可以与屈原的骚赋分庭抗礼,对我国的思想、文学、艺术产生了深刻巨大的影响。它的浪漫主义培育出了无数或奇崛或优美的不朽佳作。嵇康、阮籍、陶渊明、李白、苏轼、曹雪芹等人的思想和创作,都受其影响很深。战国诸子中,《庄子》对后世的影响最为深远。

以《逍遥游》片段为例:

北冥有鱼，其名曰鲲。鲲之大，不知其几千里也；化而为鸟，其名为鹏。鹏之背，不知其几千里也；怒而飞，其翼若垂天之云。是鸟也，海运则将徙于南冥。南冥者，天池也。齐谐者，志怪者也。谐之言曰："鹏之徙于南冥也，水击三千里，抟扶摇而上者九万里，去以六月息者也。"野马也，尘埃也，生物之以息相吹也。天之苍苍，其正色邪？其远而无所至极邪？其视下也，亦若是则已矣。且夫水之积也不厚，则其负大舟也无力。覆杯水于坳堂之上，则芥为之舟；置杯焉则胶，水浅而舟大也。风之积也不厚，则其负大翼也无力，故九万里则风斯在下矣。而后乃今培风，背负青天而莫之夭阏者，而后乃今将图南。蜩与学鸠笑之曰："我决起而飞，抢榆枋，时则不至，而控于地而已矣，奚以之九万里而南为？"适莽苍者，三飡而反，腹犹果然；适百里者，宿舂粮；适千里者，三月聚粮。之二虫又何知？小知不及大知，小年不及大年。奚以知其然也？朝菌不知晦朔，蟪蛄不知春秋，此小年也。楚之南有冥灵者，以五百岁为春，五百岁为秋；上古有大椿者，以八千岁为春，八千岁为秋。而彭祖乃今以久特闻，众人匹之，不亦悲乎？①

　　《逍遥游》是《庄子》的代表篇目之一，通过一系列富于哲理的寓言故事，生发议论，阐述了庄子渴望摆脱一切客观条件的限制，追求精神上绝对自由的思想。文章构思宏伟，海阔天空；比物连类，想象奇特。在庄子的眼里，客观现实中的一事一物，包括人类本身都是对立而又相互依存的，这就没有绝对的自由，要想无所依凭就得无己。因而他希望一切顺乎自然，超脱于现实，否定人在社会生活中的一切作用，把人类的生活与万物的生存混为

---

① 庄周.庄子[M].孙通海，译注.北京：中华书局，2017：3-6.

一体；提倡不滞于物，追求无条件的精神自由。"逍遥游"就是没有任何束缚地、自由自在地活动。该文主要阐述万物皆有所待，都不能摆脱物累而臻于绝对自由。

《孙子兵法》

一、孙武：兵家之神

孙武，生卒年不详。字长卿，齐国乐安（今山东惠民）人，我国伟大的军事家，春秋时期兵家学派的代表人物。被后人奉为"兵圣"和"兵学鼻祖"，后世还尊称他为孙子或孙武子。

孙武的祖先是陈国的公子完，因避祸乱逃到齐国，改名为田完，他的5世孙田书是孙武的祖父，田书因立下战功，被赐姓孙氏。后来，齐国发生变乱，孙武投奔吴国，隐居起来，潜心研究兵法，并和伍子胥结为好友。孙武的知识非常渊博，他运用当时最先进的思想和科学技术成果，总结了战争的丰富经验，制定了有关战略、战术的原则。

吴王阖闾奋发有为，决心改革图强。为此，他广纳人才，以成就其富国强兵之大业。

伍子胥了解孙武非凡的军事才能，便在一天内，7次向阖闾推荐孙武。吴王于是召见孙武，孙武把事先写好的《孙子兵法》13篇献上。

吴王想看孙武如何演习阵法，便从后宫挑选了很多妃嫔，让孙武实地演习。孙武把她们分为两队，叫吴王最宠爱的两个美人担任队长；孙武向她们讲明前、后、左、右的方位，并要求她们遵守军法，接受命令。妃嫔们都说行，但执行起来，却嘻嘻哈哈，不听命令。孙武又重申号令，但她们仍旧嬉笑如前。孙武说，号令重申了，还不执行，就是队长和士兵的错。于是下令把两个队长

斩首,吴王过来讲情,孙武说:"将在外,君命有所不受。"然后,把这两个美人杀了,并重新任命队长;再次击鼓发令时,没有一个人不遵守命令,队伍整整齐齐,很快训练好了。

在这次接见中,孙武的惊世骇俗的议论,新颖独到的见解,引起了一心图霸的吴王的深刻共鸣,他连声赞誉孙武高妙的战争见解,横溢的军事才华,于是当即任命孙武为将军,这一年是公元前512年。

孙武为将之后,为吴国的兼并战争立下了卓越的战功。公元前506年,在孙武指挥下,吴军对楚国实行奇袭战略,攻占楚国都城郢城;公元前484年,吴军在齐国艾陵重创齐军,公元前482年黄池会盟,吴国取代了晋国的霸主地位,吴王从此名显诸侯。孙武为吴王成就霸业立下了不可磨灭的战功。

后来,吴国夫差当政,倒行逆施,骄奢淫逸,吴国开始衰败。孙武后来的事迹已经不见于史书记载。据《越绝书》记载,江苏吴县东门外,建有孙武的坟墓。看来,孙武没有像伍子胥那样被杀,而很可能隐退山林,终老其身了。

孙武之所以享有盛名,不仅因为他的军功,最重要的是他留下一部我国和世界现存最古老的兵书《孙子兵法》。此书成于春秋战国之交,共13篇,5900多字;又称《吴孙子兵法》《孙武兵法》或《孙子》,享有"兵经""武经""百世兵家之师"等美誉,它对中国兵法有着奠基作用,被列为《武经七书》之首,对后世产生了深远的影响。

《孙子兵法》在战国末期和汉初已很流行。曹操曾为《孙子兵法》作注,张子尚、杜佑、贾林、杜牧、孟氏、梅尧臣、王哲、何廷锡、张预等人也为它作注。自从它问世以来,中外版本多达数百种,国外有日、英、俄、德等20多种文字译本。

二、《孙子兵法》: 兵家宝典

《孙子兵法》内容完备,全书把战争和军事问题分为13篇加以论述,包括计篇、作战篇、谋攻篇、形篇、势篇、虚实篇、军争篇、九变篇、行军篇、地形篇、九地篇、火攻篇、用间篇。

《计篇》讲的是通过对决定战争胜负的各项基本条件和因素作出周密的计算,进行全面的军事分析,从而作出战略决策。《作战篇》主要讲述了战争准备要立足于速战速决的军事思想。《谋攻篇》主要论述了谋略攻战的策略,提出"不战而屈人之兵""上兵伐谋"等著名论断。《形篇》主要论述的内容是通过敌我力量,攻守对比的辩证关系,说明一种实力为上的原则。所谓"形",实际上就是军事实力的对比关系。《势篇》主要论述的是军队的机动作战和灵活的战术变化,以造成以强击弱的态势。这里的"势",即军事实力和战术变化形成的优势。《虚实篇》通过对战术上的"虚实"关系的论述,提出一个把握战局主动,"制人而不制于人"的"避实击虚""以虚击实""虚实并举"的战术思想。《军争篇》主要论述如何创造有利于自己的战术条件,即有利的态势与相应的战机,以掌握战场的主动。《九变篇》论述的是在特殊、复杂条件下,机变灵活的作战指挥思想。《行军篇》主要是就山水泽陆的地貌状况来谈行军处置方法。《地形篇》主要是从交战地的位置来说明地形的运用。《九地篇》是从战略地理学角度,从九种地形出发论述战略进攻的各种问题,强调了战斗开始后对各种地形的运用的重要性。《火攻篇》主要论述了火攻的种类、条件、原则和方法,其主导思想是,提倡以火助攻,但同时反对滥用。《用间篇》主要论述间谍在战争中的作用以及用间之法。

这13篇既可以独立成章,又有密切联系,形成一个完整的体系。全书内容以战争、战略和作战指导为核心,并涉及其他问题,逐一展开论述。书中认为,战争是国家的大事,它关系到国家的存亡,人民的生死,必须慎重对待,明确表达了孙武备战慎战的思想。这一思想反映在作战指导上,则表现为"全胜"的理论。它要求当权者在进行战争时,必须要有胜利的把握,只有一般的把握不行,必须要争取以最小的代价、最快的速度,取得完全的胜利,也就是要有"全胜"的把握。

"先胜而后求战"是达到"全胜"的前提。"先胜",指要求战争领导者在战前,就要对决定战争胜负的道、天、地、将、法5事,做全面的分析比较,准确了解敌我双方力量的优劣,这样才能制定夺取战争胜利的指导方略。同时,在军事部署上,拟订周密的计划,考虑多种击败敌人的作战方案,就不怕敌人的突袭了。争取主动是达到"全胜"的必要条件,善于指挥作战的人,需要做到能够调动敌人而不被敌人所调动。战争指导者要善于运用调动敌人的手段,使本来不易歼灭的敌人成为可以歼灭的敌人。

灵活多变的作战方法是达到"全胜"的手段,孙武所说的灵活多变的作战指导,主要表现为正确使用兵力和灵活多变的战法两个方面。孙武认为,贤明的良将以及训练有素、赏罚分明、令行禁止、战斗力强大的精兵,是决定战争胜负的重要因素,这也是孙武治军思想的核心。

孙武认为,最高明的军事家善于运用高超的谋略,打破敌人的谋略,破坏敌人的战略部署,使之不攻自破;或者运用外交手段,瓦解敌人的外交联盟,扩大自己的外交影响,争取更多的盟国,使敌人孤立无援,在外交上战胜敌人。这样才是最佳状态的"全胜"。

三、不朽的兵学巨著

《孙子兵法》是中国古代兵书的奠基之作,其军事思想对中国历代政治家、军事家以及军事理论家产生了非常深远的影响。

《孙子兵法》系统地集合了一个伟大军事家以及那个时代的兵学之大成,它不是在简单的兵法、战法上加以著述,而是在探究人类战争的普遍规律和特殊规律,这为后世的兵学开创了一个伟大的先河。《孙子兵法》达到了那个时代所能达到的最高水平。

《孙子兵法》的文字雄劲苍古,内容博大精深,充满着朴素的军事哲学思想,"知己知彼,百战不殆"是其军事思想的灵魂。孙武的战争观,首先强调的是政治、经济在战争中的作用;他反对天命,不相信鬼神;他强调战争的准备工作,提出"先为不可胜"的战备思想。书中提出了很多军事辩证法的概念和范畴,含有丰富的辩证法思想,主要包括弱生于强,强生于弱的矛盾转化思想;"在利思害,在害思利"的辩证分析的思想等。

《孙子兵法》被西方军事学家称为战略之祖,书中的战略思想非常丰富。他反对轻易用兵,提出"不尽知用兵之害者,则不知用兵之利也",主张"不战而屈人之兵"。他把战略的内容归纳为5个要素:道、天、地、将、法;并且指出,将帅只有深刻了解、确实掌握这5个战略要素,才能够打胜仗。

孙武的战术思想的一个最大特点是主动灵活,他提出要调动敌人而不被敌人所调动。他说,调动敌人的办法是造成敌人的弱点,如各种"示形"战术。书中还提出"兵无常势"、战无常法的思想,根据不同的时间、地点、作战对象等,采用不同的打法。

《孙子兵法》总结了春秋以前的军事经验,深入具体地分析论述了战争中各种因素之间的相互关系,提出了战略战术的各种基本原则,强调了克敌制胜的各种必要条件,包含了丰富的哲学思想,具有朴素的辩证法观点。

《孙子兵法》在南北朝以后被尊称为"兵经",宋代元丰年间起被朝廷定为"武经"。孙武之后各个时期的著名兵法,如《吴子兵法》《孙膑兵法》等都是师承《孙子兵法》的产物。中国历代研究《孙子兵法》的将领,见之于历史记载的很多,如西汉时期的张良、韩信,三国时期的诸葛亮、曹操,唐代的李世民、李靖,宋代的岳飞、李刚,元代的耶律楚材,明代的刘伯温,清代的曾国藩等。

《孙子兵法》的基本原则和思想,体现出一种深刻的谋略性。海湾战争期间,它成了美军统帅的"思想库"。《孙子兵法》今天在世界上的影响已经远远超出军事和战略研究的领域,书中的好多原理被广泛地应用于经济、商业、教育、管理、体育、医疗保健等部门,甚至家庭、生活等方面。它仿佛一座永不熄灭的灯塔,照耀中外,指引古今。

以《谋攻篇》为例：

孙子曰：夫用兵之法：全国为上，破国次之；全军为上，破军次之；全旅为上，破旅次之；全卒为上，破卒次之；全伍为上，破伍次之。是故百战百胜，非善之善者也；不战而屈人之兵，善之善者也。

故上兵伐谋，其次伐交，其次伐兵，其下攻城。攻城之法为不得已。修橹轒辒，具器械，三月而后成；距闉，又三月而后已。将不胜其忿而蚁附之，杀士三分之一而城不拔者，此攻之灾也。

故善用兵者，屈人之兵而非战也，拔人之城而非攻也，毁人之国而非久也，必以全争于天下，故兵不顿而利可全，此谋攻之法也。

故用兵之法，十则围之，五则攻之，倍则分之，敌则能战之，少则能逃之，不若则能避之。故小敌之坚，大敌之擒也。

夫将者，国之辅也，辅周则国必强，辅隙则国必弱。

故君之所以患于军者三：不知军之不可以进而谓之进，不知军之不可以退而谓之退，是谓縻军。不知三军之事而同三军之政者，则军士惑矣。不知三军之权而同三军之任，则军士疑矣。军士既惑且疑，则诸侯之难至矣！是谓乱军引胜。

故知胜者有五：知可以战与不可以战者胜；知众寡之用者胜；上下同欲者胜；以虞待不虞者胜；将能而君不御者胜；此五者，知胜之道也。

故曰：知彼知己者，百战不殆；不知彼而知己，一胜一负；不知彼，不知己，每战必殆。①

---

① 孙武.孙子兵法 [M].武汉：武汉出版社，1994：25-26.

　　本篇为《孙子兵法》中的第三篇,标题称作"谋攻",意思是用谋略攻敌,也就是在战略策略上战胜敌人。文章讲述了如何运用战略和策略手段去战胜敌人,不仅指战略性决策,还包括战略战术中的计谋;论述了不战而胜、外交战、用兵法则和取胜之道,主要论述了"全胜"的战略思想以及实现的方法和条件。

　　在我国军事史上,孙武首先提出"全胜"的思想。因为孙武把他的"全胜"思想一直贯穿到战场斗争中,所以他提出一个重要的命题:"是故百战百胜,非善之善者也;不战而屈人之兵,善之善者也。"孙武还从战争指导上提出了争取"全胜"的5个条件:"知可以战与不可以战者胜,知众寡之用者胜,上下同欲者胜,以虞待不虞者胜,将能而君不御者胜。"这5条"知胜之道",是孙武从对敌我双方进行侦察判断的角度提出的,所以他的结论是:"知彼知己者,百战不殆。"

　　毛泽东对此思想曾给予过高度评价。孙武的"全胜"思想对于后世产生了积极的影响,很多著名的兵书和军事家都吸收了这一思想。

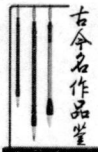

《楚辞》

一、浪漫主义诗歌的源头

"楚辞"这个名词有两种含义，一是指始于屈原的、战国后期在楚国流行的一种新诗体；二是指以屈原的作品为代表的一部古代诗歌总集。它是诗作的名称，又是诗集的名称，不管从哪种意义说，屈原都是它的主要代表。

屈原（？前340—前278），名平，字原，战国时楚国人。是我国古代第一个伟大诗人，也是著名的政治家。他学识渊博，20多岁时，便得到楚怀王的信任和重用，担任左徒。但是屈原遭到保守势力上官大夫和子兰等的嫉妒和反对，他们向怀王进谗，怀王怒而疏远屈原。公元前278年春，秦军攻破了楚国的郢都，传说在那一年的农历5月5日，屈原愤而自沉于汨罗江。后来，这一天便成为中国人民纪念他的传统节日——端午节。

屈原是中国积极浪漫主义诗歌的奠基者。《离骚》是他的代表作。他善于驰骋想象，运用奇特的幻想、神话传说、历史人物、日月风云、山川草木、百花群芳等表现现实的斗争和自己的政治理想。屈原善于学习民歌，发展了"比兴"手法，并在南方民歌的基础上创造了"楚辞体"，也称"骚体"。它和《诗经》并称"风骚"，在文学史上有很高地位。屈原作品早已译成多种外文，他被誉为世界四大文化名人之一。

屈原等人的楚辞体作品，最初都是单篇流传。屈原当时并没有这样命名自己的作品，"楚辞"这个名称是西汉时才有的。汉武帝时，楚辞已成为一种专门的学问与《春秋》并提，到西汉末年刘向编订楚辞集,从此楚辞就有了专书。

保存至今的最早的一部《楚辞》集是东汉人王逸的《楚辞章句》。其篇目是《离骚》《九歌》《天问》《九章》《远游》《卜居》《渔父》《九辩》《招魂》《惜誓》《招隐士》《七谏》《哀时命》《九怀》《九叹》《九思》。这些篇目,从《惜誓》以下皆注明为汉代贾谊、王褒等所作,是悼念屈原或模拟屈原的作品;其余各篇,《九辩》《招魂》题为宋玉作,《大招》题为屈原或景差作。《渔父》以上共25篇为屈原作品。但《史记·屈原贾生列传》将《招魂》列于屈原名下,将《渔父》的内容作为故事叙述,并未讲是屈原的作品。这些文献材料的不同记载,引起了后人的种种怀疑。对于屈原作品,人们一直争论不休,有几篇至今得不出结果。

《九辩》是楚辞的重要作品,是宋玉的代表作。"九"不是数词,"九辩"与"九歌"一样,都是古代神话里的乐曲名,取题"九辩"是为了借重它的盛名。宋玉的历史不清楚,相传是楚襄王的小臣,有才却不得重用,也是一个宦途失意的人。除宋玉之外,司马迁提到的唐勒、景差都没有作品流传下来,在《楚辞章句》中,还收了一批汉初作家写作的"楚辞",内容大都是摹仿屈原的作品,吟咏屈原事迹,成就不大。但是从这些作品却可以看出楚辞向汉赋的过渡,又可以了解汉初之人对屈原的认识,所以有一定的价值。

《楚辞》成为中国文学史上一部辉煌的诗集,这辉煌是由屈原所创造的。在诗集中,诗人展现的美善而痛苦的灵魂,深深影响着一代代中国人。《离骚》被称为最动人的抒情长诗,《天问》被称为奇特的诗,《九歌》被认为是文学史上有着永久魅力的作品。

二、楚国文人的命运交响曲

《楚辞》是一部抒发屈原乃至当时文人身世遭遇、激情哀怨、理想追求的"交响曲",其间交融着对楚国历史的回顾与楚国前途的展望,回响着战国时期的时代之音。

《离骚》是我国古代最长的一首诗。它可分成四大段,第一大

段自叙生平和思想。第二大段记叙他的姊姊责备他和他听了责备之后的陈辞。这两大段是作品的前半篇,都侧重写实。以下转入后半篇,借助"男女"意象创造幻境,表现了作者在政治上失败以及理想不能实现而彷徨苦闷的心情。第三大段写他上下求索,对理想的追求。第四大段通过灵氛和巫觋的占卜之词,写他对楚国已绝望,假托运行周游,另寻处所。尾声却表示了宁死不屈的精神。后半篇侧重虚写,用幻想形式来表现作者极其复杂和沉痛的心情。

《九歌》中屈原塑造了诸神的形象,这些形象都很优美,作品写他们或降留或远举的缥缥缈缈之态,写他们的喜怒哀乐,写他们真挚的恋情,并创造了优美而充满芬芳的环境,让读者通过想象在脑海中浮现出一个个绝美的形象。但是众神的追求、等待,最终归结于失败。这些形象其实是屈原自己在现实生活中感受的移植和投射。

在《天问》中,作者从天地未形的远古写到楚国的现状,先问天文地理,再问历史传说,由远及近,一口气提出170多个问题。他首先问天,从唯物主义的观点出发,探索开天辟地的传说、天体的构造、日月星辰的运行等,气象开阔。其次问地,从鲧治水开始,问到大地的形状,问到昆仑山,问到日照不及的地方,问到何处冬暖,何处夏寒,问到各地奇闻异事,奇珍异禽,奇花异草,问得瑰丽多彩,显神奇而不迷信。第三问夏事,其中穿插了关于女娲、虞舜等若干问句,表现了屈原的历史观点。最后问殷周两代事,其中穿插了舜事,还有春秋时齐、吴等国事,最后问到楚事,还写到自己。

《九章》一共9篇,包括9个方面的内容。《九章》的思想情绪与《离骚》大体相近,它主要用写实方法反映作者一些具体的生活片断及当时的思想情绪,有较准确的史料价值,是了解屈原生平思想的第一手资料。如在《抽思》中,诗人委婉曲折地描写了自己不幸的遭遇,表达了对楚国一时一刻也不能忘怀的心情;在《哀郢》中,极力写他怀念郢都的心情;《怀沙》是屈原的绝命词,表现了他一贯的思想:保持美好的品质,决不变心从俗。

《招魂》由三部分构成:一是引子;二是招词;三是结尾,描写与王一起打猎的情形,写到时光不驻,写到江南景色,呼唤着"魂兮归来哀江南"。诗中深蕴着报国无门而仍然眷恋故国的沉痛感情。《卜居》的内容是讲屈原被放逐,"心烦虑乱,不知所从。"于是去请教大卜郑詹尹,请他卜一个卦,看看应当怎么做。作者借暴露反面的东西来烘托屈原的思想,表明了强烈的爱憎感与是非观。《渔父》假托渔父与屈原的问答,表现屈原不肯同流合污的顽强精神。

《九辩》的作者是宋玉,这是一首长篇抒情诗,主旨是"贫士失职而志不平"。这首诗文采优美,开头一段写秋,已成为千古传颂的佳句。将草木凋零的秋与失意游子的感触交织在一起,就把悲愤的情绪刻画得淋漓尽致。接着诗人尽力渲染秋天的萧瑟气氛,抒发了寄居异地的游子孤寂、空虚的心情。

三、九曲回肠泪洒丰碑

屈原是我国封建社会初期的一位政治诗人。他的艺术创造,主要不在于语词中"兮"的运用,而是艺术构思上摆脱了创作素材的束缚,用空前广阔的想象,极大提高了诗的表现力。政治倾向性与艺术感染力的高度统一,构成了屈原作品的主要特色,这是屈原在诗歌艺术上的主要贡献。

《离骚》是屈原最重要的作品,在这篇作品中,屈原叙述他为了坚持正确的政治主张,受到种种打击迫害,但是决不屈服;他一再表达了热爱祖国、始终不渝的感情。《离骚》这一篇名,向来有许多不同的解释。汉代司马迁等人说,"离"是遭遇的意思,"骚"是忧的意思,表示自己因遭忧而作此诗,汉代王逸释作离别的忧愁。还有其他一些解释,但以上两种解释比较切合作品的内容。

《离骚》大约作于楚怀王末年,屈原总结了楚怀王半生的政治斗争,写成了这篇规模宏大的政治抒情诗。诗篇主要表达了他

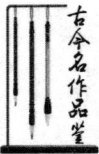

的政治理想,即通过楚王来实现"美政"。诗中写到了他的"美政"的精神。屈原反对骄奢淫逸,提倡兢兢业业地遵循法度规则,认为只有德行美好的圣贤,才配管理天下。《离骚》也表现了强烈的爱国思想,诗篇所写的全部斗争,都说明诗人念念不忘楚国的兴亡,表现了对楚国前途的深刻的忧虑。作品中,最让人感动的是诗人不倦的追求政治理想的精神以及对祖国坚定不渝的热爱之情。

《九歌》是古代神话传说中乐章的名称。屈原这一组诗,实际是11篇。其中前9篇祀神,第10篇是《国殇》祭鬼,第11篇是尾声。按神鬼的类别可分三种:天神、地祇以及人鬼。描写第一类的歌辞,比较庄严,宗教祭祀的意味较浓。第二类神是介于人神之间的,近似神话中的人物,诗人以人神之恋终归失败的主题,间接反映了失望、孤独的痛苦心情。第三类描写为国捐躯的将士们的神灵,只有《国殇》一篇。《国殇》的描写没有神秘的幻想成分,是一首反映现实的赞歌。屈原的其他作品中,《天问》也就是问天的意思。《招魂》的形式来自楚国民间,它是楚文化的特产,反映了战国时期楚国高度的文化水平。

屈原之后的"楚辞"作品,有《卜居》和《渔父》。这是与屈原时代相近的楚人创作的有关他的故事。这两篇作品对了解屈原的思想很有价值,艺术性也很高。都采用对话形式表达思想,体裁介于诗歌与散文之间,而更接近于散文,是楚辞文体的一个变种。

《楚辞》以超现实的手法,表现现实世界中的情与事,为读者展现了一幅幅奇妙的幻境。它的艺术特征主要表现为:

首先,运用香草美人的比兴手法。屈原的作品对芳草意象的使用,反复出现,与诗情交融在一起,有着一种系统的象征义。如《桔颂》中,诗人以桔树的形象来象征"我"美好、坚贞的品质。在《九歌》中,写到居室、用具、赠品,无一不是香草香花。屈原作品中的比兴手法,体现着与《诗经》比兴手法的继承关系,同时又有了新的发展;这种寄情于物,"托物以讽"的表现方法,成为我国诗词创作的主要手法之一。

其次,驱使日月风云,运用神话传说。《离骚》中神奇的幻想境界,系统地表现诗人追求、绝望、彷徨、眷恋等种种感情衍变流程。展现幻境,利用美女和神话故事,象征情感,是屈原作品的一个总的特色。《九歌》是一支恋爱之歌,这些诗歌写人神恋爱,终归失望。这些悲剧,象征着诗人在现实中遭谗被疏后的痛苦心情。《天问》中每一问句都包含着色彩斑斓的神话和历史传说。诗人企图在一系列的追问中寻找到一个终极的价值,使得生命得以支撑起来,但屈原最终未澄清生命的困惑,不得不以死来保持他完善的人格。

以《九歌·湘夫人》为例:

> 帝子降兮北渚,目眇眇兮愁予。袅袅兮秋风,洞庭波兮木叶下。登白薠兮骋望,与佳期兮夕张。鸟何萃兮蘋中?罾何为兮木上?沅有芷兮澧有兰,思公子兮未敢言。荒忽兮远望,观流水兮潺湲。麋何食兮庭中?蛟何为兮水裔?朝驰余马兮江皋,夕济兮西澨。闻佳人兮召予,将腾驾兮偕逝。筑室兮水中,葺之兮荷盖。荪壁兮紫坛,播芳椒兮成堂。桂栋兮兰橑,辛夷楣兮药房。罔薜荔兮为帷,擗蕙櫋兮既张。白玉兮为镇,疏石兰兮为芳。芷葺兮荷屋,缭之兮杜衡。合百草兮实庭,建芳馨兮庑门。九嶷缤兮并迎,灵之来兮如云。捐余袂兮江中,遗余褋兮澧浦。搴汀洲兮杜若,将以遗兮远者。时不可兮骤得,聊逍遥兮容与。①

这首诗写湘君对湘夫人的相思与挚爱。这是屈原被流放到江南时,在沅湘一带民间流行的祭歌和神话传说的基础上,经过加工提炼再创造而成的组诗之一。全篇可分四段,第一段写湘君

---

① 屈原,等.楚辞[M].扬州:广陵书社,2018:24-25.

焦急地等待着同湘夫人会面。他望眼欲穿，非常着急。第二段写湘君久候不至的惆怅痛苦之情。他心神恍惚，非常忧愁。第三段写湘君想象和湘夫人会面后的情境。说他为了迎接湘夫人，将全用香木香草，筑成一个水中居室；还让山神出动去迎接她。第四段写湘君终于没有等到湘夫人的痛苦失望。他先是生气地把湘夫人送给他的衣服扔到江水中，但又懊悔不迭，采来许多芳香的杜若，准备送给远道而来的湘夫人。他一边漫游，一边耐心等待心上人的到来。诗中的芳草香花，营造了一个浓郁的诗情画意的抒情氛围，通过幻化的逼真性，给读者留下了广阔的联想空间，增强了作品的艺术魅力。

《淮南子》

一、多才多艺的诸侯王

刘安(前170—前122),沛郡丰(今江苏沛县东)人,西汉思想家、文学家。

刘安的父亲淮南王刘长,是汉高祖刘邦的第七个儿子,汉文帝的弟弟。刘长因为谋反的罪名,被汉文帝废黜封爵,在被流放蜀郡的道路上,刘长绝食而死。汉文帝为了表明自己不是容不得弟弟,便按照诸侯王的待遇为刘长建造陵园,并为他追加了淮南厉王的谥号。根据谥法的规定,暴虐傲慢而不亲爱才叫厉。

公元前164年,汉文帝又把原来刘长的封地一分为三,分给刘长的3个儿子。刘安名义上承袭父亲的封爵为淮南王,实际上得到的封地只有父亲的三分之一。

刘安的性格和刘长很不相同,也和一般的公子哥不一样,他不喜欢跑马游猎,而喜欢读书弹琴。他擅长文辞,博学多才,是一个文质彬彬的学者。汉文帝非常欣赏他的文才,据说,有一次,汉文帝曾让刘安写一篇《离骚传》,他清晨接到诏书,到早饭时分就写完呈上去了。文帝看了以后,爱不释手,把它珍藏起来。当时,刘安只有二十一二岁。汉武帝即位之后,对才华横溢的叔叔刘安也十分敬重,每当要给刘安颁布诏书,都要请最著名的文人如司马相如等人起草、润色,生怕因为写得不好被刘安见笑。

刘安还有一个爱好是招罗天下宾客。因为他博学多才,并能礼待宾客,投奔他门下的宾客竟然达数千人。他收罗的这些人才多是有各种学识专长的学者、方术之士。

刘安的著作内容丰富,涉及的领域广泛。其中有很多著作是他和宾客共同撰写的,但刘安起着组织者和审定者的作用。遗憾的是,多才多艺、文质彬彬的刘安,后来竟然因为谋反,事情败露而自杀。《史记》《汉书》都详细地记载了他谋反的经过。文帝、景帝时期,刘安并没有谋反的举动。他具体的谋反准备是在汉武帝即位后开始的,他反对汉武帝"罢黜百家,独尊儒术"的政策。

汉代人复仇观念很重,崇尚侠义、刚烈、视死如归,这成为一种社会风气。刘安的谋反原因,在主观上,最主要的是他对父亲刘长被流放而死抱有复仇心理,对皇帝耿耿于怀。另外,刘安招罗的辩士谋臣,既多又杂,什么人都有。如伍被,为了满足自己的私欲,一开始为刘安谋反出谋划策,后来却又背叛主人,落井下石。这些人对刘安走上反叛、覆亡的道路起了推波助澜的作用。

刘安谋反的事情暴露后,整个家族的人被杀的杀,关的关,流放的流放。这样,他的大量著作就没有什么人敢保存、研习了,时间一久,很多都散失了。直到后来,刘向奉命校阅宫廷藏书,才把《淮南子》整理出来。《淮南子》是侥幸保存下来的刘安的著作。

二、囊括天地人间之道

《淮南子》又名《淮南鸿烈》,"鸿"是广大的意思,"烈"是功业的意思。刘安认为此书包括了广大而光明的通理。此书内容庞杂,天地之理,人间之事,帝王之道,都包含在这部书里。《淮南子》全书21篇,从内容上可分为三部分:

第一部分是全书的理论总纲,"道"的理论,包括第1篇《原道训》、第12篇《道应训》、第16篇《说山训》和第17篇《说林训》。《原道训》阐述"道"的观念,并以"道"说明宇宙演化过程,是对"道"理论全面系统的论说;《道应训》是用史事阐明"道";《说山训》和《说林训》主要是汇集箴言。这3篇文章从不同角度对"道"理论作了解释、喻说。

第二部分是全书的宇宙论,包括第2篇《俶真训》到第7篇《精神训》共6篇,论述宇宙天地的形成以及人性真谛。《俶真训》论述"道"的历史变化;《精神训》阐述养生之道;第3篇《天文训》,考究天象及其变化;第4篇《地形训》,考察地理及其变化;第5篇《时则训》,论叙四时律历;第6篇《览冥训》,探索社会历史。

因为《淮南子》的作者将天地人看作宇宙的重要组成部分,所以对人的哲学认识也包括在它的宇宙论中。按照一般的理解,《天文训》《地形训》《时则训》是全书的宇宙论,而《俶真训》《览冥训》《精神训》可以看作《淮南子》的人性论。

第三部分是全书的政治论,包括君主论和臣子论。第8篇《本经训》到第15篇《兵略训》(第12篇《道应训》除外),是全书的君主论,论述君主之道、统治之术。《本经训》论说圣王德泽;《兵略训》谈论军事;第9篇《主术训》,论述圣王之道;第10篇《缪称训》,说明称谓的使用;第11篇《齐俗训》,研究习俗的差异与统一;第13篇《泛论训》,叙说治乱规律;第14篇《诠言训》,讨论如何治国保身。

第18篇《人间训》和第19篇《修务训》,是全书的臣子论,论述处理社会生活中的各种矛盾以及人格修养、学习的原则。《人间训》论世间祸福,《修务训》则详论治学。第20篇《泰族训》,说天地变化之道;它是《淮南子》政治思想的综论,也可以说是《淮南子》政治论的总结。第21篇《要略》,总叙全书,是全书的序言,介绍著书的目的及各篇内容提要。

《汉书·艺文志》列《淮南子》为杂家,实际上,它以道家思想为主,书中汇集儒、墨、名、法、阴阳等诸家思想以归之于道,为西汉道家思想的代表作;但一般认为是杂家著作。它在阐明哲理时常引用许多神话传说,因此书中保存了很多古代神话的资料。其中比较著名的神话故事有如下几则:《女娲补天》,出自《览冥训》篇;《后羿射日》,出自《本经训》篇;《共工触山》,出自《天文训》篇。

三、汇集百家学说的巨著

《淮南子》是西汉淮南王刘安和他的门客苏非、李尚、伍被等集体撰写的一部哲学著作,仿效《吕氏春秋》,以道家思想为主轴,多采用阴阳五行之说,兼及儒、墨、名、法诸家,旁及音律、神话等,无所不包。它还保留了许多与其他书不同的先秦文献资料,是典型的楚人著作,对研究楚文学与楚语很有价值。

据《汉书·艺文志》载,《淮南子》有内21篇,外33篇。内篇主要论道,外篇为杂说。现存21篇,大概是原来的内篇。《淮南子》的理论基础是"道"论,书中第一篇是《原道训》,题目的意思就是对作为宇宙本原的"道"的解说,而"道"的理论也成为全书的理论支柱。但《淮南子》又与先秦道家有很多不同,它的"道"论具有自己鲜明的特色。

《淮南子》提出了人和地球上的万物都是天地生成的观点,认为在虚无中有一种无形的、蕴含宇宙万物之本质的东西存在,以这种东西为核心,才演变出宇宙,演变出人类和万物;而这种东西就叫做"道",是"道"的初始形态。"道"的初始状态是"道"的最高层次,通常称为"大道""太上之道"。当"道"发展演变为有形万物阶段后,它就有了新特点,如自然无为、循环往复、生生不息。总之,《淮南子》所说的"道"的意义,可分为两个层次,最高层次指宇宙本体,第二层次指具体事物之本性。它们都属于自然的范畴,在这个意义上,"道"和自然是相通的。

《淮南子》认为,既然"道"具有宇宙最基本物质的含义,因此,遵循"道"的原则就成为修身养性、为人处世乃至治理天下的基本准则;"道"是社会生活的最高准则。它还认为,世界所有具体事物,都是天地阴阳交汇,相互作用而产生的;而阴阳二气的最高体现是日月以及由它们主宰的天上世界。因此,地上万事万物,包括人类的一举一动,都受上天的支配和监督。上天支配监督着人间社会政治,《淮南子》认为人生在世的最高目标是要实现自己的本性。《览冥训》论述了人性与上天相通的玄妙幽深的境界，认为人性中最精粹的部分是蕴含着"道"的"至精"。

《淮南子》政治论以无为政治为基本原则，对君主和臣子提出了不同的要求，从而可分为"君主论"和"臣子论"两部分。"君主论"是以道家学说为纲，融汇儒法各家的系统的君主理论。"臣子论"认为，君臣持守不同的"道"，君无为而臣有为；因此，臣子与君主相比，要面对更多具体的人间事务，要解决大量的现实矛盾，所以对臣子就有更多特殊的要求。《淮南子》强调不仅要懂得天道，还要知人事，了解社会现实。

《淮南子》是刘安最重要的著作，不仅系统地论述了他的哲学思想，也全面阐述了他的政治主张，是一幢规模宏伟、功能齐全的为汉王朝大一统服务的理论大厦。《淮南子》中的神话故事，概括了远古人民所进行的自然斗争和社会斗争，反映了他们的理想、愿望和情感。这些故事被广泛地传诵，成为激励古代人民征服自然、改造社会的一种精神力量。

以《原道训》片段为例：

> 夫道者，覆天载地，廓四方，柝八极，高不可际，深不可测，包裹天地，禀授无形；原流泉浡，冲而徐盈；混混滑滑，浊而徐清。故植之而塞于天地，横之而弥于四海，施之无穷而无所朝夕。舒之幎于六合，卷之不盈于一握。约而能张，幽而能明，弱而能强，柔而能刚，横四维而含阴阳，纮宇宙而章三光。甚淖而滒，甚纤而微。山以之高，渊以之深，兽以之走，鸟以之飞，日月以之明，星历以之行，麟以之游，凤以之翔。泰古二皇，得道之柄，立于中央。神与化游，以抚四方。①

《原道训》是《淮南子》中的第一篇；原，是根源、本原的意思；

① 刘安.淮南子[M].陈广忠，译注.北京：中华书局，2017：2.

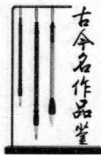

训,是解说的意思。本文对"道"的产生、形状、性质作了多方位的描述。"道"孕育了朦胧无形的世界;"道"的运动是没有尽头的,"道"既能约束,又能伸展;"道"充满了天地的四角,是宇宙的纲绳。日月因为有了"道"而有光明,星辰因为有了"道"而能运行。远古的伏羲、神农,因为把握了"道"的根本,所以能立身于天地的中央。以无为的态度处事则符合"道",以无为的态度发表意见则符合德。

文章意象博大辽远,内涵精辟深刻,说理清晰透彻,语言华美典雅;如一曲气势恢弘的交响乐,洋溢着一种丰厚而内在的东西。

《古诗十九首》

一、情真意婉的无名作者群

"古诗"的原意是古代人作的诗。汉代有一批五言诗,流传到六朝,已经不能确定它们的作者以及写作年代,六朝人就笼统称之为"古诗",后来相沿习用,专指汉代乐府诗之外的一批无名氏所作的五言诗。所以《古诗十九首》中的"古诗",不是指与律诗、绝句等相对称的古体诗,也不是现代所泛称的古代诗歌,而是南北朝时期的人对汉魏无名氏诗的称呼。

"古诗"与乐府诗关系密切,很难断然划分,有的本身就是乐府歌辞。"古诗"是乐府歌辞脱离乐曲向五言诗发展的结果。因为这些诗的作者和时代难以考定,所以梁代的萧统编《文选》时选了19首,题为《古诗一十九首》,这就是《古诗十九首》名称的由来。这些诗不是一人一时一地所作,也不是一个有机结合的组诗,所以《文选》把它编入"杂诗"类。实际上当时人们见到的"古诗"远远超过19首,钟嵘说晋代陆机模仿的就有14首,另外还有45首,因此他见到的古诗至少有59首。萧统只是选了其中的一部分。

一般认为,这些古诗大约产生于东汉末年,是一群中下层知识分子受到乐府民歌的影响而创作的。有的古诗曾被指为或疑是某个知名作家的作品,其实并不可信。沈德潜在《说诗晬语》中说:"古诗十九首,不必一人之辞,一时之作。大率逐臣弃妇,朋友阔绝,游子他乡,死声新故之感。或寓言,或显言,或反复

言。初无奇辟之思,惊险之句,而西京古诗,皆在其下。"他对古诗十九首的作者、时代、社会内容和艺术特点的评述是正确的。

东汉末年,社会动荡,政局混乱,很多知识分子为了追求功名利禄,往往背井离乡,在外奔走,京都洛阳是他们逐鹿的场所。《古诗十九首》的作者多属于此类中小地主阶级,他们与乐府民歌的作者不一样,他们这些人有的多年在外,求官不得,回家又没有办法,于是便终身成为"荡子"。有"荡子"就必然会有思妇,《古诗十九首》中游子思妇的离愁别恨就是在这样的背景下产生的。

这些中下层的知识分子一心追求功名富贵,但在当时的条件下,外戚、宦官专权,贿赂成风,卖官鬻爵,政治黑暗,他们的理想与愿望难以实现。个人的目的达不到,不免就要发牢骚。有的甚至对已经发达了的朋友表示不满。另一方面,这些人觉得活着做不成官,死后又那么悲惨,现实太可怕了,但他们又不像庄周那样想得开,于是便哀叹人生无常,追求及时行乐。这是中小知识分子在政治黑暗的时代所产生的一种病态心理,是一种无可奈何的悲哀,是非常消极颓废的。他们的五言诗《古诗十九首》充满了失志和伤时的感伤情绪。

《古诗十九首》在我国文学史上,一直受到诗人和批评家的重视,从钟嵘、刘勰到王国维,对它都有评述。它在诗歌的创作上有高度的艺术技巧,低沉的情调决定了它自然生动、"真而不野"的语言风格,可见,它的无名作者群善于汲取民间文学的丰富营养并加以提高。对五言诗的发展来说,《古诗十九首》的出现具有划时代的意义。

二、汉诗中的冠冕之作

《古诗十九首》中,很多作品是写游子思妇之辞,19首诗中思妇之辞就有七八首。如《行行重行行》《迢迢牵牛星》《庭中有奇树》《冉冉孤生竹》《青青河畔草》《凛凛岁云暮》《孟冬寒气至》《客从远方来》等,都是抒发离恨乡愁的优秀作品。这些诗不是一般的爱情描写,而是真实地表现了汉末游宦风气以及腐败的社会政治给人们造成的痛苦。《行行重行行》写的是在家的妇女思念远行异乡的丈夫。汉末诗人多弃农求官,留下妻子独守空闺。作品形象地表现了空闺忧思,非常富有韵味。《冉冉孤生竹》写的是新婚远别。

游子思念在家的妻子的诗不多,但是《涉江采芙蓉》写得非常出色。它描写游子采摘芳香的芙蓉和兰草赠送给远方的妻子。这首诗化用了《楚辞》中采芳草送人的意境,采芳草以排遣自己的思念,这只是感情的象征,而不是事实的叙述。这些诗都是游子思妇的悲痛的呼声,有明显的现实意义。

还有一部分作品反映文士热衷仕宦,追逐功名的心情,如《回车驾言迈》着眼于一个"老"字,作者因为想到人生易老,就自励自策,企求"立身",谋得"荣名"。这对于封建知识分子来说,是比较积极的一种精神状态。功不成,名不立,而时光流逝,老之将至,是当时许多文人士子的共同感觉。《今日良宴会》表现了士人向往富贵,热衷仕进的心情,表露了当时一般士人普遍具有的思想,体现了当时中小地主阶级知识分子希望获得权力的心理。

其中也有不少篇章写失意文人的感伤牢骚,表现出及时行乐的颓废消极情绪。如《驱车上东门》,反映生命无常、及时行乐的主题。前半篇写坟墓和墓中的死人,气象萧瑟阴森;后半篇从死人转到生人,诗人感到一切人都是要死的,生命非常短暂,所以用不着追求"立身"和"荣名",服药求仙反而误事,不如吃好的、穿好的,尽情享受。这种情绪非常消极。《东城高且长》《生年不满百》《青青陵上柏》也表现了同样的主题。这些诗格调灰暗低沉,让人感到一切都是幻灭,表现了那些文士汲汲于名利与享乐的人生观和逃避现实、虚妄没落的情绪。《明月皎夜光》通过描写昔日友人的无情无义,表现了作者对于人情冷暖、世态炎凉的愤懑感情,由此反映了中小地主阶级内部的分化,得意者爬上去,失意者则从美妙的梦幻中跌到冰冷的现实中。

此外,《古诗十九首》中还有咏叹牛郎织女的故事借以抒情的《迢迢牵牛星》,作品通过描绘传说中牛郎织女隔着银河不能互相倾诉衷情的痛苦,抒写男女离别之情,反映了封建制度下女子爱情上所遭受的痛苦。全诗通篇写景,而情则融于景中,情景相生,通过某种生活情节抒写作者的内心感受,抒情中带有叙事意味,使诗中主人公的形象更加鲜明突出。书中还有描写因为听歌而引起情绪共鸣,产生双飞愿望的《西北有高楼》,写一个追求名利的失意者的心情,并不抽象地写他如何怀才不遇,失意彷徨,而是通过高楼听曲这一具体事件的描绘,鲜明地表现了主人公尽管有抱负却生不逢时、郁闷无聊、四顾茫然的形象。这两篇诗文所选择的题材与前述有所不同,但都是很有特色的佳作。

三、秀才抒疾苦说灾难的家常话

明代的"后七子"之一谢榛在《四溟诗话》中说:"《古诗十九首》,平平道出,且无用工字面,若秀才对朋友说家常话,略不作意。"这段话形象地说明了《古诗十九首》的特点。"秀才"用现代的话说,相当于中下层知识分子。《古诗十九首》的内容主要就是抒发这些中下层知识分子的离愁别恨和浮生若梦、及时行乐等思想的。

《古诗十九首》继承了《诗经》《楚辞》的优秀传统,并从乐府民歌中汲取了丰富的营养,形成了自己独特的艺术风格。最突出的是叙事、写景、抒情融而为一,达到了非常自然和谐的境地;语言浅近洗练,就如同不经意地顺口说出,不加任何雕琢,却无一处不生动,无一处不妥帖;作者善于抓住生活中的典型细节来表现主人公的感情、心理,抒情中夹有叙事成分,使艺术形象格外生动鲜明。

《古诗十九首》反映了东汉末年的社会大动乱中,一些文士面对残酷的社会现实生活产生的不满、怨恨、悲伤等复杂的思想感情。这些诗的作者对现实生活有深切的感受,又善于运用简洁生动、自然明白的语言表达真挚的感情,毫不矫揉造作,因此特别耐人寻味,感人至深。这些诗从不同的角度,不同时间的环境,选择合适的自然风物,衬托和加强抒情艺术的力量,往往能达到寓景于情、融情于景,情景交融的境地。如《青青河畔草》描写游子思妇的离愁,既写出了草青柳绿的美景,也写出了思妇红粉纤手的姿色,写得最绝的还是她的魂牵梦绕的刻骨相思:"昔为倡家女,今为荡子妇。荡子行不归,空床难独守。"

《古诗十九首》是完整的文人五言诗,标志着在汉乐府民歌基础上成长起来的五言诗已经脱离了西汉文人五言诗那种"质木无文"的幼稚形态,进入了成年期。它不仅对魏晋南北朝时期五言诗的巩固和繁荣起过明显的作用,而且对以后出现的各体五言诗,也有一定影响。

民歌中经常使用的传统的比兴手法,在《古诗十九首》中得到巧妙的应用,尽管着墨不多,但言近旨远,含蓄委婉,余韵无穷。

这些诗歌是现实的,也是浪漫的。现实的是妻离子散,生活颠沛,游子思妇的主题;浪漫的是有的作者借神话故事,影射了人间男女不得相聚的痛苦。如《迢迢牵牛星》中,活画出一对男女相亲相爱而不得相会的凄惨景象,感情真挚,措辞率真,字里行间流露出对封建社会的愤懑和反抗。如《生年不满百》这首诗宣扬了及时行乐的思想。作者认为,人活一世不满百岁,但是有些人却总是担心千年以后的事情,完全是自寻烦恼。人生苦短,正确的人生态度应当是及时寻欢作乐,每天尽情地享受而不要辜负那宝贵的时间。只有傻瓜才会吝啬钱财而不舍得纵情享乐,那些因为访仙求寿而耽搁了纵乐的人也是愚蠢的。作者宣扬的及时行乐的思想尽管有消极颓废的一面,但却表现了汉末士人生命意识的觉醒和对自我价值的发现和重视。诗文中对求仙风气的否定也具有积极的社会意义。

《古诗十九首》尽管思想内容有的表现颓废,但在艺术上有很高的成就,它受到历代批评家的激赏,有的称它"惊心动魄,一字千金",有的说它"真可以泣鬼神,动天地"。它被刘勰称赞为"五言之冠冕",成为我国文学史上早期抒情诗的典范,对后世的诗歌

创作产生了极大的影响。以《行行重行行》为例：

> 行行重行行，与君生别离。相去万余里，各在天一涯。
> 道路阻且长，会面安可知。胡马依北风，越鸟巢南枝。
> 相去日已远，衣带日已缓。浮云蔽白日，游子不顾返。
> 思君令人老，岁月忽已晚。弃捐勿复道，努力加餐饭。[①]

　　这是一首描写女子怀念远行丈夫的抒情诗。诗中表现的感情是健康的，虽然忧伤，但不颓废。这个妇人想象自己的丈夫越来越远地离开了自己，不禁感叹彼此距离的遥远和重逢相见的无期。她揣测丈夫的心情一定如同依恋北风的胡马和向南栖息的越鸟一样怀念着自己和家乡，她还想象到丈夫一定和自己一样在相思之中日渐消瘦，导致衣服日渐宽松。她又担心丈夫在外面为人迷惑而忘记自己和家乡。在这刻骨的相思中，她感到自己变得衰老了，于是她勉强开导自己，只希望丈夫多加餐饭，保养好身体。这首诗对语言的运用有独到之处，如用迭字来加强诗的表现力。用"胡马依北风，越鸟巢南枝"来表现游子思念家乡的心情，既形象地刻画了相思者的心理活动，又加强了思念的气氛。

---

① 朱自清.古诗十九首释　经典常谈[M].北京：人民文学出版社，2017：9.

《洛神赋》

一、建安文学之冠

曹植(192—232),字子建,曹操的第三子。三国时期著名的文学家,曾被封为陈王,死后谥号为"思",所以世称"陈思王"。

曹植天赋异禀,博闻强记,很有才气。他从小就喜欢文学,10多岁便能诵读诗、论以及辞赋数十万言,并能"言出为论,下笔成章",因此得到曹操及其幕僚的赞赏。他是建安时期最有才华的诗人,流传下来的作品数量最多,题材最广泛,影响也最大。钟嵘在《诗品》中称赞曹植为"建安之杰",并对他作了高度的评价。南朝宋代一向恃才傲物的诗人谢灵运,也对他十分钦佩,说"天下有才一石(十斗),曹子建独占八斗,我得一斗,天下共分一斗"。

在《三国志·魏志·陈思王植传》中记载着这样一个故事:曹操在邺城筑成铜雀台以后,命令所有的儿子登台,要求每个人写一篇赋。曹植拿起笔来一挥而就,文章写得非常出色,曹操看了都觉得惊奇,没想到曹植文采这么好。曹植在《文章序》中说:"少而好赋,其所尚也,雅好慷慨,所著繁多。"他曾经删定自己少年时期的作品,编为《前录》18篇。

曹植的生活和创作经历,以公元220年曹操病卒、曹丕称帝为界限,分为前后两期。前期因为他"少小好为文章",长于文学,在兄弟几人中表现得最有才华,所以深得父亲宠爱,养尊处优,先后被封为平原侯和临淄侯。曹操认为他"最可定大事",曾经几次想把他立为世子。但因为他"任性而行,不自雕励,饮酒不节",引起了曹操的不满,使曹操改变主意,立了曹丕为世子。曹植没有

做成世子,反而遭到曹丕的猜忌。曹植后期处境非常恶劣,因才华出众,为曹丕、曹睿父子所嫉妒,备受压抑。

曹丕当了皇帝之后,就不断对曹植进行打击迫害。现在流传的《七步诗》:"煮豆燃豆萁,豆在釜中泣;本是同根生,相煎何太急",就是曹植遭曹丕迫害的写实。曹丕要求曹植在七步之内作出一首诗来,否则后果不堪设想,曹植便作了此诗。这首诗让曹丕感到很惭愧,但并未因此而减少对曹植的打击。

曹植名义上是藩王,实际上为囚犯,处处受到监视和打击。曹丕先是把一向拥护曹植的丁仪和丁翼给杀了,然后又寻找借口贬了曹植的爵位,接着又不断变换他的封地,并对他严密监视,不允许他过问朝廷政事,不允许他和其他亲王来往。任城王曹彰是曹植的亲哥哥,他突然无缘无故地暴死了,这件事情对曹植打击很大。从此以后,他更加提心吊胆,过着朝不保夕的日子。

曹丕的儿子魏明帝曹睿即位后,曹植的处境也没有好多少。曹植曾经抱着报国的理想上书魏明帝,要求让他参加对吴、蜀的战争,结果却使得曹睿认为他有野心,从此猜忌他的心思越发重了,防范也就越发严了。曹植先被改封为东阿王,后被封为陈王。魏太和六年(232),曹植郁郁而死。

曹植是建安文学的集大成者,创作成就很高,特别是在五言诗的创作上贡献尤大,是中国文学史上的大家之一,今有《曹子建集》10卷流传于世。

二、赞美洛神的歌赋

《洛神赋》原名《感甄赋》,是曹植由京城返回封地时所作。古帝宓羲氏的女儿宓妃,溺于洛水,遂为洛神,这是一个历史悠久而美丽动人的神话传说。作者在旅途中经过洛水,很自然地想起宓妃的故事来,又联想起宋玉的《神女赋》,就作了这篇辞赋。

文章写曹植从洛阳出发,翻山越岭,于黄昏时分到达洛水之滨。人困马乏,于是停下来休息。这时,曹植情思恍惚,抬眼望去,依稀看见一个美妙绝伦的女子,站在河滨山崖之下。

他问御夫这个美若天仙的女子是谁,御夫却一无所见,便猜测说可能是洛水之神宓妃。御夫请曹植描述这个美女的体貌形态。曹植说,她的体貌如鸿雁一样轻巧,如蛟龙一样婉曲,比秋菊还要光彩照人,比青松还要年轻美好。隐隐约约好似薄云遮明月,飘飘忽忽又似流风吹轻雪。远看去,这个美女就像朝阳从晨曦的霞光丽影中冉冉升起,近了仔细观察,她如同一株美丽的芙蓉在绿水的波光中闪耀。

她的身材适中,体态匀称;双肩斜削,腰肢柔软纤细如轻柔的丝带;头上挽着发髻,脸上生着秀眉;樱桃小口红艳艳,牙齿细小且洁白;眼睛明亮有神,再加上两腮的酒窝更加迷人。她气质高雅,态度娴静,穿着闪亮的绸衣,戴着碧玉的耳环,插着金玉的首饰,配着耀眼的明珠。她穿着美丽的绣鞋,拖着长长的丝带,未施点滴脂粉,身上却天然有一股幽香扑鼻而来。

这个恍惚若在的美女引起了曹植的爱慕迷恋之情,他解下身上戴的佩玉,让它随着流水的波浪漂到美女身边,借以表达自己的深深情谊。美女收到曹植的礼物后,高举佩玉应和他,并相约在深渊中相会。但是曹植想起了男女之间的大防,觉得自己不能违反道德规范,于是竭力压抑激情,使自己的心神镇定下来。曹植的矜持换来了美女更深的爱悦之情,她惆怅地在那边彷徨着,长歌以表白她的情意,向曹植暗示自己的爱慕之心。

这时候,不知从哪里又来了一群仙女,她们个个都美丽动人,活泼可爱,她们互相嬉戏打闹着,但是却都感慨自己如匏瓜星一样没有配偶,如牛郎星一般孤独居住,感叹生活不是特别幸福完美。这时,各种水族中的神物都聚集而来,美丽的文鱼做前导,漂亮的六龙做驾乘,威风的鲸鲵做扈从,艳丽的水鸟为后卫,载着美女缓缓离去。

美女在车上向曹植讲述了神人不同,异类不能交接的道理,并为此感到深切的悲痛。她留下一颗珍珠,赠给曹植作为纪念品,表示自己将会永远怀念曹植,然后便倏然不见了。曹植心中满怀

惆怅,赶紧乘船追寻,但是再也找不到美女的踪影了。

曹植情思缠绵,他对美女的思念怎么都压抑不住,以致终夜不能眠。第二天将要上路了,他还念念不忘,在水边留连着,不忍心马上离去。

三、千古名作　遗韵悠悠

曹植的作品,骨气、词采兼而有之。钟嵘在《诗品》中说他的作品"骨气奇高,词采华茂,情兼雅怨,体被文质"。"骨气"和"情"指思想内容,"词采"和"体"指艺术形式。曹植的作品要么言抱负,要么抒愤懑,内容充实,骨力雄健,因此说是"骨气奇高""情兼雅怨"。曹植的作品努力追求艺术上的完美,注意用词的生动形象和美丽,注意韵律的和谐,却又不失本色,因此说是"词采华茂""体被文质"。

曹植前期的创作多是表现自己安逸的生活,吐露自己的宏伟抱负,基调开朗豪迈,充满昂扬奋发的精神。后期的创作则主要是抒发个人壮志难酬和郁郁寡欢的情怀,揭露曹丕父子迫害骨肉的行径,满溢悲愤之情,情调隐曲而深沉,反映现实的深度和广度比前期大有提高,艺术上更加成熟。但是,不管前期还是后期,曹植的创作中始终贯穿着一种清新、流丽、少壮的慷慨精神。

清代人丁晏所编的《曹集诠评》,是辑录曹植作品最完备的校评本。曹植的作品,思想感情高迈、不凡,语言文采华美、生动,具有哀怨和雅正相结合的感情,华丽和质朴相统一的风格。他的作品还具有鲜明的形式美,注意诗句的对偶、炼字和声色。他是最早注意音韵声调的作家,重视平仄的运用,使诗文呈现出节奏美。

曹植的文学成就主要是诗,其次是散文、辞赋。曹植一方面促进了乐府叙事诗的抒情化,使诗作带有了鲜明的个性特征;另一方面又促进了文人五言诗的民歌化。曹植对五言形式的运用非常娴熟,无论是用以述志叙事、咏史赠答,还是用来表达热烈、悲壮、愤慨、哀怨的情感,都非常自如。

曹植的散文和辞赋中有很多佳作,前期的《与杨德祖书》表现出了他桀骜不驯的性格,文笔锋利,意气纵横,陈述了作者的宏大志向。《求自试表》等多以追求功名、抒发愤懑为主要内容,可以看出他在政治上不甘寂寞。曹植长于写赋,其中以《洛神赋》最为出色。

《洛神赋》的主题难以确定,但从一般意义上说,它表现了曹植对某种理想事物的追求。文章塑造了一个超群绝伦的美女形象,创造了一个很有诗意的神话境界,写的是人神恋爱的美丽故事。作者以第一人称手法,描述自己在洛水之滨与女神相遇、爱恋,却终因人神无缘而分离。东晋画家顾恺之根据这个故事,用画笔为世人留下了《洛神赋图》。

《洛神赋》的主要艺术特色是,情节和人物在虚实相间之中,给人一种若即若离、似有还无、可望而不可即、可感而不可触的感觉。有情节但发展不完整,故事性不突出;有人物但性格形象不鲜明,如洛神若有若无,时隐时现,飘忽不定,神光离合,乍阴乍阳。所以,《洛神赋》介于抒情和叙事、抒情和咏物之间,显得别具一格,另有风味。

曹植的诗词文赋气韵飞动,神采焕发,情味隽永,引人入胜。他的作品谋篇之奇,素材剪裁的宏阔变化,都是前无古人的。他善于文句的锤炼,长于遣词用字,可谓开六朝文风之先河,但又没有六朝一派形式雕琢的弊端。以他的浪漫主义爱情名篇《洛神赋》片段为例:

> 其形也,翩若惊鸿,婉若游龙。荣曜秋菊,华茂春松。髣髴兮若轻云之蔽月,飘飖兮若流风之回雪。远而望之,皎若太阳升朝霞;迫而察之,灼若芙蕖出渌波。秾纤得衷,修短合度。肩若削成,腰如约素。延颈秀项,皓质呈露。芳泽无加,铅华弗御。云髻峨峨,修眉联娟。丹唇外朗,皓齿内鲜,明眸善睐,靥辅承权。瑰姿艳逸,仪静体闲。柔情绰态,媚于语言。奇服旷世,骨像应图。披

罗衣之璀粲兮,珥瑶碧之华琚。戴金翠之首饰,缀明珠以耀躯。践远游之文履,曳雾绡之轻裾。微幽兰之芳蔼兮,步踟蹰于山隅。①

　　这篇赋通过梦幻的境界,熔铸了美丽动人的神话题材,描述了一个人神恋爱却无法结合,最后无奈含恨分离的故事,充满了浪漫的抒情气息和迷人的传奇色彩。作者着力刻画了洛神这个美貌多情、纯洁端庄、善解人意、妩媚婀娜却又飘忽不定、若有若无、神光离合的仙女形象,倾述了自己的爱恋向往之情,具有很强的艺术感染力。文章语词工整细致,形象生动,自然流畅,没有汉赋那种堆砌奇字的恶习;词采华丽,文气纵横,引人入胜。在幻想的境界里,表现了作者对理想和美好事物的追求。

---

① 曹植.曹植集校注 [M].北京:人民文学出版社,1998.

《嵇康集》

一、琴音绝唱响千古

嵇康（223—262），字叔夜，谯郡铚（今安徽宿县）人，三国魏时著名的思想家、文学家和音乐家。

嵇康早年丧父，家境贫困，但仍励志勤学，文学、玄学、音乐等无不博通。他有奇才，曾为中散大夫，所以人称嵇中散。他娶曹操的孙子曹林之女长乐亭主为妻，政治上被认为属于曹魏集团。正始末年，嵇康和阮籍等竹林名士共倡玄学新说，主张"越名教而任自然"。他淡漠仕途，怡悦竹林，逸世保身，实际上，是要以此来拒绝参与现实的派系斗争。

嵇康秉性刚直，对司马氏的黑暗统治不满，因而言论很愤激，往往反对传统的说法。孔子说："学而时习之，不亦乐乎？"嵇康在《难自然好学论》一文中却说，人是并不好学的，如果一个人可以不做事而又有饭吃，就随便闲游不喜欢读书了。所以现在人之好学，是由于习惯和不得已。他的《与山巨源绝交书》是一篇极富反抗性的作品，这篇散文自始至终表现着对司马氏腐朽统治的决绝态度，成了以后被杀的重要原因。

嵇康对司马氏集团不恭，不只表现在言论方面，还有行动。他虽然贫穷，但会打铁，他宁愿锻铁过活，也不愿意做官。每年夏天，他就与朋友向秀在树下打铁。一次，司马昭的心腹、贵公子钟会来访，嵇康仍打铁不止，不予理睬。钟会没趣，正要走时，嵇康问道："你听到什么而来？看到什么而去？"钟会答："听到所听到的而来，看到所看到的而去。"两人冲突起来，钟会怀恨在心。

后来嵇康的朋友吕安被其兄诬以不孝而下狱，嵇康出面为吕安辩护，钟会便趁机向司马昭说，嵇康是一条卧龙，你不用担心不能把天下夺到手，只是担心嵇康会碍事。还栽诬嵇康想帮助镇东大将军叛乱，诽谤他言论放荡，劝司马昭乘机除掉吕、嵇。

嵇康崇尚老庄，反对封建礼法，是"竹林七贤"之一。他不仅为竹林名士提供聚会的场所，是竹林七贤的精神领袖之一；同时，他更以敢于明确地反对司马氏的淫威而引人瞩目。魏晋易代，司马氏兄弟执掌政权之后，加紧拉拢竹林名士为他们效力。对此，嵇康始终保持着强硬的态度，他拒绝与司马氏合作，抨击当时的黑暗政治，嘲讽那些趋炎附势之人，最后终于惹恼了司马昭，寻衅将嵇康杀害。临刑前有3000太学生集中请愿，请求让嵇康担任太学的老师，但被司马昭拒绝了，没有救下他。嵇康临刑前，回头看了看日头的影子，拿琴来弹了一首自作的曲子《广陵散》，声调绝伦；然后愤愤地说："《广陵散》，于今绝矣！"死时年仅40岁。

他的诗文俱佳，犹以散文见称，作品见解新颖精辟，笔锋犀利。他的文章，篇幅宏大，情绪激烈，分析深透，富有文采。刘勰称赞他的诗文"兴高而采烈"；钟嵘说他"托喻清远，未失高流"。他对后世很有影响，有《嵇康集》10卷传世。嵇康为人坦荡磊落，在《与山巨源绝交书》中自称"刚肠疾恶，轻肆直言，遇事便发"。再加上一直身处官场之外，说起话来不必过多顾忌，所以他的诗文文辞壮丽。

在反抗司马氏的淫威方面，嵇康坚持正义毫不妥协，蔑视权贵虽死不悔，表现出刚毅的个性和高洁的情操，为中国历代正直的知识分子所钦敬。因此，清代人姚莹编《乾坤正气集》时，把《嵇康集》放入其内，位置在屈原、孔融之后。

二、刚毅高洁的《嵇康集》

嵇康的文学创作，主要是诗歌和散文。《嵇康集》收录了嵇康的所有重要作品，著名的有《琴赋》《卜疑》《与山巨源绝交书》《养生论》《答向子期难养生论》《声无哀乐论》《管蔡论》《难张辽叔自然好学论》《家诫》《圣贤高士传》等。

《与山巨源绝交书》是写给山涛的。山涛迁官后,想推荐嵇康代替自己原来的职务,嵇康在这封信中严辞拒绝。信中首先说进退仕隐,因人而异,不能勉强。接着叙述了自己极端疏懒的性格,如经常一月半月不洗头面等。然后讲述了极端蔑视礼法、鄙夷世俗的"必不堪者七,甚不可者二",如睡觉喜欢晚起,但值班守门的人却叫个不停,这让人受不了。再如,要长时间端坐,麻痹了也不能动,身上虱子太多,抓挠个没完,却还要裹着官服,向上司作揖叩拜,更让人难以忍受。嵇康还在信中说出了"非汤武而薄周礼"的话。最后指出人之相知,贵在了解或成全其天性,不应该因为自己喜欢章甫,就强迫断发文身的越国人戴文冕。末尾表白说:"但愿守陋巷,教养子孙,时与亲旧叙离阔,陈说平生,浊酒一杯,弹琴一曲,志愿毕矣。"

《养生论》讲述了养生之道,嵇康着重于精神的保养。他说精神对于形体,就像国家有君王,是起主宰作用的。里面精神急躁,外面形体就会死亡,就如上面国君昏庸无能,下面国家就会大乱。善于养生的人,应当清心寡欲,心情平静;要懂得名利地位会使道德沦丧,所以无须钻营;要懂得肥美的饮食会危急性命,所以不必顾及;要胸襟宽阔,无忧无虑。这样,就可以和仙人羡门、王乔比寿命的长短了。

《卜疑》讲述一个弘达先生怅然自失,于是到太史贞父家问卜,一口气提出了十几个问题。最后问"此谁得谁失?何凶何吉?"太史贞父说,像先生这样问心无愧,不为名利,涤荡情欲的人,可以游吕梁,浴汤谷,"又何忧于人间之委曲?"

《琴赋》对琴的奏法和表现力,作了细致而生动的描写。《声无哀乐论》涉及音乐艺术理论,认为人的感情和音乐是不同的两种事物。音乐发出的是客观的音调,不含有哀乐的感情。哀乐出于人的内心,完全是主观的。

《嵇康集》还存诗 50 多首,其中四言诗有 20 多首,大多表现

了诗人敢于反抗现实的精神和清高孤傲的品行。著名的《幽愤诗》是他在因好友吕安的事牵连入狱后所作,诗中叙述了自己被捕的经过和心情。描述了自己本来志向高远,爱好老庄,具有淡泊寡欲的志趣和耿直的性格;责备自己太笨,不懂人事,喜欢臧否人物,这是招致别人诽谤的原因。他说自己在狱中受到的侮辱,即使跳到沧浪之水也洗不清。勉励后人,不要贪图美好的名声,能在山弯采薇而食,在山谷散发优游,保养寿命,就不错了。

《兄秀才公穆入军赠诗》共 19 首,这是嵇康写给哥哥嵇喜从军的诗。嵇喜,字公穆,举秀才。其中的第九首"良马既闲",想象嵇喜在军队中戎装驰射的生活,第 14 首"息徒兰圃",想象嵇喜行军到各地,休息之时领略山水乐趣的自得情景。这两首诗表面上是赞美嵇喜,但诗中人物有华美的装束,娴熟的武艺,左右顾盼,风姿逼人,而且悠闲自得,孤高自赏,充满隐士式的生活情调,实际描述的是嵇康自己的思想和形象。他知道从军的实际生活是什么样的,但在诗中描述了一幅理想的图画,是希望嵇喜不要与司马氏合作,避开动乱、污浊的现实,作品中寄寓了愤世嫉俗的感情。

三、竹林七贤的一面旗帜

竹林七贤,是继建安七子之后,在中国文学史上具有很大影响的文人团体,其代表人物是阮籍和嵇康。当时司马懿父子图谋篡夺帝位,残杀异己势力,社会政治十分黑暗。嵇康对此表示不满,他的朋友山涛推荐他去司马氏手下做官,他因此与山涛绝交。在哲学上,他受到老庄思想的影响。他针对司马氏"以孝治天下"的虚伪名教,尖锐地提出"非汤武而薄周礼""越名教而任自然"的说法,甚至当面奚落过司马昭的心腹钟会,这种言行是司马氏集团所不容的。

嵇康在当时知识分子中具有崇高的名望,但最后还是死于司马氏集团的屠刀之下。鲁迅在《魏晋风度及文章与药及酒之关系》

中评价说："非薄了汤武周孔,在现时代是不要紧的,但在当时却关系非小。汤武是以武定天下的;周公是辅成王的;孔子是祖述尧舜,而尧舜是禅让天下的。嵇康都说不好。那末教司马懿篡位的时候,怎么办才是好呢? 没有办法。在这一点上,嵇康于司马氏的办事上有了直接影响,因此就非死不可了。"

嵇康的诗文作品,集中表现了两大主题,一是对魏晋易代之际黑暗政治的强烈不满,其中包括对当权者借以行私的儒学礼教,以及卑鄙虚伪的礼法之士的猛烈抨击;二是对清新自由的社会人生的渴望与追求,其中包含着寄情山水的喜悦,也包含着人生多艰的感伤。

嵇康的诗,四言胜过五言,风格秀逸、清远、峻切,感情充沛,在当时独树一帜。钟嵘的《诗品》说他"过于峻切",这种艺术特色主要体现在抒发幽愤的诗篇中。嵇康文章"思想新颖",如《难自然好学论》《管蔡论》等,都有一定的思想性和战斗性。

嵇康的文学成就主要在散文,他的散文作品,语言犀利明快,富有战斗性。《与山巨源绝交书》反对旧的传统观念,超俗不群。山巨源指山涛,曾与嵇康为好朋友,同为"竹林七贤"中人,但他热衷于名利,无耻贪鄙,从反对礼法到拥护礼法,从隐居不仕转向到为司马氏集团效力,他任尚书吏部郎时竟想请嵇康出山代替自己的职务。嵇康写了此文,以嬉笑怒骂的笔调痛斥了山涛,而且攻击了时政。嵇康在信中推崇老庄的清静无为,极力言说自己本性不堪出仕,表现出孤傲散漫的志趣。他的自我表白包含着消极避世的因素,不足为训,但他决心与司马氏集团绝不同流合污的思想,却具有进步意义。文章观点鲜明,措辞激烈,论证严密,幽默诙谐。如他说到自己不愿做官的"七不堪",语言生动形象,富有讽刺意味。

在《答难养生论》中,嵇康谈到艺术欣赏问题,他认识到主观感受是美感产生的必要条件。在美学上,他属于唯心一派。

嵇康的刚毅个性,在他的诗文作品中得到了充分的表现。正是这种鲜明的个性,为他的诗文创作,特别是散文创作,提供了犀

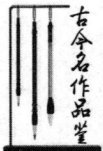

利、明快的原动力,使得他的散文读来畅快动人而余韵浓重。他的作品,通过赠答、论辩、抒怀、述理等不同形式,倾诉了他对现实生活的诸般感受,以及对理想人生的热切追求,气韵豪迈,从多种角度,展示了嵇康高洁的禀赋和清逸的情怀。以嵇康的《幽愤诗》为例:

嗟余薄祜。少遭不造。哀茕靡识。越在襁緥。母兄鞠育。有慈无威。恃忧肆妲。不训不师。爰及冠带。凭宠自放。抗心希古。任其所尚。托好老庄。贱物贵身。志在守朴。养素全真。曰余不敏。好善闇人。子玉之败。屡增惟尘。大人含弘。藏垢怀耻。民之多僻。政不由己。惟此褊心。显明臧否。感悟思愆。怛若创痏。欲寡其过。谤议沸腾。性不伤物。频致怨憎。昔惭柳惠。今愧孙登。内负宿心。外恧良朋。仰慕严郑。乐道闲居。与世无营。神气晏如。咨予不淑。婴累多虞。匪降自天。寔由顽疎。理弊患结。卒致囹圄。对答鄙讯。絷此幽阻。实耻讼宽。时不我与。虽曰义直。神辱志沮。澡身沧浪。岂云能补。嘤嘤鸣鴈。奋翼北游。顺时而动。得意忘忧。嗟我愤叹。曾莫能俦。事与愿违。遘兹淹留。穷达有命。亦又何求。古人有言。善莫近名。奉时恭默。咎悔不生。万石周慎。安亲保荣。世务纷纭。祇搅予情。安乐必诫。乃终利贞。煌煌灵芝。一生三秀。予独何为。有志不就。惩难思复。心焉内疚。庶勖将来。无馨无臭。采薇山阿。散发岩岫。永啸长吟。颐性养寿。①

这首诗的主旨是倾诉对司马昭擅权专制的满腔幽愤,作者有意把全诗的焦点集中到自己身上,叙述了自己的成长经历和人生的理想与追求,以及身陷监狱的基本事实。诗人分析了自己入狱

---

① 嵇康.嵇康集校注 [M].戴明扬,校注.北京:中华书局,2014:42-43.

的原因,认为主观上,是因为自己"好善闇人""显明臧否",与当朝的权贵及其爪牙结下怨恨;客观上,则是因为"民之多僻""谤议沸腾",奸佞小人依仗权势趁机害人。诗人深深地为自己现在被囚狱中的处境感到沮丧和羞辱,希望可以隐逸遁世,"散发岩岫","永啸长吟"以"颐性养寿"。

嵇康在这首诗中,遵照着老庄道家"养素全真"的人生哲学,对自己以前的言行作了深切的反思和悔过,表面上看似乎是对黑暗势力的退让,实质上是再次展示了诗人对当朝权贵及其爪牙的鄙视。

诗人没有直接申冤而冤情自现,没有直接抒情而激情洋溢,全诗语言自然天成,传神形象,是嵇康诗作中的代表作之一,充分展示了嵇康超凡脱俗的高洁心性和清思峻骨的艺术风格,受到历代批评家的好评。

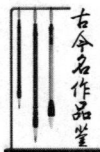

《搜神记》

一、信奉鬼神的史官

干宝,字令升,新蔡(今河南新蔡)人。生年不详,卒于晋成帝咸康二年(336)。东晋初年的史学家、文学家。

干宝的祖父干统,是吴国的奋武将军,父亲干莹是丹阳丞(官职名)。干宝在少年时就勤于学习,博览群书,以才气见称于世。元帝时,他被召为佐著作郎,任国史官。又因平定杜弢之乱有功,赐爵关内侯。因为家境贫寒,干宝要求补山阴令的缺,后来升为始安太守,官至散骑常侍。

干宝对史学很有研究,著有《晋纪》23卷,当时的人称之为"良史",全书现在已经佚失。《文选》存其《晋幻总论》,是晋代论说文的名篇。

干宝喜好阴阳术数,迷信鬼神,是一位有神论者。据《搜神后记》和《晋书》说,干宝曾经历过一些怪异的事情:他的父亲干莹,生前特别喜欢一个婢女,这让大太太——他的母亲很嫉妒。干莹死后,大太太便把宠婢推进墓道活埋了。10年后,大太太死了,干宝开墓为父母合葬,发现那个宠婢还有体温,便用车把她载回家。后来,婢女苏醒过来说,干莹经常给她饮食,恩情如生……此后,干宝便开始搜集古今的神仙灵异故事。

干宝在《搜神记序》中说,自己编撰《搜神记》的意图是"亦足以明神道之不诬(欺骗)也",这表明他的目的就是为了证明鬼神是确实存在的。可见,他主观上是想通过此书宣扬迷信思想。但是,因为干宝的撰述态度比较严谨,故事来源广泛——尽管有的故事封建迷信色彩和唯心说教成分很浓，所以使很多优秀的民间故事和神话传说得以保存下来。同时，《搜神记》也在一定程度上反映出当时一些社会现实，客观上曲折地表达了中国古代人民的某些美好的感情与愿望，具有较广泛的社会意义。

据《晋书·干宝传》所记，《搜神记》原为30卷，传至宋代已经散佚。今存的20卷本，是明代胡应麟从《法苑珠林》等书中辑录出来的，总计有大小故事464则，是魏晋志怪小说的代表作。

干宝另有文集5卷，但已经散佚。《晋书》有《干宝传》。干宝对于易学的造诣非常深，《晋书》记载干宝曾经为《周易》作注。干宝的易学著作今天都已经散佚，他的《易》注主要散见于唐人李鼎祚的《周易集解》、陆德明的《经典释文》中。

二、神鬼灵怪的诡异世界

《搜神记》是汉魏六朝最著名的志怪小说，记录了从两汉流传下来的很多故事和魏晋时期的异闻。它以辑录神仙鬼怪的故事为重点，也包含一些没有故事性的琐碎记载。书中通过各种神话故事，揭露了一些不公平、不合理的社会现象，歌颂了那些勇敢机智、为民除害的英雄行为。此外，《搜神记》还记载了许多怪异的奇闻，例如马化为狐、狗生角、儿啼腹中等匪夷所思的怪事。全书是儒家思想、方术、巫术和道教迷信的大杂烩。

《搜神记》所记多为神怪灵异，但是也保存了很多有意义的古代民间传说，如马皮卷走少女化为蚕等。书中记载的故事，归纳起来大致有如下几类：

首先是鞭挞封建统治阶级的凶残罪恶，表现人民反抗斗争的故事。如《干将莫邪》记述了楚国的巧匠干将莫邪夫妇为楚王铸剑，剑铸成之后，干将却被楚王杀害，他们的儿子长大之后为父报仇的故事。表现了被压迫人民反抗残暴统治的顽强意志和英雄气概，抨击了封建统治者的残暴。鲁迅《故事新编》中的《铸剑》即取材于此。《韩凭夫妇》讲述了宋康王霸占韩凭的妻子何氏，韩

凭被囚自杀,何氏于是投台身死的故事。揭露了统治者的无耻残暴,赞美了被压迫者不慕富贵、不畏强暴的崇高品质。作品在对宋康王作无情鞭挞的同时,也歌颂了韩凭夫妇真挚的爱情。

其次是反映封建婚姻制度下青年男女争取婚姻自主的故事。如《父喻》记述了父喻和王道平相爱,订立婚约。因为王道平出征9年未回,父喻被迫改嫁他人,怨愤而死。3年后王道平归来,到父喻坟前痛哭,她竟然复活,与王道平结为夫妻。《吴王小女》讲述吴王之女紫玉很喜欢童子韩重,两人私订终身。后来韩重到齐鲁游学,临行前请求他父母代为求婚。但是吴王不许,紫玉怨忿气结而死。韩重回来以后,到紫玉墓前哭泣,紫玉的鬼魂就出来同他相会,并邀他入冢三日三夜,两人结为夫妇。韩重出来后,被关到狱中,于是紫玉之魂到吴王那里据理申诉。作品生动地表现了封建婚姻制度下男女青年的痛苦和对自由婚姻的热烈向往。

再次是不怕鬼怪、同妖魔斗争的故事。如《宋定伯捉鬼》讲述了宋定伯机智斗鬼、卖鬼的经过;《李寄斩蛇》描写了少年英雄李寄和恶蛇英勇斗争的故事,批判了统治阶级草菅人命的恶行。

《搜神记》中,还记载了许多不同性格的精灵,有"善被人欺"的鬼,有坚守情关的鬼,有抽取人类精气的恶灵……它们个个生动鲜活,呼之欲出,并且颇有警世、醒世的意味。

三、中国现存最早的神话小说集

《搜神记》是我国最早的笔记小说中最成功的一部,可谓中国小说之源。它的材料有的来自民间,有的来自前代史书,有的是从其他的志怪小说中摘录的。因为干宝是史官,搜集材料非常方便,所以全书内容丰富。

《搜神记》凭借其内容的丰富、题材的广泛和艺术技巧的成熟,成为集大成的作品,在人物刻画、细节描写、语言运用等方面,都比较出色。如《紫玉》《千日酒》等,不仅形式结构已具有小说的规模,而且文笔优美、语言简朴、叙事生动、结构完整、情节引人入胜。

《搜神记》中的典型故事对后世文学具有重要的启发:《紫玉》篇表现出的爱情观,不但让紫玉成为人们记忆中的典型,文中显示的"可为爱生,可为爱死"的爱情观,对后来的小说与戏剧创作也产生了巨大的影响,明朝戏剧《牡丹亭》中的女主角杜丽娘的意象就有紫玉的影子;《董永》《天上玉女》这类孝子感动上天或仙女下嫁凡人之事,不仅是后世文人创作摹仿的根源,也造就了唐代传奇的丰富性,甚至伸延至元代的杂剧;卷13记录汉代孝妇周青遭诬陷被杀,行刑时颈血逆流飞上旗竿,死后当地大旱3年,抨击了昏庸官吏滥杀无辜的罪行,成为后来《窦娥冤》等戏曲故事的蓝本;清代蒲松龄的《聊斋志异》中也可清楚地看到《搜神记》的影响……

《搜神记》的思想内容比较复杂,有些不免带有封建糟粕,但大都曲折地反映了社会的矛盾,还有很多直接地表达了人民的爱憎和要求,充满了美丽的幻想,富有积极浪漫主义色彩。书中记载的民间传说,是全书的精华,流传久远。该书的文学价值,主要在于它保存了这些优秀的民间传说,为后人研究古代文学发展,特别是小说演变史提供了极为宝贵的资料。

《搜神记》受古代神话传说的影响很大,是魏晋出现的志怪小说的一种主要类型。魏晋南北朝时期达到高峰的笔记小说主要向两个方向发展:一是志人系统的小说,以《世说新语》为代表;二是志怪系统的小说,以《搜神记》为代表。志怪小说到魏晋时代,融入了许多仙话、玄谈,题材多来自神话、宗教故事、民间传说、历史上和现实中的奇人异事。

总的来说,比起以后更加成熟的小说如唐传奇,《搜神记》中的作品,情节还比较简单,语言过于简练,基调非常质朴,只能说是初具小说的格局,但它为唐、宋以及以后的小说提供了丰富的素材。

另外,《搜神记》以记录事实的语调叙述神怪传说与奇异的

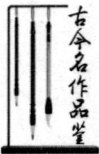

事迹,让想象游走于虚实之间,这种似是而非的写作手法,可以激发读者的想象力,对读者创作大有裨益。以卷19中的《李寄斩蛇》为例:

东越闽中有庸岭,高数十里。其西北隰中,有大蛇,长七八丈,大十余围。土俗常惧。东冶都尉及属城长吏,多有死者。祭以牛羊,故不得祸。或与人梦,或下谕巫祝,欲得啖童女年十二三者。都尉、令、长,并共患之,然气厉不息。共请求人家生婢子,兼有罪家女,养之。至八月朝,祭送蛇穴口,蛇辄夜出吞啮之。累年如此,前后已用九女。尔时预复募索,未得其女。将乐县李诞,家有六女,无男。其小女名寄,应募欲行,父母不听。寄曰:"父母无相留。今惟生六女,无有一男,虽有如无。女无缇萦济父母之功,既不能供养,徒费衣食,生无所益,不如早死。卖寄之身,可得少钱,以供父母,岂不善耶?"父母慈怜,终不听去。寄自潜行,不可禁止。寄乃告请好剑,及咋蛇犬。至八月朝,便诣庙中坐,怀剑将犬。先将数石米餈,用蜜麨灌之,以置穴口。蛇夜便出,头大如囷,目如二尺镜,闻餈香气,先啖食之。寄便放犬,犬就啮咋,寄从后斫得数创。疮痛急,蛇因踊出,至庭而死。寄入视穴,得九女髑髅,悉举出,咤言曰:"汝曹怯弱,为蛇所食,甚可哀悯!"于是寄乃缓步而归。越王闻之,聘寄为后,拜其父为将乐令,母及姊皆有赏赐。自是东冶无复妖邪之物。其歌谣至今存焉。①

这是我国早期的一篇民间传说。它塑造了少年英雄李寄的形象,生动地描写了少女李寄与恶蛇英勇斗争的故事。故事带有传奇色彩,反映了古代生活的某些侧面,寄托了人民的美好愿望。

———————————

① 干宝.搜神记[M].马银琴,等译注.北京:中华书局,2009:353.

作者在故事开头提到地方官吏对大蛇束手无策,而少年女子李寄却不顾个人安危,挺身而出,凭借自己的勇敢、机智,终于杀死大蛇,为人民除了大害。这与都尉、令、长们的怯懦无能、残暴不仁恰好形成鲜明的对比。文章描写细腻,语言生动、简练、质朴;情节完整,富有浓郁的浪漫主义色彩;形象鲜明,歌颂了李寄的勇敢和机智,鞭挞了官吏们的昏聩无能,揭示了只有勇于斗争才能求得生存的人生哲理。

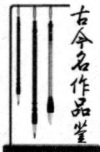

《世说新语》

一、贵族文学家

刘义庆（403—444），彭城（今江苏徐州）人，南朝著名的文学家。

他是南朝宋武帝刘裕的侄子，长沙景王刘道怜的二儿子。由于刘义庆的叔父临川王刘道规没有儿子，便立他为嗣子。420年，刘义庆袭封临川王，任侍中。文帝时历任秘书监、尚书左仆射、中书令、荆州刺史等职，官至南兖州刺史、加开府仪同三司。

刘义庆为人简单朴素，尊崇儒学；爱好文学，身边招聚远近文学之士来讲学论道。当时许多文人，如陆展、袁淑、何长瑜等都是他召集的文学名士，著名诗人鲍照，也曾依附在他的门下。

他的著述虽然不多，但是能为宗室的表率。他的著作中，以《世说新语》最为有名，主要是掇拾汉末到东晋的士族阶层的遗闻轶事。原书8卷，今本作3卷。这部著作，可能是刘义庆和门下文士博采众书编纂润色而成，是我国最早的一部汇编性质的笔记小说集，也是笔记小说中的代表作，对后世笔记文学影响很大。

汉末政治黑暗，一般名士议论政事，一开始在社会上很有势力，但后来遭到执政者的反感和嫉妒，逐渐遭到迫害，如孔融等人被曹操设法害死。因此到了晋代，名士不再讨论政事，而是专谈玄理，变成所谓的清谈了。但是，这种清谈的名士，仍然有很大的势力，如果不会清谈，似乎不够名士的资格。《世说新语》差不多可以看作一部名士的教科书。

魏晋的特殊政治环境，使士大夫普遍具有祸福不定、朝不保夕之感。为了逃避政治迫害，他们有的隐居避世，寄情山水；有的则沉迷酒色，放荡佯狂；有的则谈道论禅，以示高洁。东晋以后，玄风进一步盛行，老庄哲学、佛教禅机、《易经》哲理等，成为人们日常主要话题。除此之外，士大夫们还很注重品题，品评人物成为"清谈"的重要内容。而品评人物的依据，无非是被品评之人的言谈举止、轶事琐闻。很多士族名流的玄虚清谈和奇特举动，就成为志人小说所记录的对象；于是《世说新语》出现了，它的出现，标志着志人小说走向成熟。

《世说新语》文字清丽，笔调含蓄，着墨不多，而文情委婉，耐人品味。鲁迅先生在《中国小说史略》中称它"记言则玄远冷隽，记事则高简瑰奇，下至缪惑，亦资一笑"。

刘义庆还著有《幽明录》30卷，今天已经散佚。鲁迅在《古小说钩沉》中辑录其中的佚文200多条。文章所记都是神鬼怪异之事，叙述描写委婉入情。其中记载了"刘晨阮肇"的故事，广为流传，影响很大。

二、名士风度的教科书

《世说新语》按内容分为36篇。全书本着士族阶层和清谈家的观点，把所记内容分为德行、言语、政事、文学、雅量、赏誉、品藻、汰侈等36门（篇），各门（篇）命名具有对人物品评褒贬的意思。文章记叙了汉末到东晋时期名士们的遗闻轶事，特别是士族人物的玄虚清谈和疏放举动，还有当时各种思潮的斗争，比较全面地反映了当时士族的生活方式和精神面貌。

《世说新语》极力标榜儒家名教，开始4篇就是孔门4科的名目：《德行》《言语》《政事》《文学》。在《德行》篇中表彰汉末名流李膺"欲以天下名教是非为己任"，在《政事》篇中宣扬德治仁政。在标榜名教的同时，它又崇尚老庄的"自然"说，对士族文人颓废放荡的言行，则倍加赞赏。

作为一部记录历史人物轶事的小说来看，它从侧面反映了一定历史时期的社会现实。如《尤悔》篇通过王导对晋得天下的陈说，《德行》篇通过对嵇康20年间不露"喜愠之色"的记述，间接地反映了魏晋之际统治集团之间争权夺利互相杀戮的血腥局面。《汰侈》篇中则描写了大富豪石崇和皇帝的外甥王恺斗富，把蜡烛当柴烧，以杀美人来劝酒的故事；还描绘了另一个豪门贵族王武子，饮食服饰样样讲究，甚至拿人乳喂猪，连在他家吃过蒸猪肉的晋武帝都对他的豪奢感到不满。这些都折射出了统治阶级荒淫残暴的腐败生活。

《世说新语》还以大量篇幅记载了士族阶级的名士们奇特的行为和玄妙的清谈，留下了许多关于"魏晋风流"的重要资料。如名士毕卓，公开向人宣称，一手拿螃蟹，一手拿酒杯，泡在酒池里，就可以过一辈子。"竹林七贤"之一的刘伶，则经常纵酒，有时脱光衣服裸体在屋中；有人讥笑他，他回道："我把天地当作房屋，房屋当作裤子，你为何要钻到我的裤子中呢？"像刘伶这样长醉不醒，并以裸体为荣的，不止一人。当时名士们的风度，就像《雅量》《任诞》篇所写，他们荒诞不羁，恣情纵欲，醉生梦死；自我标榜"雅量""豪爽"，讲究"容止""识鉴"，甚至连任性怪诞、傲慢清高也被当作一种清高的美誉。这些人一方面以此来逃避黑暗的现实，一方面又以此自命风雅，显示不凡。这就是所谓的"魏晋风度"。

《世说新语》在描写社会黑暗的同时，还表彰了许多正面人物和某些人的较好的言行。如《自新》篇中勇于改过、为民除害的周处；《识鉴》篇中顾全大局、不计私怨的郗超；《德行》篇中蔑视金钱权贵、严于择友的管宁；《政事》篇中收集木屑竹头、储以备用的陶侃等。《世说新语》还讲了不少关于少年儿童的故事，如《孔文举》描绘了孔文举聪明机智的生动形象。书中此类故事还很多，如《周处》《王戎夙慧》等。

总之，《世说新语》主要记述了士人的生活、思想以及统治阶级的情况；反映了魏晋时期文人的思想言行和上层社会的生活面貌；折射出了当时士人所处的时代状况及政治环境；更让人们明确地看到了所谓"魏晋清谈"的风貌。

三、笔记小说的先锋和代表

《世说新语》原名《世说》,唐朝时又称《世说新书》,是魏晋南北朝时期流传下来的一部笔记小说。该书是南北朝时期志人小说的代表作。全书记载了汉末到东晋时期士族的轶事和言谈,全面反映了士族放诞的生活和清谈的风气。

《世说新语》的出现,标志着我国的志人小说发展到了成熟阶段。该书记录了从汉末到东晋间 120 多位士族阶层人物的言谈轶事,其中大部分是魏晋的故事,东汉的也很多,属于西汉的只有5 则。全书现存故事 1129 则,依内容可分为德行、言语、政事、文学等 36 类,每类收有若干则,每则文字长短不一,有的数行,有的三言两语,从此可见笔记小说"随手而记"的诉求和特点。所记的尽管都是历史人物,却有别于历史传记。它非常注重传说或者事情本身的传奇性,不一定与历史事实完全符合。书中所记主要是名人言行中的精彩片段,近似于速写。因此,它的文学性超过了它的历史性。

在思想内容上,《世说新语》有其局限性。因为作者是站在贵族的立场上,以清谈家的眼光来品评人物,所以文中津津乐道的主要是所谓的魏晋"名士风度",有时甚至把这些人的缺点怪癖,也当作优点来加以赞赏。另外,对于统治阶级的罪行,缺乏应有的批判。如对石崇滥杀无辜的罪行,只是列入《汰侈》篇;在作者眼中,似乎滥杀无辜只是一种奢侈浪费。

《世说新语》中很多故事取自东晋裴启的《语林》和郭澄之的《郭子》,文字有很多是相同的。梁时刘孝标为它作注,引用古书400 多种,补充、丰富了原作的内容,让一些已经散佚的古书借此保存了很多佚文,所以刘注具有重要的资料价值,还可以供了解当时社会历史状况作参考。

《世说新语》在艺术上具有短小精悍、简洁灵活、以小见大

和以一目尽传精神的特点，尤其是勾勒人物、描摹情态更见作者的功力。它可以在短小的篇幅中，通过人物的只言片语，生动传神地表现人物的思想、性格特征，给读者以很深的印象。它善于通过人物有典型意义的细节、言行，写出人物特征。还善于用简约、恰当的人物评语，恰如其分地概括人物特点。语言简约含蓄、隽永古朴。在现代汉语中，有很多广泛运用的成语，如"咄咄怪事""拾人牙慧"等，都出自这本书。从语言学角度看，它反映了中古汉语的发展状况，为研究汉语史提供了可靠的依据。

文中很多记述，文字清丽，笔调含蓄，用简洁的笔墨表达出了非常复杂的心绪，文情并茂，耐人寻味。如写管宁、华歆一同在菜园里锄草，发现了一块黄金，管宁视这块金子如同一块瓦砾，继续挥锄干活；华歆却"捉而掷去之"。一个"捉"字，把华歆慌忙拾起金子，握在手中，欣喜若狂的情景，描绘得活灵活现。此外，《世说新语》善用对照、比喻、夸张等文学技巧，不仅使它保留下许多脍炙人口的佳言名句，更为全书增添了无限光采。

《世说新语》作为我国笔记小说的先驱，为后世的文学创作提供了宝贵的借鉴，对后世无论是记述鬼神怪异，还是记述轶文隽语的笔记小说，都有很大的影响。书中有很多故事，如"周处除三害""温峤娶妇""望梅止渴""曹植七步成诗"等，成为后世戏曲、小说的素材。还有如"新亭对泣""谢女咏雪"等，则成为后世诗文常用的典故。

以《世说新语·德行门》中的《华歆王朗》为例：

华歆、王朗俱乘船避难，有一人欲依附，歆辄难之。朗曰："幸尚宽，何为不可？"后贼追至，王欲舍所携人。歆曰："本所以疑，正为此耳。既已纳其自托，宁可以急相弃邪？"遂携拯如初。世以此定华、王之优劣。[①]

---

① 刘义庆. 世说新语 [M]. 合肥：安徽文艺出版社，2018：5.

魏晋时期士大夫阶层品评人物的风气很浓,本文通过危难时刻对待别人的态度,评定华歆、王朗品性的优劣,这是很有道理的。文章简洁凝练,却又具体细致,所描绘的人物形象鲜明,很有特色。作者文笔利落工整,毫无拖泥带水之感。

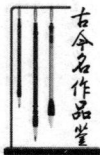

《文选》

一、文采风流的昭明太子

萧统(501—531),兰陵(今江苏丹阳)人,字德施,小名维摩,南朝梁武帝萧衍的长子。萧统出生时,萧衍年近40,中年得子,非常喜爱。502年萧统被立为皇太子,这时他只有两岁。

萧统从小就聪明机智。3岁学《孝经》《论语》,5岁时已经通读"五经",并且都能背诵。515年,梁武帝在太极殿给萧统举行加冠礼。太子容貌端庄,举止优雅,读书一目数行,过目不忘。每次游玩聚宴,太子都赋诗达数十韵,皆略加思索挥笔便成,不做任何改动。

萧统成年后,武帝让他管理朝政。他处理政务十分娴熟,每次听取奏章时,谬误奸佞都能辨出。他评判案情,多加宽恕,人们都说他有仁义之心。他的性格宽和,平时喜怒不形于色。他喜欢与有才学的人交往,经常和文人学士讨论典籍,还著书立说。

他生性孝道,忠心耿耿,有时夜间接到见驾诏书,要他第二天早晨进殿,他就正襟危坐,一直等到天亮。他信佛能文,作品多宣扬佛学,表现贵族生活情趣。萧统曾在宫中建慧义殿,作为讲经说法的地方,招引名僧,自己创立了《三谛义法》。他不蓄声乐,性爱山水;缩衣节食,不常食肉,关心民生疾苦。每逢阴雨、积雪天,他便派心腹左右巡视街巷,发现贫困人家及流落道路者,便悄悄拨米赈济;又拿出绢帛,常年制作衣袄,冬季施舍给缺衣少物者;人死后无力收殓,则为他们准备棺木。当时,天下都称颂他的仁爱。

526 年，萧统生母丁贵妃突染疾患，他朝夕侍候，衣不解带。丁贵妃去世，他悲痛欲绝，一向硕胖壮实的他，腰围减小大半。丁贵妃葬后，有个道士说她的墓地对长子不利，如果镇一镇可能延长太子寿命。于是，就做蜡鹅和其他一些东西埋在丁贵妃墓地旁边的长子预留位置上。萧统东宫的宫监鲍邈之、魏雅受太子宠信，鲍邈之后来不如魏雅为太子信任了，就暗中启奏武帝说"魏雅为太子镇邪祷寿"。武帝派人挖地核实，准备严查此事。中书令徐勉竭力劝谏方才罢休，只是将那道士杀了。

此后，萧统羞惭愤闷，于公元 531 年病逝，时年 31 岁，朝廷内外十分惋惜惊愕。武帝亲临吊唁哀哭，下诏用天子之服收殓，谥号昭明，世称昭明太子。所以，后人称《文选》为《昭明文选》。

萧统一生勤奋好学，他博览群书，博通众学，在他的倡导和主持下，选辑古今优秀文学作品成《文选》30 卷，这是我国古代现存最早的一部诗文总集，被视为"文章渊薮"。萧统还著有《文集》20 卷，《正序》10 卷，《文章英华集》20 卷，都已失传。萧统以一个皇太子而在历史上享有盛名，并非因他政治上有什么成就和个人操守上的雅洁，也不是因他的"孝行"，而是因为他在我国文学发展史上做出过重大贡献，是历代皇太子中极为少见的文学家。

二、《昭明文选》

《文选》共收录周代至六朝梁代七八百年间 130 位知名作者的 751 篇作品。《文选》所选录的作品是以文体分类排列的，同一文体中的作品，基本以时代先后为顺序。《文选》选录的次序依次是：

赋，分为 15 类：京都、郊祀、畋猎、耕籍、游览、纪行、江海、宫殿、鸟兽、物色、志、论文、哀伤、音乐、情。《文选》选录班固的《两都赋》、司马相如的《子虚赋》、左思的《三都赋》等 57 篇。

诗，分为 23 类：补亡、述德、劝励、献诗、公宴、咏史、祖饯、百一、招隐、游仙、反招隐、咏怀、游览、哀伤、赠答、军戎、行旅、乐

府、郊庙、挽歌、杂诗、杂歌、杂拟。《文选》选录曹植的《赠白马王彪》、阮籍的《咏怀》、左思的《咏史》等诗歌432首。

骚,选录屈原的《离骚》、宋玉的《九辩》等17篇。

七,选录枚乘的《七发》、曹植的《七启》等24篇。

诏,选录汉武帝的两篇诏。

册,选录《册魏王九锡文》1篇。

令,选录《宣德皇后令》1篇。

教,选录傅亮的《为宋公修张良庙教》《修楚元王庙教》2篇。

文,选录《永明九年策秀才文》《天监三年策秀才文》等13篇。

表,选录诸葛亮的《出师表》、李密的《陈情表》等19篇。

上书,选录李斯的《上秦始皇书》、邹阳的《上书吴王》等7篇。

启,选录《奉答七夕诗启》《萧太傅固辞夺礼启》等3篇。

弹事,选录《奏弹刘整》《奏弹王源》等3篇。

笺,选录杨德祖的《答临淄侯笺》、吴质的《答魏太子笺》等9篇。

奏记,选录阮籍的《奏记诣蒋公》1篇。

书,选录李陵的《答苏武书》、司马迁的《报任安书》等24篇。

檄,选录司马相如的《喻巴蜀檄》、陈琳的《为袁绍檄豫州》等5篇。

对问,选录宋玉的《对楚王问》1篇。

设论,选录东方朔的《答客难》、扬雄的《解嘲》第3篇。

辞,选录汉武帝的《秋风辞》、陶渊明的《归去来辞》2篇。

序,选录《毛诗序》《豪士赋序》等9篇。

颂,选录《圣主得贤臣颂》《酒德颂》等5篇。

赞,选录《东方朔画赞》《三国名臣序赞》2篇。

符命,选录司马相如的《封禅文》、扬雄的《剧秦美新论》等3篇。

史论,选录班固的《汉书·公孙弘传赞》、范晔的《后汉书·宦官传论》等9篇。

史述赞,选录班固《汉书·述高祖纪赞》、范晔的《后汉书·光武纪赞》等 4 篇。

论,选录贾谊的《过秦论》、李康的《运命论》等 14 篇。

连珠,选录陆机的《演连珠》50 篇。

箴,选录张华的《女史箴》1 篇。

铭,选录班固的《封燕然山铭》、张载的《剑阁铭》等 5 篇。

诔,选录颜延年的《陶征士诔》等 8 篇。

哀,选录《哀永逝文》《宋文元皇后哀策文》等 3 篇。

碑文,选录《郭林宗碑文》《头陀寺碑文》等 5 篇。

墓志,选录《刘先生夫人墓志》1 篇。

行状,选录《齐竟陵文宣王行状》1 篇。

吊文,选录《吊屈原文》《吊魏武帝文》2 篇。

祭文,选录《祭古冢文》《祭屈原文》等 3 篇。

《文选》的文体共有 37 类,选录作品 751 篇,大体可分为赋、诗、杂文三大类,其中赋 57 篇,诗 432 首,杂文 262 篇。《文选》的内容十分丰富,各种文体所选的作品大都是此种文体的代表作,如班固的《两都赋》、张衡的《二京赋》、鲍照的《芜城赋》等都是赋中的代表作;《古诗十九首》、曹操的《短歌行》、潘岳的《悼亡诗》3 首、左思的《咏史》8 首等都是诗中的代表作;李斯的《上秦始皇书》、诸葛亮的《出师表》等都是散文中的代表作。《文选》没有选录经书、史传和诸子的文章。

三、中国现存最早的诗文总集

《文选》的出现标志着我国文学发展进入一个自觉的时代。这部文学总集内容丰富,风格多样,文体完备,辞采绚丽,自成体系。它不仅是一部文学作品选萃,而且也是体现编选者萧统等人文学理论观点的批评著作。

《文选》比较集中地表达了萧统的文学观。他首先提出文学作品和非文学作品的区别,认为"事出于沉思,义归乎翰藻"是文

学的基本特征。这就既要求作品的立意和题旨精湛,又要求文章的文采和风格能感染人、吸引人;要求文质并重,内外并茂。但它的着重点显然不在思想内容而在于华美的辞藻、和谐的声律以及工整的对偶等艺术形式。《文选》把经、史、子从文学中划分出去,使文学不再依附于经史,而取得了独立地位。它为文学划定了范畴,是文学发展到一定阶段的结果,对文学的独立发展有促进作用。

萧统认为只有精心构思并富有文采的作品才算文学,文章应该"丽而不浮,典而不野"。《文选》对文学作品的具体选录标准是:"事出于沉思,义归乎翰藻"。《文选》以文人才子的名篇为主,以"文为本",凡后来称为经、史、子的著作一律不选。但是史传中的赞论序述部分却予以收录,因为"赞论之综辑辞采,序述之错比文华",合乎"能文"的选录标准。

以赋和骈文为主的《文选》,收录的作者知名度高的有屈原、宋玉、荆轲、李斯、刘邦、刘彻、贾谊、司马相如、王褒、班彪、班固、曹操、曹丕、曹植、孔融、诸葛亮、嵇康、王粲、陆机、陶渊明、谢灵运、江淹、沈约等。首篇是班固的《两都赋》并《两都赋序》,尾篇是宋人王僧达的《祭颜光禄文》。《文选》编录了各家别集中的单篇文章,大多数作品是人们在日常生活中的抒情、写景、状物之作,表现了广泛的生活内容;无论叙事、议论、抒情,还是写景、状物,都通过深沉的思考、富于文采的文字表现出来。

《文选》所收录的文章,都是经过萧统严格的选择和比较,编选汇辑而成的。由于他所处时代和阶级的局限性,许多来自民间的朴素自然、通俗平易的优秀作品未能选入,仅选入《古诗十九首》等少数作品。他所选录的文章的确有偏重文采的弊端,而且,所选的文章如孔安国《尚书序》、杜预《春秋左氏传序》及范晔《后汉书》中的一些序论等,也不完全符合他自订的体例。但梁代以前的我国古代文学作品的英华,基本上都汇辑在《文选》里了。

由于《文选》总集了梁代以前优秀的文学作品,所以受到历代文人的重视。隋、唐以来,研究《文选》成为一种专门的学问,从唐初开始就有了"文选学"这一名称。唐代以诗赋取士，《文选》成为人们学习诗赋的一种最适当的范本，甚至与经传并列，杜甫就教儿子要"熟精文选理"。

宋代，《文选》仍然是士人的必读书，甚至有"《文选》烂，秀才半"的谚语。现存最早的、影响最大的为《文选》作注的书，是高宗时代李善的《文选注》。718 年，吕延祚将吕延济、刘良、张铣、吕向、李周翰 5 人为《文选》作的注加以汇集，称"五臣注"。南宋以后，两本合刻，称"六臣注《文选》"。到了清代，《文选》研究达到高峰。

至今，《文选》仍不失为一本有价值的研究文学的参考书。以诸葛亮的《前出师表》为例，文章为诸葛亮即将出师，北伐曹魏的时候，对后主刘禅的奏章。作者希望后主做到"亲贤臣，远小人"。接着作者自述生平，说明自己报答先帝的决心。最后，明确君臣各自的责任，希望共同努力，以完成讨伐曹魏、振兴蜀汉的大业。文章以议论、叙事为主，并与抒情结合，晓之以理，动之以情，情真意挚，朴实清新，不求华饰却自感人。这篇奏章文辞恳切而激昂，表现了一个忠于国事的老臣的心声，为后世忠贞大臣和所有忧虑国事的正直人士所称颂。后人常说："读诸葛亮《出师表》而不流泪者，其人必不忠。"

《唐诗三百首》

一、诗坛风骚竞芳华

唐朝是我国古典诗歌的黄金时代,诗坛上名家辈出,流派众多,万紫千红。

唐代 289 年间,诗歌创作极为繁荣,诗歌艺术得到全面发展,孕育了李白、杜甫、白居易等负有世界声誉的伟大诗人,产生了陈子昂、王维、孟浩然、高适、岑参、韩愈、柳宗元、刘禹锡、李贺、李牧、李商隐等一大批优秀诗人,他们留下了许多脍炙人口的诗篇。

唐初三四十年,盛行宫体诗,风格轻靡,只有少数作者,如王绩,能自拔流俗,诗风平易率真。开元前的五六十年,以初唐四杰、沈佺期、宋之问、陈子昂、杜审言等为代表的诗风,变化渐多。律诗绝句的规范化已完成,诗歌题材从宫廷扩展开来。陈子昂以《感遇》38 章为标志的新变,开创了唐代五言古诗的新面貌。

从开元之初到安禄山之乱的前夕,唐代的诗歌艺术以跃进的态势向前发展。最明显的变化在七言歌行,高适、岑参、李白等人都能突破初唐歌行的形式,以多变的章法,纵横的笔调,写壮伟的题材,表现豪迈的气概。特别是李白,以淋漓尽致的笔墨作乐府诗,许多乐府旧题在他笔下获得了新的生命。七言绝句也是唐代乐府常用的形式,李白、王昌龄、王维、王之涣、高适、岑参等都擅长此体。唐代的田园、山水诗在王维、孟浩然那里自成一家,得到发展。

从安史之乱前夕到大历初十几年间的诗坛为杜甫的光芒所笼罩。杜甫把国家变故、民间疾苦、自己的经历,以及对此的所感所思,都写进诗中,诗歌题材在他那里又大大拓展;杜甫还把律诗发展到完全成熟的阶段。元结和孟云卿等人,专尚质朴,是当时诗歌主流之外的一小股支流。从大历初到贞元中20多年是唐诗发展的停滞期,这期间除了韦应物没有杰出诗人。

从贞元中到大和初约30年间,诗坛又活跃起来,在题材、形式、风格等方面都有所发展。元稹、白居易、张籍、王建等人的乐府诗扩大了诗的内容。用诗来写故事是这时期的新风气。在语言上,元稹、白居易崇尚平易坦率,代表一种倾向;韩愈、柳宗元崇尚奇异险峻,代表另一种倾向。李贺的诗瑰丽奇诡,创造了独特的艺术风格。这一时期诗体有进一步散文化的倾向,这在韩愈的诗中表现得最为明显。

从大和初到大中初约20年间,唐代的诗歌艺术继续发展,这一时期的诗人以李商隐、杜牧最为杰出,他们不论是古体诗还是近体诗,都很有成就。李商隐的七律独树一帜,形成一种精丽和富于暗示的诗风,成为唐诗绚烂的晚霞。杜牧的七绝以清新俊逸的风格见长,自成一家。温庭筠与李商隐齐名,诗风秾艳,但思想和格调不高。从大中以后到唐末约50年,诗坛上不曾出现大的诗人和新的变革。杜荀鹤、方干、李频、吴融等人,只是贞元以来大家的学步者。

唐代诗人大都是庶族出身的举子,诗歌是他们进入仕途的捷径。以诗取士,使得整个知识分子阶层几乎都是诗歌作者。已知的唐代2000多位诗歌作者,来自不同的社会阶层,有工匠、舟子、樵夫、婢妾等劳动人民,也有出身豪族世家的贵族诗人,但其基本队伍是出身寒素之家的封建知识分子。

唐代是一个诗人辈出的时代,诗坛多种艺术风格的争奇斗艳,诗歌体制的完备成熟,形成了百花齐放的局面,代表了我国古代诗歌的最高成就。

二、盛世诗情华章

清代人孙洙编录的唐诗选集《唐诗三百首》,是历代唐诗选本

中流传最广的一种,共选录诗歌 320 首。该书是按照五言古诗、七言古诗、七言乐府、五言律诗、七言律诗、五言绝句、七言绝句等文体分体编排的,分为六大板块:(1)五言古诗(1—45),共 45 首;(2)七言古诗(46—89),共 44 首;(3)五言律诗(90—169),共 80 首;(4)七言律诗(170—223),共 54 首;(5)五言绝句(224—260),共 37 首;(6)七言绝句(261—320),共 60 首。

入选《唐诗三百首》的作品都很具有代表性,能表现"盛唐气象"。盛唐诗是唐诗的高峰,这一时期的重要作家在书中几乎无一遗漏,所选诗篇多为精品。另外,初唐四杰和沈、宋等人的律诗,初盛唐之间作为李白、杜甫前驱的陈子昂、张九龄等人的古诗,虽然选得不多,却都是代表作。中、晚唐著名作家的诗作在书中也占有一定篇幅。同一作家不同风格的作品,这个选本也能兼顾,不失于偏颇。如王维的诗,除山水诗外,还选了《洛阳女儿行》和《老将行》,让人们知道王维的诗,在闲适恬静之外,也有清丽雄健的一面。对于不太有名的作者,也并不忽略其名作。

《唐诗三百首》中的作品,广泛而深刻地反映了那个时代的社会风貌,表现出新的艺术和思想特色。唐代诗歌,尤其是盛唐诗歌的一个重要主题,是强烈地追求"济苍生""安社稷"的理想,无比向往建功立业的不凡生活。《唐诗三百首》中的大量诗作就是表达作者的政治理想的,充满积极乐观的精神。

边塞诗在《唐诗三百首》中占很大比重,岑参、高适等边塞诗人歌颂了将士们抵御少数民族统治者侵扰的英雄气概,谴责了统治者的穷兵黩武,揭露了军中苦乐不均的尖锐对立,同情人民的苦难。

山水田园诗在《唐诗三百首》中也占有一定地位。唐代诗人以王维、孟浩然为首,形成了田园诗派。因为这些诗人的隐居田园,有的是政治失意后的归宿,有的是仕途告退优游养性,有的是当作仕进的捷径;所以书中的写景诗有两类,一类是描写祖国山河的壮丽,如李白、杜甫等人的名作,给人以雄浑的艺术感受。另一类则幽然寂寥,如王维、孟浩然、刘长卿、韦应物等人的一些作品,给人幽邃闲寂的感觉。

《唐诗三百首》中也有一些揭露社会矛盾、同情人民疾苦的诗篇。这些作品对于统治机构的黑暗,大胆地给以揭露和谴责,或委婉讥讽,或尖锐揭发。有些作品还提出了妇女问题、商人问题以及其他社会问题,如描写宫女生活的诗篇,一方面写出了这些失去青春和自由的女子的哀怨,另一方面也反映了宫廷中争宠夺爱、勾心斗角的现象。

《唐诗三百首》中还有一大批歌颂愚忠、粉饰太平的作品。

总之,唐代初、盛、中、晚的时代风貌、社会风情,唐代人的人生意识、生命追求、生活与审美的体验等,无不真实而生动地熔铸进《唐诗三百首》的高唱之中。这里有爱祖国、爱山河、爱乡土的眷眷热忱,有关注百姓疾苦的人道主义的慷慨之音,有寒士的不平之气,有美好的爱情和纯真的友谊……

三、诗国明珠瑰宝

唐代是中国古典诗歌前无匹敌、后无追攀的黄金时代。从现存的近 5 万首诗歌来看,唐诗广泛而深刻地反映了唐代的社会生活,诗歌题材领域也得到前所未有的开拓。

唐诗所以有卓越的成就,与很多作者能在艺术上推陈出新有关。整个唐诗的发展过程就是推陈出新的过程。唐诗重大变革和主要成就产生于陈子昂时代和李商隐时代之间,其间以李白、杜甫时代最为显著,其次是韩愈、白居易的时代。每一时期的艺术成就都和自觉的革新要求分不开,也和继承优良传统密切相关。

自唐代以来,各种版本的唐诗选集无数,但拥有读者最多的还是蘅塘退士——孙洙编选的《唐诗三百首》。它成书于 1763 年。蘅塘退士是清乾隆十六年进士,字临西,江苏无锡人。他曾做过几任知县,晚年回归故里,著有《蘅塘漫稿》。

谚云:"熟读唐诗三百首,不会吟诗也会吟。"《唐诗三百首》

是一部很有影响的唐诗选集,它的命名,是沿袭"诗三百"的说法。《唐诗三百首》较多地收录了王维、李白、杜甫等大家的作品,也适当地选录了一些不甚知名的诗人的个别优秀作品,选目广泛,较具代表性。但是也有为封建统治阶级服务的局限,如杜甫反映历史面貌和民间疾苦的辉煌诗篇《三吏》《三别》,白居易的讽喻诗《秦中吟》《新乐府》等,都因为不够"温柔敦厚"而落选,一些无聊庸俗的应制之作却被选上了,总体看来,仍瑕不掩瑜。

《唐诗三百首》内容丰富,意境深远,体裁多样,技巧纯熟,是中国文学史的瑰宝。诗歌在唐代的社会价值得到空前的提高。诗人们可以用诗歌博取帝王贵族的赏识,也靠它作为傲视上层社会的资本。向达官贵人拜见求进用诗,送人出使、还乡,慰人贬官、落第,也用诗。诗歌的影响遍及社会各阶层。元稹、白居易的诗曾广泛传诵于市井之中,歌妓演唱,村童也争相学习。

"古体"和"近体"是唐代流行的两大类诗体的总称。唐人把前代所产生的诗体称为古体诗,把唐代所产生的新诗体称为近体诗。古体诗不讲究对仗、平仄,用韵也很自由,每一篇句数不定,分为四言、五言等体。近体诗包括律诗和绝句两种,每篇的字数、句数、平仄、用韵等都有严格的规定。

唐代初年,在沈佺期、宋之问手中产生了完整的五言律诗和七言律诗。长篇排律也在唐初出现。五言绝句到唐初开始盛行,七言绝句在武则天和中宗李显时期开始流行。唐代诗人为了反映重大的社会问题或抒发深刻的政治感慨的需要,更多地运用篇幅较长、格律较宽的古体诗,在创作中创造出许多新体,形成唐代古体诗的独特面貌。这些变化在《唐诗三百首》中都有所反映。

《唐诗三百首》是中国文苑中璀璨的明珠,它以新鲜活泼的语言,塑造了新鲜活泼的形象,描摹了新鲜活泼的情感,营造了新鲜活泼的意境,让读者有清新活泼的感受;它明朗自然却非一览无余,深入浅出、通俗易懂却又常读常新。

书中的许多名篇,既是童稚启蒙心智的最佳读物,又是成人手中的艺术珍品。如"诗仙"李白的《子夜吴歌》:

长安一片月，万户捣衣声。

秋风吹不尽，总是玉关情。

何日平胡虏，良人罢远征？ ①

    这是一首乐府诗。写月色如银的京城，表面上平静如水，但千家万户的捣衣声却蕴含着无数思妇的痛苦。秋风不息，寄托着对玉门关外征人无尽的思念和深情。这首诗的艺术魅力，全在月亮、捣衣、秋风、玉关四种意象的组合。月亮往往与游子、思妇有关；捣衣是制作寒衣的一道工序，寒衣是寄给征人的，因此捣衣声和思妇的愁绪结伴而行；秋风，是感物缘情的典型形象；玉关则是边塞的代称。李白将这四种具有传统情感内涵的意象结合在一起，将长安城中妇女对远戍边关的亲人的思念描摹得淋漓尽致。起句只写眼前所见，似不经意间信手拈来。中间两句一转折，让人怦然心动。最后两句是闺中人的期待，也写出了征人的心声。短短几句，看似毫不费力，却平易自然，韵味深长。

    再如"诗圣"杜甫的《春望》：

国破山河在，城春草木深。

感时花溅泪，恨别鸟惊心。

烽火连三月，家书抵万金。

白头搔更短，浑欲不胜簪。 ②

    这首诗作于 757 年 3 月，当时诗人被安禄山部下俘虏，身陷被安史叛军占领下的长安。全诗情景紧紧相扣，国破家离，眼前的春色更让人伤心欲绝。作者把大自然的"无知"和人的多情相互映照，沉痛的感情通过"感时""恨别"栩栩如生地表现出来，又层层深入地表达了对亲人的思念和对时局的忧虑。国虽破，而

---

① 艾克利，等.唐诗三百首今译 [M].西安：三秦出版社，1995：64.
② 艾克利，等.唐诗三百首今译 [M].西安：三秦出版社，1995：209-210.

山河依旧,这熟悉的山河,更容易唤起诗人对往昔的回忆,更令他痛苦。春天来了,但物是人非,不再有过去的鸟语花香,而是草深地荒人烟稀。诗人因为感伤时事,看到花开想起春光依旧而人事已非,不禁流泪悲叹;听到春鸟和鸣,触动了与家人离别的痛苦,让人心神不宁。战火连绵,音信不通,白发渐稀,簪子都戴不住了。"感时花溅泪,恨别鸟惊心"是脍炙人口的名句,是触景生情、移情于物的典型表现。

又如文学家白居易的《草》:

离离原上草,一岁一枯荣。
野火烧不尽,春风吹又生。
远芳侵古道,晴翠接荒城。
又送王孙去,萋萋满别情。①

这首诗的题目在《唐诗别裁》中为《赋得古原草送别》。相传这首诗是白居易16岁时的作品。据唐张固《幽闲鼓吹》记载,白居易到长安应试,携诗作去拜见顾况,开始时,顾况以他的名字开玩笑说:"米价方贵,居亦弗易。"但看了白居易的诗作第一首《草》,顾况便赞叹说:"道得个语,居即易矣。"这是一首咏物诗,也可作为寓言诗看。全诗语言通俗易懂、明白流畅。作者以"原上草"来喻别情,想象别致,情味隽永。"野火烧不尽,春风吹又生"两句不仅突出了野草顽强的生命力,也表现了对新生事物的赞颂,成为传颂千古的绝唱。

---

① 艾克利,等.唐诗三百首今译[M].西安:三秦出版社,1995:255-256.

《唐宋八大家文钞》

一、中国古文史上的 8 座丰碑

唐、宋时期的 8 个散文家：唐代的韩愈、柳宗元,宋代的欧阳修、苏洵、苏轼、苏辙、王安石、曾巩,是明代茅坤所谓的"唐宋古文八大家",他们在中国古代散文发展的历史长河中占有重要地位。

韩愈(768—824),字退之,河南南阳人,常自称"昌黎韩愈",后世称他为韩昌黎。他 3 岁丧父,兄嫂将他养大,自幼刻苦读书,长大后,尽通百家之学。韩愈才高行正,不时得罪权贵,仕途坎坷。他是唐代古文运动的主帅,苏轼称赞他"文起八代之衰"。韩愈大力倡导古文,意在反对骈体。他被誉为"唐宋八大家之首",著作有《韩昌黎集》。

柳宗元(773—819),字子厚,河东(今山西永济)人,世称柳河东。他和韩愈同是古文运动的倡导者,历来以"韩柳"并称。他任礼部员外郎时,参加了政治革新集团,代表庶族的利益实行了很多革新措施,失败后,被贬为永州司马,后来改任柳州刺史,故有柳柳州之称。长期的贬谪生活使他有机会接触下层人民,他最杰出的诗文作品,大都创作于贬谪之后。柳宗元不仅是一个大散文家,还是一个杰出的诗人。

欧阳修(1007—1072),字永叔,别号醉翁、六一居士,庐陵(今江西吉安)人。他 4 岁丧父,孤苦伶仃地依靠母亲过着贫寒的生活。后来,母亲带他到异乡投奔叔父,叔父家也穷得买不起纸笔,母亲便用芦荻杆代笔,以沙土作纸教他认字。买不起书,他就经常到有书人家借,发奋攻读,终于称为一代大家。他是北宋诗

文革新运动的领袖,三苏父子、王安石、曾巩都是他扶植起来的作家。他的诗文平易疏淡,散文成就最高,用简洁、平实、通畅的语言,表达一种细致深刻的主题思想。此外,他撰写的《新唐书》《新五代史》,被列入《二十四史》之中,在我国历史典籍中占有很高的地位。

曾巩(1019—1083),字子固,建昌南丰(今江西南丰)人,宋代新古文运动的重要骨干。他从小聪慧过人,成年后,文才出众,备受当时文坛领袖欧阳修赏识。曾巩主张先道后文,重视作家的道德修养。他的学术和文章,生前身后都有盛名。曾巩散文作品丰富,长于议论和记叙,议论文立论精策,纡徐曲折,从容敦厚;记叙文则精练生动,耐人寻味。

苏洵(1009—1066),字明允,号老泉,四川眉山人。他从小不爱学习,到 27 岁时,才开始发奋用功,一年多以后,参加进士考试,几次都不中,于是愤而烧毁以前所作的几百篇文章,闭门潜心研究学问,在古文方面取得丰硕成果。苏洵和儿子苏轼、苏辙在宋代新古文运动中占有重要地位,号称"三苏"。苏洵谥号"文安",著有《嘉祐集》。

苏轼(1036—1101),字子瞻,自号东坡居士。苏洵擅长议论,苏辙擅长记叙,但都赶不上苏轼文学成就大。苏轼在诗文书画方面,都卓然成家。他的散文成就很高,在词的创作方面,贡献更大。苏轼突破了词为"艳科"的旧藩篱,以豪放词开一代新词风。人们称他和韩愈为"韩潮苏海"。

苏辙(1039—1112),字子由,幼年时和兄苏轼先跟母亲程氏读书,后来由父亲苏洵亲授。他和父兄一样,大力写作古文,是当时著名的散文家,著作有《栾城集》。

王安石(1021—1086),字介甫,江西临川人,曾封荆国公,后人称王荆公。是北宋杰出的政治家、散文家、诗人。宋神宗时,他出任宰相,推行新法。从他早年的《上仁宗书》《答司马谏议书》以及《省兵》等诗来看,他很关心人民疾苦。他的散文富于哲理,笔力豪悍、词锋犀利。

　　唐宋八大家是主持古文运动的中心人物，他们提倡散文，反对骈文，在当时和后世的文坛都有深远的影响，在我国文学史上的地位不可磨灭。

二、唐宋散文的精华荟萃

　　《唐宋八大家文钞》是明代中期茅坤编的唐宋诗文选集，其中收录了唐宋八大家的重要散文作品。韩愈的散文，形式多样，最有价值的是杂文，如《杂说》《师说》等，议论高妙，提出了精辟的见解；其他如《原毁》《进学解》《送穷文》《蓝田县丞厅壁记》等，都是思想和艺术完整统一的佳作。韩愈的记叙文中，《张中丞后传》文学性比较高；《柳子厚墓志铭》是碑志文中的名篇；抒情散文《祭十二郎文》也很有名。韩愈散文中许多精彩的语句，已成为成语流传至今。

　　柳宗元的散文主要有三类：第一类是寓言，代表作为《三戒》和《蝜蝂传》。前者包括3篇讽刺小品，其中《临江之麋》刻画了那些依仗主人的权势而得意忘形的小人形象。《蝜蝂传》则是那种贪得无厌的人的写照。这些寓言通过动物故事，从不同侧面揭露了统治阶级的本质。第二类是传记散文，大多取材于封建社会中的下层人物，如《捕蛇者说》揭露了封建剥削的严酷甚于毒蛇；还有一些散文取材于统治阶级中的开明人物，如《段太尉逸事状》；第三类是山水游记，代表作是《永州八记》，其中《至小丘西小石潭记》，纯以写景取胜。

　　欧阳修的散文，有很多是直接为政治斗争服务的，如《原弊》《读李翔文》《朋党论》《五代史伶官传序》等，都是很有说服力的政论散文。他还有一些写景抒情叙事的散文，如《醉翁亭记》描写滁州的山光水色，含蓄地抒发了自己的政治理想。其他比较出名的还有《秋声赋》《丰乐亭记》《释秘演诗集序》《泷岗阡表》等，显示了作者独特的艺术风格。

　　王安石的散文以政论著称，他的散文多阐述自己推行新法的

政治主张,如《答司马谏议书》,针对司马光对新法提出的种种指摘作了斩钉截铁的回答;《读孟尝君传》是有名的一篇论辩短文。他还有一些知人论事的文章,如《知人》《材论》《伤仲永》等;也有一些哲学论文,如《老子》《性说》等,表现了一定的朴素唯物主义思想。他的游记以《游褒禅山记》最为有名,借物言志,阐述治学和处世的大道理。

苏轼的政论散文雄辩滔滔,如《策略》《策别》《策断》等,有的以历史论文形式出现,如《平王论》《留侯论》《商鞅论》等。但他的散文中,书札、杂记、杂说、小赋更为出色。苏轼的山水亭台记写得很好,如《石钟山记》把夜游石钟山的情景,写得幽深超逸。其他如《喜雨亭记》《九曲亭记》《快哉亭记》等,也很出色。书札中《答秦太虚书》可为代表。

苏洵的散文以议论文最出色,他著有《权书》10篇,《衡论》10篇,《几策》2篇等。他的史论和政论,成就很高。《权书》中的《六国论》是一篇脍炙人口的史论,《心术》是一篇讲述为将治兵作战之道的文章;《衡论》中的《养才》表现了作者唯才是举的思想。他的评论历史人物是非功过的史论很有特点,如《管仲论》。书信中,《上欧阳内翰书》是名文;杂记中《木假山记》写得比较好;赠序的代表作是《送石昌言北使引》。

苏辙的散文,写得比较好的是议论文、书、序、游记。议论文如《六国论》《三国论》,结构缜密,运笔巧妙。比起议论文,他的书、序写得更好,如《上枢密韩太尉书》。苏辙散文成就最高的是记叙文,《黄州快哉亭记》是其代表作。

曾巩的散文中成就较高的是杂记、序文和书信。他的杂记中议论的成分较重,《墨池记》是其代表作,《宜黄县学记》是一篇学记,《越州赵公救灾记》偏重于记叙。《战国策目录序》是作者在校订《战国策》后写的一篇序文,《新序目录序》鼓吹儒家道统。他的书信中,《上蔡学士书》写得很有情致,最优秀的则是《寄欧阳舍人书》。

三、唐宋古文的风范

自东汉、魏、晋、宋、齐、梁、陈、隋以来的文风,都崇尚骈体,讲究排偶、词藻、音律和典故,内容艰涩,这种形式主义和唯美主义倾向的文体,浮华空疏,成为表达思想和反映现实的桎梏。中唐的韩愈、柳宗元登上文坛后,反对这种充斥社会的陈腐骈文,大力倡导古文。所谓古文,即指古典散文,是与骈文相对而言的。当时骈文被称为时文、今体,韩、柳想反对骈体,恢复先秦盛汉时的散文体制,故称古文。由于韩愈和柳宗元等的倡导,形成了唐代的古文运动,对我国文学的发展产生了深远的影响。古文运动,不仅是一场单纯改革文体、文风的运动,还是政治性很强的儒学复古运动的组成部分。

韩愈主张"文以载道",文道合一,以道为主;实际上是强调文章内容的重要性,提倡文章要言之有物,文章的形式必须为内容服务。在文体上,他主张在继承先秦古文传统的基础上创新,做到"师其意不师其辞""词必己出""文从字顺""唯陈言之务去"。他把古文运动的理论运用于创作实践之中,作品有卓越成就。他的文章气势宏大,逻辑严整,无论是议论、叙事或抒情,都形成独特的风格,达到前人不曾达到的高度。

柳宗元的创作雄深雅健。他的散文主要有寓言、传记散文、山水游记,他的山水散文标志着我国游记文学的成熟阶段。柳宗元的"永州八记",刻画山水,有杰出成就;寓言小品,生动形象,含义深刻。他的《段太尉逸事状》,塑造人物非常成功。

宋代是我国古代散文发展的又一个重要时期,宋代的古文运动,从根本上说,是中唐古文运动在新的历史条件下的继续。北宋古文运动的核心人物是欧阳修,继他之后领导北宋古文运动的是苏轼,他从理论和创作方面大大深化了古文运动。苏轼是唐宋两代古文的集大成者,他对中国古代散文新体制的最后确立,为古文最终战胜骈文,作出了巨大贡献。他是唐宋两代古文运动的

完成者,同时也标志着唐宋两代古文运动的结束。

欧阳修取韩愈"文从字顺"的精神,极力反对浮靡雕琢、怪僻晦涩的"时文",提倡简而有法、流畅自然的风格,作品内涵深广,形式多样,语言精致,富有情韵美和音乐性。许多名篇,如《醉翁亭记》《秋声赋》等,已千古传扬。

苏洵的散文主要是史论和政论,他继承了《孟子》和韩愈的议论文传统,形成自己的雄健风格,语言明畅,说理反复辨析,很有战国纵横家的色彩,有时带有诡辩气息。

唐宋八大家有大体一致的理论主张和创作倾向,又有着不同的风格特点。他们共同反对骈体文,提倡恢复和发展秦汉散体文的优良传统,不同程度地坚持了文道合一的方向,为确立自由书写、散句单行,接近口语的新型散文——古文作出了贡献。他们的散文作品是这种古文的典范,是唐宋古文运动的结晶,体现了唐宋散文的最高成就。

在创作上,八大家风格多样,异彩纷呈。唐代两家的文章雄健奔放,奇崛简峭,宋代六家的文章则平易通畅,委曲婉转。其中,韩愈的雄奇奔放,柳宗元的简洁清峻,欧阳修的平易婉曲,曾巩的醇真浑厚,苏轼的行云流水,王安石的雄健峭拔,苏洵的纵横恣肆,苏辙的汪洋淡泊,都自成一体,展示了八大家绚丽多姿的才情。八大家的创作成就高低不一,很不平衡,其中,韩愈、柳宗元、欧阳修、苏轼四家的地位比较高,王安石、苏洵、苏辙次之,曾巩又次之。

唐宋古文运动,是我国散文史上的一场革新运动。唐宋散文,是中国古代散文继秦汉之后的又一个黄金时代,所以,标志着唐宋散文最高成就的唐宋八大家散文,是我国散文遗产中的宝贵财富。

以韩愈的《毛颖传》为例,这是一篇寓言性传记文。因为毛颖是对毛笔的拟人化说明,所以毛颖的生平,就是毛笔的产生经过、制作方法、社会功用和使用特点的形象化展示。同时,作者在拟人化的基础上,还采用了语意双关的象征性笔法,使文章有了寓言色彩，毛颖的生平就隐隐地体现了文人士子的仕途遭遇，讽刺了统治者的无情，寄托了作者对自己坎坷命运的感慨。文章的基本写作手法是拟人化，把毛笔拟化为人，使本该是注释性的说明文，变为一篇充满生命活力的人物传记，收到了妙趣横生的艺术效果。文章融毛笔知识、仕途写照、史实掌故于一炉，想象丰富，见多识广，充分表现了韩愈散文既扎实又空灵、既严谨又恣肆的文采。

《唐宋传奇集》

一、承六朝开风气的唐宋传奇

唐代的短篇小说,称为唐传奇。唐代以前的小说基本上处于萌芽状态。唐代作家有意识地从事小说创作,突破了六朝志怪题材的局限,开始面向社会人生,描写现实生活中的各种人物,展示了唐代社会生活的广阔画面。无论在思想内容上,还是在艺术技巧上,唐代小说都展示了前所未有的新面貌。

唐传奇的作者多属于庶族地主阶级出身的进士,为了求得功名富贵,他们竭力创作传奇,以显示文才,获得有地位、权势和有文誉的人的赏识。如沈既济、蒋防、元稹、白行简等人,都属于这类作家。

唐人传奇的出现标志着中国短篇小说的成熟。因为它已超出了记录传闻逸事的范畴,而成为文人有意识的创作。唐人传奇中,很多篇章描述了主人公某一时期或一生的经历,以表现人物的个性特点及思想发展。

初唐时期小说较少,思想价值不高,志怪色彩很浓。如王度的《古镜记》,写古镜制妖、显灵、治病的故事;张文成的《游仙窟》写作者投宿仙窟,受到仙女柔情款待的故事。这些作品不同程度地带有怪诞色彩。盛唐以后,小说创作出现繁荣局面,作品中的生活气息压倒了志怪余风,描写的故事、表现出的思想多有社会意义。这一时期,成就最高、数量最多的为描写青年男女追求爱情幸福和婚姻自主,反对不合理的婚姻制度和封建礼教的作品。如李朝威的《柳毅传》、白行简的《李娃传》等,都是脍炙人口的佳作。还有许多描写宦海沉浮和士子追求功名利禄的作品，构思新颖，描写生动，具有相当的寓意。晚唐时期，小说的数量很多，但是思想性和艺术性都赶不上中唐时期的作品。

宋代传奇是唐代传奇和清代文言小说之间一个不可或缺的发展环节，并具有自己的独特风貌，在中国小说史上占有重要地位。北宋前期，较为重要的传奇小说作者有乐史、张齐贤、吴淑等人。乐史是史官，主要小说作品为《绿珠传》《杨妃外传》等。张齐贤官居显要，晚年写了一部《洛阳缙绅旧闻记》。吴淑的主要作品为《江淮异人录》。这些作品大多用传记体写成，内容以历史题材为主，较为充实，有开一代风气之先的意义。

北宋中后期，涌现出很多传奇小说作家、作品，比较重要的有刘斧的《青琐高议》、李宪民的《云斋广录》等。《青琐高议》中包括传奇小说40多篇，除了刘斧的作品，还辑存了秦醇、张实、钱易、柳师尹以及许多不知名的作家的作品。《云斋广录》中有传奇小说13篇。这些作者的生平大多失载，可见他们的社会地位较为低下。和前期作品相比，它们反映的社会生活面更加广泛，既有历史题材，也有现实生活题材。

南宋前期最重要的作品为洪迈的巨著《夷坚志》，其中有数十篇文笔优美、描写细致的传奇小说。书中保存了很多名作，包括苏轼、苏辙、秦观等人的作品。这一时期的另一著名作者是王明清，小说专集有《投辖录》等。此外，在廉布的《清尊录》、康誉之的《昨梦录》等书中，也有很多名篇。两宋之际，还产生了很多有名的单篇传奇，如《迷楼记》《开河记》《梅妃传》《苏小卿》等。南宋中期，有一部佚名作者的小说专集《鬼董》，收录40多篇传奇。南宋后期，今天可以见到的作品就不很多了。

二、瑰丽奇崛的传奇故事

《唐宋传奇集》是鲁迅先生校订、编录的一部唐宋传奇小说选集。全书按时代先后排列，共分8卷，前5卷为唐人传奇，第6卷

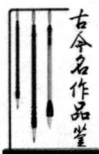

的作者和年代有疑问,末两卷为宋人传奇。《唐宋传奇集》选录的都是单篇传奇,始于隋唐的《古镜记》,终于宋代的《李师师外传》,书末附鲁迅所作《稗边小缀》1卷,对各篇的作者和版本作了考证说明。

唐人传奇大体可分为三类:

第一类是讽刺醉心功名的神怪故事。这是直接继承笔记小说的神仙怪异小说,著名作品有沈既济的《枕中记》、李公佐的《南柯太守传》。这两部作品讽刺了热衷功名富贵的封建士子。《枕中记》写少年卢生,在邯郸道上遇见一个道士,赠给他一个瓷枕,他在店中伏枕入睡后,登科及第,娶妻生子,出将入相,享尽荣华富贵;一觉醒来,店主人在他入睡前所煮的黄粱米饭还没有熟呢。

第二类是描写婚恋爱情的故事。这一部分是唐代传奇小说中成就最高、数量最多的作品。如《李娃传》《莺莺传》《霍小玉传》《长恨歌传》《任氏传》《柳毅传》等都是有名的作品。《霍小玉传》写的是歌妓霍小玉和书生李益的爱情悲剧。《柳毅传》讲的是落第书生柳毅替遭受婚姻折磨的洞庭龙女传书,使她获得解放,后历经坎坷,两人终成眷属的浪漫故事。《李娃传》写郑生入京考试途中迷恋妓女李娃,囊尽财空,沦落街头,被父亲郑翁认出,将其毒打一顿,弃之而去。李娃见状,感念旧情加以收留,并帮他苦学应试做了高官。

第三类是侠义故事。这类作品描写侠客义士惩强扶弱的英雄行为,代表作品有《虬髯客传》《红线》《谢小娥传》《昆仑奴》《郭元振》《聂隐娘》等。作品反映了晚唐藩镇割据、干戈扰攘的社会现实。《虬髯客传》描写了世称"风尘三侠"的虬髯客、红拂女和李靖的形象。作品写隋末群雄争逐,侠士虬髯客见了唐太宗后,叹为"真命天子",于是不敢与他争夺天下,远走海外,另建王国。

宋传奇是唐传奇的继续。宋传奇中历史题材的作品非常丰富,如《赵飞燕别传》写的是西汉末年成帝及其后妃的故事;《开河记》写的是隋炀帝的罪恶史;《杨太真外传》写的是唐玄宗、杨贵妃等人的历史悲剧。宋传奇中描写普通人民的作品增多了,如《夷坚志·荆山客邸》写的都是小本生意人拾金不昧、为顾客负责到底的事迹。此外,对于下层社会中的"幽怨型"少女的描写也有新意,代表作品为《谭意哥传》《王幼玉记》等,所写的都是所谓一代名妓,很多达官贵人为她们倾倒,但她们的内心是痛苦的。

宋代传奇与唐传奇相比,大为逊色,但是其中也有很多值得称道的,如《流红记》《谭意哥传》《梅妃传》《李师师外传》等,都各具特色。《流红记》反映了宫女们的精神苦闷,展示了她们对普通人的生活和自由爱情的渴望,从中可以看出宫廷生活对这些青年女子的身心禁锢和摧残。《梅妃传》通过梅妃和杨妃之间的矛盾冲突以及悲惨结局,写出了因为封建帝王妃嫔成群给这些无辜女子所带来的巨大不幸。

三、唐宋文学中的奇葩

中国文学发展到唐代,随着都市生活的发达,沿着六朝志怪余风,产生了由非人间性到人间性的小说。这些小说,较之魏晋南北朝小说,情节更曲折完整,人物性格更鲜明,文辞更华美,结构更阔大,因所"传"者"奇",故被称为传奇小说。鲁迅先生认为它们是"特绝之作"。

唐人传奇根据它的历史发展情况,可分三个时期。初、盛唐时期是传奇小说初步发展的时期。作品内容还和六朝志怪小说相去不远,艺术上也不够成熟,但已逐渐注意到形象的描绘与结构的完整。中唐时期,是传奇小说的黄金时代。从内容上说,反映现实生活的作品占据了主要地位,如《枕中记》和《南柯太守传》。以爱情为主题的作品如《任氏传》《柳毅传》等,在唐传奇中成就最高。晚唐时期大批传奇专集出现,作品有牛僧孺《玄怪录》、李复言《续玄怪录》、牛肃《纪闻》等。这些专集总的来看,倾向于言神志怪,现实主义内容受到削弱。这一时期的传奇表现了一些新的题材,描写剑侠的作品,便属此例,如《虬髯客传》刻画

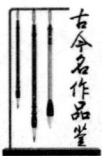

了"风尘三侠"的风貌。《无双传》是晚唐爱情传奇中最好的一篇。晚唐还出现了一些神话小说。

唐代传奇标志着中国小说发展的新阶段,对后世影响深远。如《枕中记》构思新奇,想象丰富,后来这个故事被马致远演绎为《黄粱梦》;《南柯太守传》则被汤显祖改编为《南柯记》。唐代传奇有很高的艺术成就,许多优秀作品构思新颖,叙述婉转,文辞优美,心理刻画、细节描写非常传神,塑造出了很多个性鲜明的人物形象,其中有帝王妃嫔、官僚贵族、文人士子、歌妓娼女、大家闺秀、龙女精怪、纨绔子弟、豪侠义士、僧尼道士等,而且,他们都各具声言笑貌。

宋代传奇数量也不少,其中历史题材的作品非常多。这些作品的主题一般为,反对封建统治集团间的不义战争;谴责封建暴政,控诉统治者的暴行;揭露封建帝王以及上层人物的荒淫无耻。这些题材的作品,既是对历史的反思,也是对当时社会现实的一种曲折反映。这些历史小说具有鲜明的批判性和暴露性。宋代传奇中描写普通人的作品很多,有些写得有声有色,对普通人民怀着一股热情;对于下层社会中的风尘女子的描写尤其深刻,她们的精神痛苦不仅源于爱情或其他暂时的挫折,更源于对自己的社会地位和一生遭遇的思索及不满,这可以说是一种人格的觉醒。

宋代传奇在艺术上的一个突出特点为通俗浅显。宋传奇受通俗文学的影响,特别明显地表现在语言上,多数作品语言比较浅近;许多作品的语言还有诗文相间、骈散杂糅的特点。宋代传奇对白话小说和戏曲影响深远,为它们提供了丰富的创作题材。如《水浒传》《西游记》《封神演义》等小说都或多或少地从宋传奇中汲取了素材;根据宋传奇改编的古典戏曲有10余种。宋传奇中的人物故事,在白话小说和古典戏曲中,得到进一步的发展和完善,传播得更加广远。

以元稹的《莺莺传》为例,这篇传奇,据考证,是作者元稹以自己的爱情经历为素材写成的。作品描写了一个令人叹惋的爱情故事,主人公崔莺莺刻画得非常成功,成为我国古代文学中著名的女性形象。莺莺是个知书达礼的大家闺秀,矜持庄重。她一开始拒绝了张生的追求,西厢幽会时斥责张生的非礼,表现出这个贵族小姐在爱情和礼教冲突中的复杂心理。但当张生点燃她心中的爱情之火后,她又不顾一切,主动去和张生暗中结合。这篇传奇对后世影响久远,元代王实甫据此作杂剧《西厢记》,使这个故事获得新的面貌,广为流传。

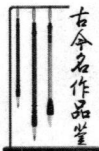

《乐府诗集》

一、无名歌手的绝唱

郭茂倩,宋代人,生平湮没难考。

郭茂倩最大的贡献是编撰了《乐府诗集》,这是一部收集乐府诗辞最完备的总集,后世学者称之为"乐府中第一善本"。《乐府诗集》是下层人民群众的产物。它的出现,从内容到形式都给诗歌创作开创了新局面,其中的精华之作是那些无名的民间歌手的绝唱。

"乐府"原是汉武帝时期设立的一个主管音乐的官署名称,其主要职责是采集民间歌谣或文人的诗来配乐曲,以备朝廷祭祀、朝会饮宴以及日常生活之时演奏。当时从民间采集来的诗歌通常叫做"歌诗",贵族文人的作品一般只叫"歌",后人把这些歌辞统称为"乐府"。这样,乐府便从官署名称变为诗体名称。

朝廷祭祀、朝会饮宴之时所用的乐章,主要是由文人写作的;在普通场合演唱的歌辞,则主要是从各地搜集来的民歌。为了区别于文人制作的乐府歌辞,习惯上把采自民间的歌辞称为"乐府民歌"。后来,魏晋六朝文人用乐府旧题写作的诗,也一概称为"乐府"。唐代出现了不用乐府旧题而只是仿照乐府诗的某种特点写作的诗,被称为"新乐府"。

真正意义上的乐府诗歌是从汉代开始的。由于年代久远,汉乐府散佚情况严重,现存四五十首,都被收入《乐府诗集》中。郭茂倩将自汉至唐的乐府诗分为 12 类,其中包含汉乐府的郊庙歌辞、鼓吹曲辞、相和歌辞、杂曲歌辞这四类。一般说来,"郊庙歌辞"

是由文人制作的朝廷典礼乐章,华丽典雅,没有多少文学价值。民歌主要保存在"相和""鼓吹""杂曲"这三类中,尤以"相和"类中为多。"相和"是汉代民间的主要乐曲。

南北朝乐府民歌是继周民歌和汉乐府民歌之后集中涌现的人民口头创作,在我国诗歌发展史上它代表着一个重要的时期。《乐府诗集》的"清商曲辞"收录了"吴声歌曲"和"西曲歌"共460多首,是南朝的民歌。"吴声歌曲"产生于以京城建业(今南京)为中心的江南一带,"西曲歌"产生于长江中上游一带。这些民歌几乎全是情歌,之所以这样,是因为这些民歌产生于几个大商业城市,所反映的生活面受到限制;同时也因为当时统治阶级按照他们的阶级趣味来收集并润色,不合他们胃口的民歌就抛弃了。

《乐府诗集》的"杂曲歌辞"中有《西洲曲》一首,是描写一个少女的思远之情的抒情长诗,色泽美艳,抒情细致,音律富于变化又无比和谐。从艺术技巧来说,它是"吴歌""西曲"中最成熟阶段的作品。

北朝民歌主要保存于《乐府诗集》"横吹曲辞"中,还有少数保存于"杂曲歌辞"和"杂歌谣辞"中,共66首。这些曲子都是北方民族马上所奏的音乐,乐器有鼓有角。歌词一部分是汉语,一部分是鲜卑语。北朝民歌题材广泛,呈现出刚健、直率、粗犷的风貌,其作者除少数为汉族外,多数为鲜卑、氐、羌等族。《木兰诗》是北朝乐府民歌的代表作,和《孔雀东南飞》被称为"乐府双璧",在我国诗歌史上交相辉映。由它们可以看出民间歌手高超的艺术技巧。

二、奇光异彩的民歌

《乐府诗集》收录了汉魏开始到唐五代的乐府歌辞,兼及先秦至唐末歌谣。全书共100卷,根据音乐类别分为12类:郊庙歌辞、燕射歌辞、鼓吹曲辞、横吹曲辞、相和歌辞、清商曲辞、舞曲歌辞、

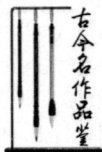

琴曲歌辞、杂曲歌辞、近代曲辞、杂歌谣辞、新乐府辞。其中 1 至 10 类属入乐之辞,后两类属不入乐之辞。各类都有总序,每曲都有题解,对各种曲调以及歌辞的起源和发展都有考订,特点是旁征博引,援据精审。每一个题目都把古辞列于前面,后人的拟作附于后面,同一曲调的各种作品都收录完备。

(1)郊庙歌辞(1—12 卷),是祭祀用的,祭天地、宗庙、社稷。其中包括汉代司马相如等奉汉武帝之命制作的《汉郊祀歌》19 首,用来配上雅乐祭祀天地。还有高祖唐山夫人所作的《安世房中歌》17 首,用来祭祀宗庙。

(2)燕射歌辞(13—15 卷),是宴会用的。这一类没有汉诗,汉、魏都用周诗《鹿鸣》,晋代傅玄、荀勖开始制新辞。

(3)鼓吹曲辞(16—20 卷),是用短箫铙鼓的军乐。其中包含《汉铙歌》18 首,因为声辞杂糅、文字讹误、胡汉混淆等原因,比较难读。

(4)横吹曲辞(21—25 卷),是用鼓角在马上吹奏的军乐。李延年造汉《横吹曲》28 曲。魏晋以来,只有 10 曲传下来,后来又有《关山月》《梅花落》等 8 曲,合 18 曲,古辞已经不存在。还包括《梁鼓角横吹曲》,其中有《木兰诗》二首。

(5)相和歌辞(26—43 卷),是用丝竹相和的歌辞,其乐器有笙、笛、节歌、琴、瑟、琵琶、筝 7 种。分为平调、清调、瑟调,汉代叫做三调。还有楚调、侧调,与前三调总称相和调。这些歌辞都是在汉代的街头巷尾演唱的歌谣。

(6)清商曲辞(44—51 卷),起源于相和三调,古辞已经不存在。南朝乐府民歌有产生于长江下游的《吴声歌》和产生于长江中上游的《西曲歌》。

(7)舞曲歌辞(52—56 卷),分为雅舞和杂舞两种。雅舞用于郊庙朝飨,杂舞用于宴会。古辞只有《圣人制礼乐篇》《巾舞歌》两首。

(8)琴曲歌辞(57—60 卷),琴曲包括《神人畅》《将归曹》《箜篌引》《蔡氏五弄》等。汉辞包括王嫱的《昭君怨》、司马相如的《琴歌》两首、蔡琰的《胡笳十八拍》等名作。

（9）杂曲歌辞（61—78卷），《宋书·乐志》说："杂曲者，历代有之，或心志之所存，或情思之所惑，或宴游欢乐之所发，或忧愁愤怨之所兴，或叙离别悲伤之怀，或言征战行役之苦，或缘于佛老，或出自夷虏。兼收并载，故谓之杂曲。"古辞有《羽林郎》《孔雀东南飞》等。

（10）近代曲辞（79—82卷），近代曲，也是杂曲，由于产生于隋、唐时代，所以叫近代曲。

（11）杂歌谣辞（83—89卷），都是歌谣。古辞很多，著名的有《戚夫人歌》《赵幽王歌》《卫皇后歌》《乌孙公主歌》等。

（12）新乐府辞（90—100卷），新乐府，指的是唐代的新声，因为曲辞实际上是乐府，但没有入乐，所以叫新乐府。

三、民间疾苦的悲歌

《乐府诗集》的内容，是丰富多彩的，它以描写民间疾苦为主要内容。汉乐府反映了两汉的社会现实，描写了统治阶级骄奢荒淫的生活，表现了人民的爱情和婚姻生活。南朝乐府包括东晋以及宋、齐、梁、陈四朝的作品，主要分为《吴声歌》和《西曲歌》两大类。北朝乐府包括北魏和东魏、西魏以及北齐到北周的这一时期的民歌，主要是《鼓角横吹曲》和《杂曲》。汉魏晋宋的文人乐府和汉至隋歌谣在《乐府诗集》中也占有相当的位置，其中有很多优秀之作。

汉乐府主要有三类作品：第一类为反映老百姓被压迫被剥削的痛苦和他们的不满与反抗，如《妇病行》；第二类为反映战争、徭役给人民带来的苦难，如《战城南》；第三类为反映婚姻恋爱和妇女的不幸，如《上邪》。汉乐府中有了比较成熟的叙事诗，主要标志是具有鲜明的有名有姓的人物形象和连贯的故事情节。

汉乐府形式新颖，有四言，但主要是杂言和五言。杂言诗的好处是自由，有的杂言诗几乎和散文差不多了。汉乐府成熟的五

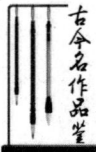

言形式,大大促进了文人的诗歌创作,并为建安诗歌的繁荣在形式上作了准备。汉乐府多用口语,不加雕琢,语言朴素自然。

南朝乐府几乎全是情歌,这些情歌从不同侧面揭露了封建社会的罪恶,有的抒写了恋爱不自由、婚姻不自主的痛苦,有的充满着对男女不平等的哀怨,有的则是大都市中被侮辱的妓女们的悲诉。此外还有少数表现劳动人民爱情生活的,如《拔蒲》《采桑度》等。这些作品委婉含蓄,语言清新自然,多用五言四句,有丰富的想象。

南朝乐府具有秾艳的情调,全是表现儿女情长的,有的还有色情成分。《吴声》《西曲》都是反映市民生活的风情小调。这些民歌中大量运用双关的语法,也就是谐音字的运用,如以"藕"为"偶",以关门之"关"为关心之"关"。

由于北方地区长期战乱,社会经济和风俗习惯与南方不同,因此北方民歌描写战争、骑射、漂流、孤儿以及畜牧生活的比较多。著名的《企喻歌》反映从军生活,《隔谷歌》写俘虏生活。北方民歌中有关婚姻、恋爱的也占不少,如《地驱乐歌》。在感情上的表达往往质朴明快,直来直去,但是绝不鄙陋;不像南歌那样缠绵、宛转、艳丽。

北朝乐府的题材和南朝乐府相比,要广泛得多,涉及社会生活的许多方面。描写战争、羁旅、婚嫁、武功等的作品,风格刚健,充满了战争的气氛和尚武的精神。打猎、流离、骑马、射箭是北方人民生活和北方民歌的主要内容。北朝乐府是"军中马上"的军乐,来自漠北武夫,所以音调高亢。

按照乐曲的性质,《乐府诗集》中的乐府诗可以分为鼓吹曲辞、相和曲辞、杂曲歌辞等。鼓吹曲辞又叫短箫铙歌,是汉初从北方民族传入的北狄乐,原为军中之乐,但从现存歌辞来看,主要是民间作品,可能是后来补写的,内容庞杂。相和曲辞,音乐是采自各地的俗乐,歌辞多是东汉时的作品,其中有许多优秀之作,是汉乐府中的精华。杂曲歌辞产生年代最晚,乐曲多不知所起,所以无法分类,就自成一类,其中有一部分优秀民歌。

《乐府诗集》继承了《诗经》的现实主义传统，描写了人民的苦难，揭露了封建社会的种种矛盾；在艺术上也表现了鲜明的独创性，在我国文学史上具有不可磨灭的光彩。以《木兰诗》为例：

　　唧唧复唧唧，木兰当户织。不闻机杼声，唯闻女叹息。问女何所思，问女何所忆。女亦无所思，女亦无所忆。昨夜见军帖，可汗大点兵。军书十二卷，卷卷有爷名。阿爷无大儿，木兰无长兄。愿为市鞍马，从此替爷征。东市买骏马，西市买鞍鞯。南市买辔头，北市买长鞭。旦辞爷娘去，暮宿黄河边。不闻爷娘唤女声，但闻黄河流水鸣溅溅。旦辞黄河去，暮至黑山头。不闻爷娘唤女声，但闻燕山胡骑鸣啾啾。万里赴戎机，关山度若飞。朔气传金柝，寒光照铁衣。将军百战死，壮士十年归。归来见天子，天子坐明堂。策勋十二转，赏赐百千强。可汗问所欲，木兰不用尚书郎。愿驰千里足，送儿还故乡。爷娘闻女来，出郭相扶将。阿姊闻妹来，当户理红妆。小弟闻姊来，磨刀霍霍向猪羊。开我东阁门，坐我西阁床。脱我战时袍，著我旧时裳。当窗理云鬓，对镜帖花黄。出门看伙伴，伙伴皆惊忙。同行十二年，不知木兰是女郎。雄兔脚扑朔，雌兔眼迷离。双兔傍地走，安能辨我是雄雌。①

《木兰诗》是北朝乐府民歌中篇幅最长的作品，是一首思想内容和艺术成就很高的民间叙事诗。作品通过木兰代父从军的故事，热情歌颂了木兰的英雄主义精神和劳动人民的崇高品德。木兰的经历具有传奇色彩，她是我国文学史上第一次出现的典型的英雄女性形象，她的事迹证明中国古代妇女完全有不下于男子的才能和创造力。《木兰诗》艺术上的成功，在于恰当地运用了多种

---

① 郭茂倩.乐府诗集[M].北京：中华书局，2010：545.

民歌传统的表现手法,如设问、比喻、排比、对偶、重叠等来为塑造人物形象、表现主题思想服务。全诗运用的是长短句错综交替的口语,朴素自然,节奏感很强,表现出刚健明朗的艺术风格。

《宋词三百首》

一、词苑明珠照千古

词在两宋,人才辈出,名家如林,流派繁多,风格各异,可谓奇峰矗立,万象纷呈。宋词作品洋洋大观,据前人辑录,约有词人1400余家,词作2万余首。

两宋300多年间,词的发展大致经历了6个时期。北宋初期,社会安定,经济初步繁荣,朝廷倡导文治,鼓励百官安享太平。这时的词坛,在继承五代遗风的基础上正酝酿新变。晏殊被称为北宋倚声初祖,晏词雍容和婉,于富贵气象中,蕴含着人生哲思与淡淡闲愁。欧阳修之词疏隽闲雅、从容秀丽,后期词作又有一些旷达疏宕之气。晏、欧咏唱于台阁,儒雅俊朗,是前朝风格的继承和发扬。与他们同时的柳永、张先可谓专业词人,柳永把词由台阁引向市井,张先则造语纤巧、风调艳冶。

北宋中期,社会经济进一步发展,诗文革新运动伴随政治的变革而深化,词坛也出现一种活跃的革新局面。王安石、李冠的怀古之词,慷慨激昂,作品虽少,意境却新。贺铸词作深婉密丽,兼有沉雄悲壮之色。苏轼是变革词风的旗手,苏词雄壮顿挫,别立一宗,使词坛耳目一新,成为豪放词派的扛鼎者。苏轼的追随者如黄庭坚、晁补之等人,成为豪放词派的后继者。另一批词作家如秦观、张耒、李之仪等人,则延续宋初词作之婉丽词风并使之发展提高。秦观之词含蓄蕴藉、温婉醇秾,成为婉约派的高手。

北宋晚期,政治腐败,金军加紧南侵,宋徽宗却大肆治礼作乐,粉饰太平。词坛上出现专作应制词的大晟词人创作群体,以

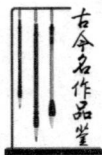

晁端礼、万俟咏、曹组等人为代表,他们歌功颂德,词作内容苍白单弱。与此同时,北宋词经过 100 多年的发展,已具备整合经验、提高词艺的条件。周邦彦、李清照承受时代恩赐并发挥个人文才,成为名家。周邦彦审音创调,以赋为词,成为婉约词派的集大成者。李清照生活于南北两宋之间,她咏歌爱情,感时伤变,清新婉妙,成为词家大宗。

靖康之变,朝廷偏安,宋金对峙,救亡图存成为民众呼声。一些爱国将领和主战大臣,用词感伤时局呼吁抗金,如李纲、赵鼎、胡铨、岳飞等人,写出一批慷慨激壮的爱国词章。另一些词人,如叶梦得、朱敦儒、周紫芝、陈与义、张元干、张孝祥等人,由于经历了家破国亡之痛,词风大变,出现了"江北旧词"和"江南新词"之分。张元干长于明畅凄婉之作,而感时之作则充溢郁愤激情。张孝祥善于清幽疏宕之作,而咏叹国事艰难,则气如凌云。两人成为抗战词派的开路先锋。

宋金议和休战后,江南经济逐渐复苏,词坛上出现两大创作群。以辛弃疾为主形成抗战词派,陆游、陈亮、刘过、刘克庄等是其主力军,他们的词风纵横驰骋,形式舒卷自如,风格慷慨激壮。稍晚的姜夔则笔调清雅劲健,疏宕清刚,风神潇洒,如冷室幽香,独成一宗,被称为"清刚派"。承其遗泽的有史达祖、高观国、吴文英等人。吴文英笔调深远幽邃,卓然一派大家风度。

南宋灭亡前后,是宋词发展的终结期。当时社会动荡,江山易主。元军席扫江南,爱国思潮再度高昂,词坛上一些爱国之士纷纷谱出豪气中天的悲壮词章,以文天祥、邓剡、刘辰翁为代表。还有一些词人,以萧散幽冷的笔致表达亡国之痛、飘零之苦,形成一个遗民词派,如刘辰翁、周密、王沂孙、张炎、汪元量等人。王沂孙被誉为"南宋之杰",张炎被称为"江南后劲",汪元量之词则具史词风味。宋末遗民为宋词的终结唱出一曲凄凉的挽歌。

二、柔媚刚美　清新雅逸

最柔曼的诗是宋词，最美妙的宋词当属《宋词三百首》。作为浓缩了宋词精华的《宋词三百首》，一直被奉为中华文化的经典之作而备受推崇。

就词的题材和艺术内涵来说，风月艳情、羁旅行役、山林隐逸、怀古感时、思国怀乡、讽时刺世、感喟人生、悼亡伤逝、贺喜祝寿、应和酬唱、都市风光、应制称颂、谈禅说佛等，宋词无一不涉及。纯情是宋词的特长，宋词中最感人心魄、动人心弦的，是妩媚缠绵的温馨爱情、真挚醇厚的亲情友情、骚雅恬淡的山林野趣、壮志凌云的爱国热情、怀旧感伤的亡国之思、抚今追昔的人生感悟等。

"诗庄词媚"，词是吟唱于酒宴樽前的歌，依红偎翠、男欢女爱自然是它所倾力歌咏的第一主题。宋词从唐诗的那种严肃庄重的世界，返归到人类感官享受的闲适自得，追求甜美的爱情成为人生的第一归宿。从词的第一个流派"花间词派"的香软词风，到第一个专力于词的柳永，从秦观到李清照，无不以情爱作为词作的第一主题，当然，这一主题也在不断深化，从感官感受到心理感受再到更为复杂的情爱感情世界。表现人类的情爱世界，是婉约词派的第一个特征。与此相应的，是表现手法的细腻、深曲。

同时，词并非总是以艳冶之态活跃于灯红酒绿之场，她也能以龙腾虎掷的气度，参与家国命运的严肃搏击。风情旖旎的婉媚之风，是北宋词的主调；苍凉慷慨的悲壮之音，是南宋词的主旋律。词的风格有阴柔美与阳刚美之分，两宋词各有侧重，阴柔阳刚互补生辉，体现了宋词风调的多样化。感伤的基调，是豪放词与婉约词共同的主旋律。

北宋前期，词多为反映男欢女爱、离愁别绪的忧伤曲调，抒写的是个人生活圈子以内的事情。从词的艺术手法说，着意表现一种如春水涟漪、秋云舒卷般的美感，形式以小令为主。柳永登上

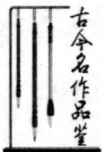

词坛后,开始大量制作长调慢词,宋词在形式上进入了一个新的阶段。但是,词的内容多是恻艳之思,风月之情。婉约派依旧是词坛正宗,占据主要地位。北宋后期,苏轼吸收了范仲淹的豪放词风,使词的内容发生了根本性的重大突破,他以天马不羁之势,横放杰出之笔,写壮阔之景,抒雄豪之情,成为豪放词派的开创者,为南宋豪放的爱国词作开拓了广阔的发展道路。苏轼在词史上的功绩,主要是扩大了词的题材,如描绘农村生活,关心国家大事,吊古、感旧、纪游、谈禅、悼亡、送别等。苏轼周围曾聚集一批有才华的词人,除秦观以婉约著称外,黄庭坚、贺铸等人都受他的影响而从事豪放词的创作。至此,豪放派才取得了与婉约派分庭抗礼的地位。北宋末年,周邦彦在整理旧谱,创制新调方面做出重要贡献,被尊为婉约派的集大成者。生活于两宋之交的女词人李清照,词以婉约为主,以其特有的文学素质和艺术风格,独树一帜,成为词史上最杰出的女作家。

宋室南渡之后,以辛弃疾为首的豪放词派成为时代的主流。亡国之悲、家破之痛,是豪放词兴盛的社会原因。辛弃疾以不可羁勒的磅礴气势,慷慨悲歌,独步词坛。当豪放派词人为收复山河,挽救危亡而呐喊时,婉约派词人却多半蹉跎于酒楼歌院,微吟低唱。这决定了他们的作品不及豪放的爱国词那样有思想光芒,不过,他们在发展词的写作技巧方面却很有成绩。如姜夔,音乐造诣很深,能自度新曲;但他的词作内容除少数感时伤乱之外,别无深刻意义。吴文英虽历来受到词家推崇,成就也主要在艺术技巧方面。张炎是宋词最后一个名家,精通音律,他的词虽有亡国之痛,却无振拔之力。

三、瑰丽的词苑奇葩

两宋是中国文化发展史上的又一高峰期,宋词是宋代文学的辉煌代表。

词和音乐有密切联系,在声律上有特殊的严格要求。每一首词都有一个标志曲调的调名,称词调或词牌;每首词都有固定的句数、字数、韵位、平仄,即所谓"调有定句,句有定字,字有定声"。每个词调都表达一定的感情,有的适合表现豪情壮志,如《菩萨蛮》《满江红》《水调歌头》等;有的适合抒发缠绵柔情,如《满庭芳》《蝶恋花》《木兰花慢》等。词调表明这首词写作时所依据的曲调乐谱,并不就是题目。词的基本句式是长短不齐,参差错落的,所以有长短句之称。词的结构,除了单调小令,都是分阕的,相当于现代歌词里的"段";分为上下两阕者为数最多,称为双调;分三段(叠)者很少;分为四段的仅存《莺啼序》一种。压韵的位置各个词调不尽相同,每个词调有一定的格式,韵位大都是在音乐上要停顿的地方。

词是合乐的诗,对韵律字声有特别细致的要求,它必须协律可歌。因此词作家写作,都审音度律,按谱填词。好多大家,均为制曲高手,如姜夔、周邦彦、张炎等人,都能创调作曲。词体的音乐性,决定了各调各体的规范体式,增强了词体所特有的音韵美。

宋词侧重抒情。因为初期文人词,产生于歌馆华筵,目的在于娱乐遣兴,于是词体逐渐以写艳情、柔情为主,男欢女爱、风月艳情渐为词体所专有。随着社会生活的变迁和创作风格的演进,词体抒情的狭隘范围逐渐被突破,除了男女之情之外,忧国爱民之情、隐逸山林之情、亲朋友谊之情、羁旅谪迁之情等也大量涌入词人笔端。词体情思意蕴的拓展,被评论家称之为"有寄托"。南宋遗民的咏物词、怀旧词,正因为融入了深沉的寄托,而特别耐人寻味。

作家因为抒发不同感情的需要,在词的创作过程中,选用词调便具有各自的倾向性,词作风格也因而产生了差别,客观上形成了不同的流派。宋词作家可以粗略地划分为豪放与婉约两大派别。一般来说,婉约派重视艺术技巧,在研讨声律、锤炼语言、提高词的艺术表现力方面,成就突出;豪放派重视思想内容,在开拓词境、反映现实、发挥词的社会作用方面,贡献较大。两派词人在宋代词坛上争妍竞秀,推动了词的繁荣发展,使宋代成为词

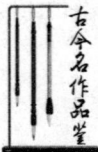

史上的黄金时代。

宋词是词的全盛时期，是词坛上最艳丽的花朵。北宋前期的词，笼罩在温柔旖旎、情思脉脉的云遮雾掩中。直到苏轼横空出世，宋词才发生了质的变化。所谓质变，主要是说内容的变化，它不再只是娱乐宾客的点缀，单纯抒发男女的悲欢离愁，而具有了前人所没有的崭新内容。这就是通常所说的豪放词。苏轼的功绩，主要是扩大了词的题材。他在词中反映出的对时事的感怀、忧思和爱国情操，在同时代的词人中是很少见到的。苏轼的豪放词在当时并没有产生深刻影响，在词坛上占统治地位的依旧是婉约词，这与当时的社会环境有关。"耽于安乐"，几乎是贯穿整个宋朝一代人的通病。一直到南宋，苏轼的词才得到辛弃疾等人的强烈回响。若没有痛苦的南宋时代，也许苏轼的豪放词将难以发展成为一个与婉约派相抗衡的流派。

宋词就像一幅长长的历史画卷，这里有对三秋桂子、十里荷花的良辰美景的赞颂；有对大浪奔涌、惊涛拍岸的壮丽山河的高歌；有对茅檐草屋、月夜蝉鸣的山野乡村的生动素描；还有抒发爱国壮志的激越壮歌。总之，这是历史浓缩的精华，是文苑耀眼的奇葩。以苏轼的《水调歌头》为例：

> 丙辰中秋，欢饮达旦，大醉。作此篇，兼怀子由。
>
> 明月几时有？把酒问青天。不知天上宫阙，今夕是何年？我欲乘风归去，又恐琼楼玉宇，高处不胜寒。起舞弄清影，何似在人间！
>
> 转朱阁，低绮户，照无眠。不应有恨，何事长向别时圆？人有悲欢离合，月有阴晴圆缺，此事古难全。但愿人长久，千里共婵娟。①

本篇是苏轼 1076 年把酒赏月之作。中秋之夜，望月怀人，感

---

① 吕明涛，等．宋词三百首[M]．北京：中华书局，2009：76．

慨身世,激荡出许多感喟遐思。当时作者因与当权者政见不合,出任密州知州,生活上与胞弟分别7年。上、下两阕,由问月、假想登月,到月下起舞;由望月、怨月、因月悟理,到祝愿与月同在、享受人生。妙在句句不离月字,又句句借月抒怀。作者思路由虚到实,由实而虚,从天上转到人间,由星体妙悟人生。通篇充满了瑰丽的想象却又紧扣现实,将仕途的隐忧和对弟弟的感情自然地贯穿到赏月的感受中,境界开阔,意象空灵,意境澄澈,意蕴玄奥,笔调清雄,是词史上的不朽之作。

再如李清照的《醉花阴》:

　　　薄雾浓云愁永昼,瑞脑消金兽。佳节又重阳,玉枕纱橱,半夜凉初透。

　　　东篱把酒黄昏后,有暗香盈袖。莫道不销魂,帘卷西风,人比黄花瘦。①

此词是作者重阳佳节为怀念丈夫而写的离情词。上阕写由白天到深夜独处深闺的离愁,展现了内心的孤寂、无聊。"永""消"二字透露出独处香闺、度日如年的心境。"佳节"以下三句点明了节令、气候,"凉初透"三字含着凄凉感,兼写秋日之萧瑟与心境之凄冷。下阕写重阳赏菊的情事,自古有重阳饮酒赏菊的风俗,词人抒写了独自饮酒的感受。菊花拂袖,而离愁难解,遂引出煞拍三句。"帘卷西风,人比黄花瘦"两句,似是信手拈来,却创造了浓郁的抒情氛围,形象地写出了相思的痛苦,历来被公认为佳句。

---

① 吕明涛,等.宋词三百首[M].北京:中华书局,2009:300.

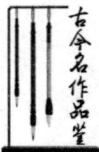

《三国演义》

一、"第一才子书"的创作者

罗贯中(？ 1330—1400)，元末明初杰出的小说家，名本，字贯中，号湖海散人，太原(今属山西)人。据说他是施耐庵的学生，两人曾经一块从事过创作。

他平生与世寡合，和贾仲名为忘年交。有人说他是"有志图王者"，还有人说他曾当过元末农民起义领袖之一的张士诚的幕僚；因为没有遇到真主，于是只好隐退，写作历史小说。

在创作上，他的才能是多方面的，曾写过戏曲和乐府隐语，现存的署有他名字的小说，除《三国演义》外，还有《隋唐两代志传》《残唐五代史演义》《三遂平妖传》等；他还著有杂剧《赵太祖龙虎风云会》等。据说，他还是《水浒传》的撰写人之一。

《三国演义》是罗贯中在有关三国故事的宋元话本、戏曲和轶事传闻的基础上，依据晋代陈寿所著的《三国志》以及南朝宋人裴松之为《三国志》所作的注，所进行的加工再创作，是他历史演义小说中的代表作。有人把《三国演义》定为"第一才子书"。原书24卷，240则，有弘治本传世；经过清初的毛纶、毛宗岗父子加以增删润饰，成为现在通行的120回本。

《三国演义》主要描写了东汉末年黄巾大起义到西晋统一约100年的社会政治生活。在"拥刘反曹"的传统思想支配下，作家把蜀汉当作全书矛盾的主导方面，以诸葛亮和刘、关、张为中心人物，以魏、蜀、吴的兴亡为线索，生动地描述了封建统治集团之间尖锐复杂的矛盾和斗争。

结合《三国演义》对圣君贤相的推崇和反映出的丰富的斗争经验，可以看出，罗贯中不是一般的文人，而是一个有理想、有抱负，并有一定军事、政治斗争经验的人物。1981 年 3 月 19 日，《人民日报》发表评论《爱国主义是建设社会主义的巨大精神力量》，将罗贯中列入我国历史上为中华民族的发展作过杰出贡献的人物之一。

罗贯中为我国民族文化的发展作了不可磨灭的贡献，是他，首先把简单粗陋的讲史平话小说演变为情节曲折、洋洋洒洒数十万言的长篇历史演义；是他，敢于违抗禁令，在明初文纲严密的时期，当其他的胆小文人忙于写作风花雪月、才子佳人的小说时，他却写下了《三国演义》等大量长篇历史小说。

二、三国的演义

《三国演义》的主要内容：东汉末年，宦官弄权，社会黑暗。统治者为了满足自己荒淫腐败的奢侈生活，对百姓进行疯狂的掠夺和残酷的剥削，终于导致广大人民的反抗，酿成了汉末的黄巾大起义。在镇压黄巾大起义的过程中，各地诸侯趁势发展自己的势力，形成了新的军阀割据的局面。

公元 189 年，汉灵帝刘宏死去，大将军何进和司隶校尉袁绍等立太子刘辩即位；又商议杀弄权的宦官，但是遭到何进的妹妹——何太后的反对。何进偷偷赍密诏星夜奔往各镇，让诸侯们来京帮忙。西凉刺史董卓统帅大军 20 多万，常有贰心，得诏后大喜，率兵马进发洛阳，废了少帝刘辩，另立献帝刘协。从此董卓独揽朝中大权，无恶不作。

当时，袁绍在渤海，听说董卓弄权，就差人携带密信来见司徒王允。王允得信后，召集众旧臣共商对付董卓的计策。曹操为骁骑校尉，他自告奋勇，到董卓那里行刺，没有成功，逃往陈留；一面发矫诏驰报各个诸侯，共讨董卓；一面召集士兵，训练骏马。十七镇诸侯接到檄文，会聚洛阳，公推袁绍为盟主，兴兵讨伐董

卓。董卓寡不敌众,于是放火烧了洛阳,劫持天子、后妃等逃往长安。因各镇诸侯各怀私心,讨伐董卓的目标没有实现。

作恶多端的董卓终于被吕布和司徒王允等杀死。接着,李傕、郭汜等为董卓报仇,杀了王允等,挟持汉献帝,执掌大权,肆虐百姓。后来曹操杀败李傕、郭汜,把汉献帝挟持在手中,挟天子以令诸侯,权倾海内。袁绍见曹操权势日重,对他是个威胁,于是起兵70多万,攻打许昌。双方在官渡决战,曹军只有7万,但曹操出奇制胜,袭击了袁绍的军粮重地。袁军军心动摇,一败涂地。

曹操后来又率军征讨,消灭了其他几个割据的军阀,基本上控制了黄河南北的大片土地。随着实力的强大,曹操决定挥师南下,消灭长江流域的孙权、刘表和四川的刘焉等。当时刘备正依附刘表,刘表是个庸碌之辈,其妻舅蔡瑁想加害刘备,刘备仓皇出逃。逃难路上遇到隐士司马徽,向他推荐了有经天纬地之才的诸葛亮。刘备三顾茅庐,请得诸葛亮出山。因为时局危急,刘备、诸葛亮只好向东吴靠拢;而东吴内部,在抗曹降曹的问题上,大臣们争议很大。为了蜀汉的利益,诸葛亮冒着风险,只身赴江东游说孙权,舌战群儒,缔结了吴蜀联盟,共拒曹操。

双方在赤壁决战,周瑜、诸葛亮利用火攻大败曹军。曹操兵败后占据中原及北方大片土地,孙权占据江东,刘备占据荆州,发展到四川,形成三国鼎立之势。荆州地势重要,吴蜀因争夺荆州而关系破裂。荆州守将关羽大意兵败,在麦城被俘遇害。张飞因急于报仇而怒责部下,结果被部下杀死。刘备决心为两个义弟报仇,出兵攻吴,结果大败而归,从此一病不起。刘备临终托孤于诸葛亮,让他辅佐儿子刘禅治国。

诸葛亮为报答刘备的知遇之恩,鞠躬尽瘁,精心治国。为安定四川境内的少数民族,诸葛亮七擒孟获,终于使人心归附。然后举兵北伐,六出祁山;因为用人不当,街亭失守,整个战略部署被打乱,北伐失败。最后一次北伐时,诸葛亮身心交瘁,在五丈原病死。蜀国无人可继承他的事业,最后投降曹魏。曹操死后,曹丕篡夺了汉位,重用司马懿辅佐治国,国势日盛。东吴方面,孙权死后,国势衰微,后来被司马炎所灭。最后司马炎篡魏,建立了晋朝,三分天下的局面结束了。

三、一朵永不凋零的艺术之花

《三国演义》是我国文学史上第一部章回体的长篇小说,也是我国古典小说中成就最高的长篇历史小说,它开创了我国文学史上历史演义小说的优秀传统,在文学史上占有重要地位。人们把它和《金瓶梅》《水浒传》《西游记》并称为"四大奇书",曾经在欧洲风靡一时的我国的所谓"十才子书",《三国演义》被列为头一部。

《三国演义》原名《三国志通俗演义》。全书 120 回,大约 75 万字。它的艺术造诣很深,是我国历史演义中的佼佼者。它由汉末各个军阀之间的兼并战争写到晋统一全国,人多事杂,头绪纷繁;作者以曹、刘双方矛盾斗争为主线,或详写或略述,或实写或虚写,或倒叙或插叙,精心编结,主次分明,有条不紊,构成一个既宏伟壮阔又严密精巧的艺术整体。作者善于借助错综复杂的故事情节,表现封建集团之间以及他们各自集团内部复杂尖锐的矛盾和斗争。通过这些矛盾和斗争,反映了广大人民在动乱时代的灾难和痛苦,表现了他们的爱憎和人心向背,以及反对战争分裂、要求和平统一的愿望。

全书描写了 400 多个人物,成功地塑造了许多个性鲜明的人物,如足智多谋的诸葛亮、义气勇敢的关羽、残忍暴虐的董卓,还有忠贞不二、舍生忘死的赵云,疾恶如仇、粗鲁爽直的张飞等典型形象。曹操是《三国演义》中塑造得十分成功的乱世奸雄,他的性格有两面性,主要方面是残忍、奸诈、阴险和虚伪,"宁教我负天下人,休教天下人负我"。作者在极力描摹他的"奸"的同时,不忘刻画他"雄"的一面,他崛起于乱世,扫荡群雄,一统中原。作品在写曹操擒吕布、扫袁术、灭袁绍等重大战役时,突出表现了他非凡的胆识和军事才能。

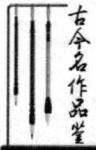

　　《三国演义》是一部以三国兴亡历史为题材的长篇历史小说，反映了东汉末年军阀混战、生灵涂炭的黑暗社会现实，生动地再现了三国兴亡的历史，鞭挞了主要体现在曹操身上的封建统治者的奸诈残暴，歌颂了以刘蜀集团为代表的圣君贤相良将，从而表现出作者的仁政理想。它以强烈的感情、鲜明的倾向、独特的艺术手段，真实地描绘了三国时期变幻莫测的政治风云，是一部洋溢着英雄主义的战争史诗。

　　全书描写战争非常出色，以人物为中心，把斗智斗勇的描写结合起来，着重表现作战双方战略战术的运用、力量的对比、地位的变化，从而揭示出决定胜负的原因，大小战役在作者笔下显得千变万化，各具特色。其中赤壁之战写得最好，舌战群儒、智激周瑜、蒋干中计、草船借箭等引人入胜的情节，错综复杂地表现了曹操和孙、刘敌对双方以及周瑜、孔明之间的矛盾斗争。作者的描写张驰结合，激烈的斗争中，还巧插闲曲，用抒情的笔调描写庞统挑灯夜读、曹操横槊赋诗等情节，使之与全篇相映成趣，逐步把故事推向高潮。

　　作品中还运用了大量诗词。在小说中插入诗、词、论赞，这种散韵交错使用的手法，不仅使作品语言生动活泼，富于变化，还增添了作品的抒情成分。全书共有诗词200首左右，其中不免存在格调不高的，但总的说来，诗词的运用增加了全书的文学性，使很多场面诗文交错，诗意盎然。

　　《三国演义》卓越的艺术成就，为后世的历史小说提供了借鉴的范本。但在思想内容和艺术形式上也存在一些问题。它对黄巾起义的仇视和污蔑，以及它的唯心主义的英雄史观、忠君思想、宗教迷信和宿命论，都是有害的封建糟粕。在艺术上，它的人物性格缺少发展，且过分渲染夸张，使得某些形象失于真实。但瑕不掩瑜，600多年来，人们对《三国演义》的传诵可见一斑。1994年中央电视台播出84集电视连续剧《三国演义》，其影响之大，观众之多，反响之强烈，充分说明《三国演义》的无限艺术魅力。

　　以《三国演义》第21回《曹操煮酒论英雄　关公赚城斩车胄》

片段为例：

　　酒至半酣，忽阴云漠漠，骤雨将至。从人遥指天外龙挂，操与玄德凭栏观之。操曰："使君知龙之变化否？"玄德曰："未知其详。"操曰："龙能大能小，能升能隐；大则兴云吐雾，小则隐介藏形；升则飞腾于宇宙之间，隐则潜伏于波涛之内。方今春深，龙乘时变化，犹人得志而纵横四海。龙之为物，可比世之英雄。玄德久历四方，必知当世英雄。请试指言之。"玄德曰："备肉眼安识英雄？"操曰："休得过谦。"玄德曰："备叨恩庇，得仕于朝。天下英雄，实有未知。"操曰："既不识其面，亦闻其名。"玄德曰："淮南袁术，兵粮足备，可为英雄？"操笑曰："冢中枯骨，吾早晚必擒之！"玄德曰："河北袁绍，四世三公，门多故吏；今虎踞冀州之地，部下能事者极多，可为英雄？"操笑曰："袁绍色厉胆薄，好谋无断；干大事而惜身，见小利而忘命：非英雄也。"玄德曰："有一人名称八俊，威镇九州：刘景升可为英雄？"操曰："刘表虚名无实，非英雄也。"玄德曰："有一人血气方刚，江东领袖——孙伯符乃英雄也？"操曰："孙策藉父之名，非英雄也。"玄德曰："益州刘季玉，可为英雄乎？"操曰："刘璋虽系宗室，乃守户之犬耳，何足为英雄！"玄德曰："如张绣、张鲁、韩遂等辈皆何如？"操鼓掌大笑曰："此等碌碌小人，何足挂齿！"玄德曰："舍此之外，备实不知。"操曰："夫英雄者，胸怀大志，腹有良谋，有包藏宇宙之机，吞吐天地之志者也。"玄德曰："谁能当之？"操以手指玄德，后自指，曰："今天下英雄，惟使君与操耳！"玄德闻言，吃了一惊，手中所执匙箸，不觉落于地下。时正值天雨将至，雷声大作。玄德乃从容俯首拾箸曰："一震之威，乃至于此。"操笑曰："丈夫亦畏雷乎？"玄德曰："圣人迅雷风烈必变，安得不畏？"将闻

言失箸缘故，轻轻掩饰过了。操遂不疑玄德。后人有诗赞曰："勉从虎穴暂趋身，说破英雄惊杀人。巧借闻雷来掩饰，随机应变信如神。"[1]

　　曹操和刘备青梅煮酒论英雄的故事是《三国演义》中的一段佳话。曹操当时实力尽管不强，但他雄心勃勃，满怀战胜群雄的信心和斗志，在战略上蔑视众多豪强。曹操胸怀全局，目光远大，善于决策。刘备列举的诸多豪强，都被曹操否定，不排除他英雄气，轻视敌手的因素；但从他提出的英雄标准，以及用这个标准衡量人得出的结论，可以看出他是个慧眼识才的人。曹操从英雄应该具备的素质——胸怀全局、志向远大、满腹韬略等出发来鉴别人才，认为刘备列举的人都赶不上刘备自己。刘备当时寄人篱下，唯恐曹操看出自己心怀大志，所以当曹操说他是英雄时，不由非常吃惊，甚至筷子都掉到了地上。

　　历史的实践证明了曹操的远见卓识，刘备后来成为吴蜀的开山帝王，曹操自己则成为三国之中实力最强的魏国的奠基者。

---

① 　罗贯中.三国演义[M].北京：商务印书馆，2017：130-131.

《金瓶梅》

一、隐姓埋名写尽风月无限

《金瓶梅》，大约成书于明代万历年间。作者兰陵笑笑生，生平和真实姓名不可考。兰陵，今属山东省峄县，从书中多山东方言来推论，作者可能是明代山东的一个文人。《金瓶梅》在封建时代历来被视作淫书，遭到查禁。作品早期在"地下"流传，很少有正式的资料记载，给后人留下很多谜案。尤其是《金瓶梅》的作者，至今仍众说纷纭，莫衷一是。

有学者认为《金瓶梅》是集体创作的，是民间艺人在世代讲说中逐渐创作出来，再经文人加工润色而成。原因是作品在形式上有明显的说书痕迹，行文粗疏、重复、错乱，特别是大量引用前人的词曲、杂剧、传奇、说唱等著作，借用的话本小说和拟话本小说有 9 种之多。

还有学者认为，《金瓶梅》是一部从艺人集体创作向文人独立创作过渡形态的作品。但是，更多的人认为是个人独立创作的，并说它是我国第一部文人独创的长篇小说。理由是没有迹象表明之前《金瓶梅》的故事曾经在社会上流传和演唱过，而小说的整体性则充分说明它是作家有计划的创作。

持有"文人独创说"观点的学者根据研究，提出了大量假说。到现在为止，《金瓶梅》作者的候选人已经超过 30 人。这么多候选人，情况非常复杂，他们的身份地位、修养品性都各不相同。目前还没有哪种说法被学术界所公认。

从清代到近代，影响最大的是作者为王世贞的说法。还附会

出一系列离奇的故事,说王世贞为了替父亲报仇才创作了《金瓶梅》。王世贞是明朝嘉靖年间的著名文人,据说他父亲被严世藩害死。由于严世藩喜欢读淫秽书籍,王世贞就投其所好,创作了《金瓶梅》送给他,并在每页的下角染上毒药。严世藩读书时有一个习惯,他喜欢以手指沾唾液翻书,结果读完《金瓶梅》之后,中毒身亡。这种说法,基本上已经被现代学者否定了。

1932年发现的万历本《金瓶梅词话》的序言中,提到"兰陵笑笑生作《金瓶梅》"。兰陵在今天的山东境内;《金瓶梅》中还熟练地用了很多山东方言,因此,人们初步推断笑笑生是《金瓶梅》的作者。但是笑笑生显然是化名,笑笑生是谁,仍然不清楚。有的学者研究推断说,是山东峄县的贾三近、贾梦龙。这种说法,产生了一定影响,但离公认还差很远。

《金瓶梅》的作者之争,恐怕还要持续很长时间;也可能由于史料的限制,成为永久之谜。现在大致可以确定的是,《金瓶梅》的作者生活于明代嘉靖、万历年间;他曾经在山东生活了很多年,因此熟悉山东方言;他可能做过高官,后被罢官,所以经历了一番患难穷愁;他对民间文学,特别是对明代剧曲相当了解。

二、市井风情的画卷

《金瓶梅》主人公西门庆是一个市井恶棍,山东清河县人,本是破落财主家子弟,在县衙门前开了一家生药铺子。父亲早死,无人管教,于是他不务正业,结交了一帮狐朋狗友,整日吃喝嫖赌,游手好闲,弄拳使棒,无所不好,与一群帮闲无赖淫乐无度。他先娶妻陈氏,陈氏生下一个女儿西门大姐后,不久病死。西门庆便招陈经济入赘为婿,接着娶吴千户的女儿吴月娘为正室。

从此以后,西门庆为使家道复兴,开始做一种人财两得的生意。他听从忠实奴才应伯爵之计,娶了妓女李娇儿为妾,得到她的私蓄上千两银子;又纳妓女卓二姐为妾。卓二姐死后,再娶富孀孟玉楼为妾,又发了一笔横财。中间还收用陈氏的婢女孙雪娥,毒死了潘金莲的丈夫武大,并与金莲通奸。武松一心找西门庆,要替哥哥报仇,西门庆越窗逃走,武松一气之下,误杀了皂隶李外传,被刺配孟州。西门庆于是纳潘金莲为妾,其后又诱奸了花太监的侄媳、朋友花子虚的妻子李瓶儿,并把李瓶儿也纳为妾,西门庆又得到了大量钱财。

这样,西门庆一下子发迹了。他共有一妻五妾,还私通包括庞春梅在内的各房丫鬟、仆人的妻子宋惠莲、店伙妻王六儿、奶娘如意儿、干儿子王三官之母林太太等人。他又经常逛妓院,包占妓女李桂姐、李桂卿、郑爱月等人。他拉起一帮地痞无赖,在地方上胡作非为。就是他,凭着万贯家财,竟能运动官府,草菅人命,徇私舞弊,畅通无阻。

西门庆先做杨提督的亲党,杨提督倒台后,他竟然巴结上了当朝宰相蔡京,做了蔡京的儿子,最终被提拔为山东理刑正千户,成为冠冕堂皇的官僚。从此以后,他更加肆无忌惮,勾结官府,贪赃枉法,霸占妇女,求药纵欲,无恶不作。他还突然假惺惺地广行善事,慷慨好施,以便继续心安理得地为非作歹。

潘金莲嫉恨李瓶儿生了个儿子,她费尽心机训练凶猫,终于将李瓶儿的孩子吓死,李瓶儿也因此伤心抑郁而死。李瓶儿死后,西门庆想起她的好处,不禁大哭。一天晚上,西门庆在潘金莲那里过夜,因为醉酒无知,吃了潘金莲给他的过量的春药,纵欲过度导致暴亡。

西门庆死后,家里妻妾陷入混乱不堪之中。与女婿陈经济通奸的潘金莲、庞春梅先后被吴月娘卖掉,结果潘金莲被遇赦归来的武松杀死。陈经济因为把妻子西门大姐逼死了,被吴月娘赶出家门,沦落为乞丐。庞春梅时来运转,被周守备纳为妾,并且还得到宠爱,生了一个儿子,后来被册封为夫人。

庞春梅不甘寂寞,把陈经济招到守备府继续与其通奸,事发后陈经济被周守备的侍卫杀死。庞春梅还把以前与自己有过节的孙雪娥买进守备府,百般折磨、羞辱,最后把她卖到酒家做娼妇。后来,庞春梅又和守备老家人的儿子通奸,结果因为纵欲过

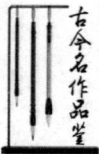

度而暴亡。

在西门庆死后,他的小妾孟玉楼、李娇儿也都先后改嫁。李娇儿经过应伯爵介绍,嫁到了清河县第二富室张三官家。等到金军攻至清河县时,吴月娘携西门庆的遗腹子孝哥南逃,在路上遇到一个和尚,点破了孝哥的身世,吴月娘知道了孝哥乃是西门庆托生回来赎罪的,便令孝哥出了家。

后来,吴月娘收了家奴玳安为义子,继承了西门庆遗留下来的偌大家产。

三、描摹人性的生花妙笔

《金瓶梅》是明代四大奇书之一。它突破了历史演义、神魔斗法、英雄传奇的传统,第一次把平凡琐碎的市井人生当作描写对象,是长篇小说中人情小说的奠基作和代表作,开《红楼梦》之先河,成为我国第一部有近代意义的长篇小说。《金瓶梅》一书的得名,是从小说中的人物潘金莲、李瓶儿、庞春梅三人的姓名中各取一字凑成的。全书故事是从《水浒传》中武松杀嫂的故事衍生而来。

《金瓶梅》全书 100 回,分为三部分。第一部分从第 1 回到第 9 回,写武松上酒楼寻找西门庆报仇,西门庆逃走,武松一怒之下打死了皂隶李外传,因此递解孟州,西门庆活了下来。第二部分,从第 10 回到第 79 回,写西门庆如何上攀权臣,下联官吏,一步步发迹以及最终纵欲而亡的全过程。最后 21 回,为第三部分,以庞春梅和陈经济的活动为线索,描述了他们一个纵欲而死、一个淫荡被杀的可耻而悲惨的结局,并交代了全书主要人物的下落。

全书通过西门庆的经商理财、结交官吏、攀附权贵,特别是狎妓请客、偷情奸淫以及妻妾争风吃醋等故事,描绘了上至宦官、太师,下至地痞流氓、帮闲清客等三教九流的人物,深刻揭露了明末社会的罪恶和黑暗,是一幅封建社会后期的社会百丑图。所以,它是一部思想内容深刻的现实主义文学巨著。

在人物形象的描写和刻画上,《金瓶梅》也有着自己的所长。作家刻画了十多个栩栩如生的人物,如老成持重的吴月娘、蕴藉风流的孟玉楼、落魄放荡的陈经济、伶牙利齿的王婆等。作品描绘了市侩流氓的本质与典型,描摹出了各种妇女在遭受侮辱折磨时的不同心态,揭露了在官僚、商人相互勾结的残酷剥削与压迫下,很多人倾家荡产卖儿鬻女的社会现实。

《金瓶梅》的语言非常有特色,主要表现在它对民间语言的精心提炼和熟练运用上。书中运用了很多民间语言,包括俗语、谚语、歇后语等,准确、简练、传神。作者把掌握的民间语言加以提炼,使其鲜明、准确,并且充分个性化。在这方面,还没有一部作品可以超过《金瓶梅》。该书的结构特点是隐精彩于琐碎中,它的结构看似散乱,实则有机统一。它以人物性格为中心,又注意人物之间的错综关系,注意人物性格及命运变化的前因后果,使书中的每一人每一事都处于有机联系中。这样使作品构成了一个纵横交错,密不可分的有机整体。这种长篇小说结构的有机整体意识,对后世影响很大。

《金瓶梅》也存在明显的缺陷。如在艺术上,对情节、细节的提炼远远不够,经常泥沙俱下,精芜杂陈,使作品有些琐细臃肿。在思想上,作者对西门庆的纵欲持半批判、半欣赏的态度,写得既细,又多,还滥,很多描写不堪入目。

《金瓶梅》对后世的影响比较复杂,有积极面,也有消极面。因为作者的描写经常流于自然主义,特别是有大量淫秽露骨的性生活场景的描写,促成了后世大量淫秽作品的产生,尽管这与明末淫风炽烈有关,不能完全归罪于《金瓶梅》,但它确实起了推波助澜的作用。小说还用因果报应之说去解释社会的病根,掩盖了矛盾。从积极意义上说,《金瓶梅》开创的世情小说潮流,对后世影响深远。可以说,没有它,就没有后来的《红楼梦》。

以《金瓶梅》第 4 回片段为例:

　　当下二人云雨才罢,正欲各整衣襟,只见王婆推开房门入来。大惊小怪，拍手打掌说道："你两个做得好事！"西门庆和那妇人都吃了一惊。那婆子便向妇人道："好呀，好呀！我请你来做衣裳，不曾交你偷汉子。你家武大郎知，须连累我。不若我先去，对武大说去。"回身便走。那妇人慌的扯住她裙子，便双膝跪下说道："干娘饶恕！"王婆道："你们都要依我一件事。"妇人便道："休说一件，便是十件，奴也依干娘。"王婆道："从今日为始，瞒着武大，每日休要失了大官人的意，早叫你早来，晚叫你晚来，我便罢休。若是一日不来，我便就对你武大说。"那妇人说："我只依着干娘说便了。"王婆又道："西门大官人，你自不用着老身说得，这十分好事已都完了，所许之物不可失信。你若负心，一去了不来。我也要对武大说。"西门庆道："干娘放心，并不失信。"①

该文描写了西门庆和潘金莲第一次偷情的场景。作者以细致朴实的笔法，把二人的偷情过程描摹得绘声绘色，将当事人的无耻嘴脸刻画得穷形尽相。文章把潘金莲半推半就、西门庆见色眼开的神态描绘得惟妙惟肖；还有伶牙利齿的王婆，她在西门庆的银子的奴使下，心甘情愿地为他拉皮条，她见钱眼开的性格被刻画得鲜明深刻。

文章语言丰富活泼，生动形象，简练传神。人类抛弃灵魂的过程，往往是充斥着过度的机谋和残忍的。当西门庆和潘金莲为了肉欲和情欲，当王婆为了物欲，将灵魂都抛弃的时候，他们已不可救药。作家用他的那支神来之笔，将人性的邪恶和琐细的市井风情描摹得淋漓尽致。

---

① 兰陵笑笑生.金瓶梅[M].北京：华语教学出版社，1993.

《牡丹亭》

一、天才戏剧家

汤显祖（1550—1616），字义仍，号若士，又号海若，49岁时自署清远道人，晚年又号"茧翁"，别号玉茗堂主人。江西临川人。明代杰出的剧作家、文学家，在中国和世界文学史上都有着重要地位，被誉为"东方的莎士比亚"。

汤显祖的祖父、父亲都是临川有学问的人，家里藏书有4万卷，是一个书香之家。汤显祖幼年就很聪明，5岁就能做对子，12岁就会做诗，21岁时中举。中举后，汤显祖曾4次参加考试，但都落第而归。1577年汤显祖到北京赶考，宰相张居正想找两位名士跟他儿子嗣修同场考试，以便显得自己儿子有真才实学。于是就派堂弟张居直去拉拢汤显祖和沈懋学，并暗许功名。但汤显祖拒绝，由于他触犯了张居正，这次就没有考取，沈懋学被拉走了，就中了状元，张的儿子也高中了榜眼。汤显祖这次虽然没有考取，但他高洁的声誉却传开了。直到张居正死后第二年，汤显祖34岁时才考中进士。后历任太常博士、詹事房主簿、礼部祠祭司主事。

汤显祖中进士后，当朝宰相申时行和张四维想拉拢他，他又拒绝了。他关心国事，1591年冒着生命危险，写了有名的《论辅臣科臣疏》，揭发时弊，抨击朝政，弹劾大臣，并指责皇帝神宗。神宗大怒，贬汤显祖到雷州半岛徐闻县做典史官。后调任浙江遂昌县知县，汤显祖在遂昌5年，不曾打死1个囚犯，在除夕时放囚犯回家过年，元宵时又放囚犯观灯，组织群众打虎，消灭了虎患，同

当地土豪恶霸进行斗争。这使他受到当地人民的爱戴,却遭到统治集团的痛恨,终于在 1598 年被人弹劾,弃官回家。

十几年的仕途奔波,使汤显祖进一步认清了官场的黑暗和腐朽,更增加了他对统治者的不满和蔑视,在激愤之下,汤显祖隐居故里,绝意仕途。汤显祖把所有希望都寄托在戏曲创作上,以作剧自娱。弃官归乡的第一年,汤显祖就完成了他的代表作《牡丹亭》。除了《牡丹亭》,汤显祖早期代表作有《紫箫记》。在家隐居18 年,67 岁卒于家。汤显祖晚年的代表作有《南柯记》《邯郸记》《紫钗记》《牡丹亭》《南柯记》《邯郸记》,合称《临川四梦》。他的著作很多,诗文集有《红泉逸草》《问棘邮草》《玉茗堂集》等。

汤显祖少年时受学于泰州学派的主要人物罗汝芳,受到了反正统宋学思想的熏陶。在南京为官时,又受到李贽、达观等人反程朱理学思想的影响,加上他对当时腐败社会的深刻认识,使他成为一个站在时代前列的进步文人。汤显祖曾在肇庆同意大利传教士利玛窦会晤,这在东西方交流史上是值得一提的大事。他在 1602 年前后,写了《宜黄县戏神清源师庙记》一文,不仅为我国戏曲史留下了珍贵资料,而且对表演和导演艺术发表了精辟见解。

汤显祖和早期东林党的领袖顾宪成等是好朋友。晚年因在政治上寻不到出路,又受佛家思想的影响,再加上爱子夭折,滋长了人生如梦的消极情绪。这些在他的作品中,都有所流露。在文学创作方面,汤显祖讲究做文章要有灵性,要抒发己见,反对前后七子的模拟。在戏曲创作理论上,他反对沈璟的格律中心主张,强调戏曲要以内容为主,不可以为格律音韵所拘泥。

二、杜丽娘还魂记

《牡丹亭》的主要内容:南宋初年,江西南安府太守杜宝和夫人甄氏有一个独生女儿,名叫杜丽娘,年 16 岁,尚未许配。杜宝为了使女儿成为识书达礼的女中楷模,聘请了老儒生陈最良教她念书。在杜宝的严格管教下,杜丽娘整日在太守府的深闺内院中,大门不出,二门不迈。

有一天,老师给杜丽娘讲《诗经·关雎》,动人的爱情诗篇,深深地拨动了她青春的心弦。为了消愁解闷,丫鬟春香告诉她书房后面有个花园,并带她偷偷地去游玩。那盛开的百花,成对儿的莺燕,牵动了杜丽娘的情思。丽娘回屋后,忽作一梦,梦见一书生手拿柳枝要她题诗,后被那书生抱到牡丹亭畔,共成云雨之欢。

丽娘醒来后,第二天又去花园寻找梦境。失望之下相思成病,形容日渐消瘦下去。一日照镜子,见自己一下瘦成那个样子,忙叫春香拿来丹青、素绢,自画春容,并题诗一首。她又把梦境说与春香,并让春香把那画叫裱画匠裱好。杜宝夫妇听说女儿病重,忙叫陈最良用药,让石道姑来念经,但都不见效。中秋之夜,丽娘病逝。死前,嘱咐春香把春容装在紫檀木匣里,藏于花园太湖山石下。

当时,金军准备发动南下战争,指使南宋叛将李全骚扰江淮一带。为此,杜宝奉命镇守扬州,立刻启程。他按照女儿的嘱咐,把她的遗体埋葬在后花园的梅花树下,并盖了一所梅花庵,委托石道姑和陈最良看守女儿的坟墓。然后,举家迁到扬州。

广州府秀才柳梦梅,原名柳春卿,因一天梦见在一花园中,有一女子立在梅树下,说她与他有姻缘,才改名柳梦梅。柳梦梅后来离开广州,出外游学,来到江西南安,病宿梅花庵。柳病渐好时,偶游花园,在太湖石边,拾到丽娘的春容匣子,顿生爱慕之心。回到书房,把那春容挂在床头,夜夜烧香拜祝。丽娘在阴间里一呆3年,阎王发付鬼魂时,查得丽娘阳寿未尽,令其回家。丽娘鬼魂游到梅花庵,恰遇柳生对着自己的真容拜求。丽娘大受感动,与柳生欢会,自称是西邻之女,两人山盟海誓,形影不离。两人的夜夜说笑声,惊动了石道姑。一天夜里两人正说笑,被突然来的石道姑冲散。丽娘只得向柳生说出真情,并求柳生3天之内挖坟开棺。柳生只好把实情告诉了石道姑,并求她帮助。

第二天,他们挖坟开棺,使丽娘还魂。柳梦梅害怕挖坟掘墓的违法事情被人发现,就带着杜丽娘偷偷地来到临安躲避风险。他们到临安,在钱塘江边住下。杜宝这时恰好再次奉命移驻淮安,兵荒马乱中,无法带着家属,就让丫鬟春香陪伴夫人甄氏投奔临安。甄氏偶然间敲门借宿,没想到竟然与杜丽娘重逢。

陈最良发现丽娘坟被盗,忙去扬州告诉杜宝。陈最良还没到淮安就被叛军俘获,李全听说陈最良是杜家的家塾老师,又得知杜宝还有夫人和春香,就听从妻子的计策,谎说已杀了杜夫人和春香,然后放了陈最良。陈到淮安见了杜宝,即把小姐坟被盗,杜夫人、春香被杀的事禀知杜宝,杜宝听后大恸。

柳梦梅在临安应考之后,受杜丽娘的委托,去淮安打听岳父的消息。他到了淮安,杜宝正在设宴庆功。杜宝以为女儿已死,何以有女婿,以柳生假冒的罪名,令人拿下押往临安候审。杜宝回到临安,因军功升为宰相。没过多久,柳梦梅考中状元的喜报传来,可到处找他不着。原来柳正被杜宝吊打,因为在他身上搜出了丽娘的春容,杜宝认为他是盗墓贼。杜正气恼时,陈最良来到,说小姐确实又活了,柳生就是女婿。杜丽娘也来拜见了父亲,并做了详细的解释。

杜宝认为是鬼妖之事,请奏皇上,灭除此事。皇上要宰相、小姐、柳生、老夫人都前来对证。金銮殿里,众人齐到,皇上裁决,使他们父女、夫妻相认。丽娘又劝柳生拜认了岳父,一家人大团圆。

三、梦的传奇

《牡丹亭》是汤显祖的代表作,全剧共55出,为明代传奇中稀有的长篇,是继《西厢记》之后又一部里程碑式的作品。《牡丹亭》又名《还魂记》《还魂梦》,也称《牡丹亭梦》《牡丹亭还魂记》,是根据话本小说《杜丽娘暮色还魂记》改编创作的。汤显祖的剧作,植根于现实生活的土壤,同时又显示出高度的浪漫主义精神。

《牡丹亭》以强烈的追求个性解放的进步思想,无情地攻击了腐朽封建道学的理念束缚,丽娘之父杜宝的封建卫道士嘴脸,被揭露无遗。尤其是杜丽娘困于礼教束缚的细腻哀愁和坚定执着的反抗性格，被作者以文采瑰丽的妙笔，刻划得入木三分："原来姹紫嫣红开遍，似这般都付与断井颓垣。良辰美景奈何天！赏心乐事谁家院？朝飞暮卷，云霞翠轩，雨丝风片、烟波画船，锦屏人忒看的这韶光贱。"数百年来，为人们唱得口舌生香。

作家通过杜丽娘和柳梦梅生离死合的爱情故事，揭露了封建礼教和青年男女的爱情生活的矛盾，暴露了封建统治阶级家庭关系的冷酷和虚伪，批判了封建宗法家长制及其礼教统治的虚伪和残暴，歌颂了青年男女在反对封建礼教、追求自由的爱情生活中所作的不屈不挠的斗争和他们强烈要求个性解放的精神。作品详细生动地描写了杜丽娘为追求爱情自由而梦、而死、而复生的叛逆过程。成功地塑造了杜丽娘的形象，在她身上有着强烈的叛逆精神，她为寻找美满的爱情作出了不屈不挠的斗争，她对封建礼教给妇女安排的生活作出反抗。作品细腻地描写了她的这种性格的形成过程。

作品对柳梦梅才华满腹、忠于爱情、不满现实、勇于进取的性格，描绘得也很成功。柳梦梅是一个很有才华的青年，他不畏强暴，维护与杜丽娘的爱情，但他又存在着浓厚的功名利禄的庸俗思想。杜宝是封建家长制度的代表，他是按着当时封建统治阶级的要求严格训练出来的官僚，为了维护封建制度，他在家庭生活中断送了女儿的幸福和青春。杜宝请来陈最良教女儿读书，目的是用经典教条束缚女儿的思想，让她"知书知礼"，以便将来嫁个好人家，使"父母增辉"。甄氏是杜宝家教的严格执行者，像封建社会中很多麻木不仁的老妇人一样，她根本意识不到自己是封建礼教的牺牲品，反而要如法炮制，把女儿教养成封建社会的贤妻良母。陈最良是迂腐、自私、虚伪、庸俗的道学家，他严格遵守封建教义，言谈举止充满着酸腐味道。陈最良的形象对后世文学塑造相同类型的知识分子很有影响。

《牡丹亭》在艺术上的突出特色是积极的浪漫主义，不但情节是浪漫的，人物形象的塑造也是浪漫的。它通过"梦而死""死而生"的幻想情节形象生动地揭示了理想和现实之间的矛盾。杜丽娘追求的理想，在当时社会条件下几乎根本不可能实现；但是由于积极浪漫主义的力量，使她在梦想、魂游的境界里冲破现实世界的种种羁绊，改变了作为一名大家闺秀的软弱性格，实现了她梦寐以求的美好愿望。杜丽娘把美好的愿望寄托到偶然在梦中相会的书生，然后在刻骨的相思之中死去，但她的死不是生命的结束，而是新的追求的开始。在冥间她摆脱了现实世界的种种羁绊，果然找到了梦中的情人柳梦梅，并且主动向他表达了爱慕之情，最后还魂与柳梦梅结为夫妇。杜丽娘在出生入死的执着追求和激烈反抗中，赢得了自己的幸福和自由。

另外，《牡丹亭》曲词优美，清丽舒雅，带有浓郁的抒情意味。情节构想也极具奇巧，剧中丰富的想象，热烈的情感，夸张的描写，绚丽的语词，使作品曲折离奇，又充满诗情画意，显示了作者惊人的艺术才华和技巧。特别是《惊梦》一出，创造了一个动人的戏剧场面，广为人传诵。但是，《牡丹亭》也有不足之处，如它的结构比较松散，与杜丽娘、柳梦梅的爱情无关的东西较多；曲词虽美，但太过典雅，不够通俗。但这不影响它成为伟大的剧作。《牡丹亭》出世前，中国最优秀最具影响的爱情题材戏剧作品是《西厢记》。《牡丹亭》一出世，据说曾令《西厢记》减价。

以《牡丹亭·惊梦》片段为例：

【山桃红】则为你如花美眷，似水流年，是答儿闲寻遍。在幽闺自怜。小姐，和你那答儿讲话去。（旦作含笑不行）（生作牵衣介）（旦低问）那边去（生）转过这芍药栏前，紧靠着湖山石边。（旦低问）秀才，去怎的？（生低答）和你把领扣松，衣带宽，袖梢儿揾着牙儿苫也，则待你忍耐温存一晌眠。（旦作羞）（生前抱）（旦推介）（合）是那处曾相见，相看俨然，早难道这好处相逢无一言？（生强抱旦下）（末扮花神束发冠，红衣插花上）"催花御史惜花天，检点春工又一年。蘸客伤心红雨下，勾人悬梦彩云边。"吾乃掌管南安府后花园花神是也。因杜知府小姐丽娘，与柳梦梅秀才，后日有姻缘之分。杜小姐游春感伤，致使柳秀才入梦。咱花神专掌惜玉怜香，竟来保护他，要他云雨十分欢幸也。①

　　这一节是《牡丹亭》中的名段。《惊梦》一出，特别显示了作者惊人的艺术才能和技巧，创造了一个迷人的戏剧场面，一向脍炙人口，历来广为人传诵。主要写杜丽娘在丫鬟春香的陪同下，偷偷地来到后花园，那盛开的百花，成对儿的莺燕，纷至沓来，打开了这个少女的心扉，使她的青春开始苏醒了。她因感春而郁郁寡欢，她悲叹青春的虚度，才貌的被埋没，幽怨自己"年已及笄，不得早成佳配"的命运。她闷闷不乐，在困倦中入眠，睡梦中遇到一个风流倜傥的书生，对她示爱，两人一见钟情，以身相许。

　　剧中人物形象的塑造超现实化，剧中丰富的想象，热烈的情感，夸张的描写，绚烂的语词，使作品曲折离奇，富于诗情画意。曲词典雅优美，情节浪漫迷人，在艺术上具有特别浓郁的浪漫主义色彩，散发出无限的魅人光彩。

①　汤显祖．牡丹亭 [M]．蔺文锐，评注．北京：中华书局，2017：81-82.

《聊斋志异》

一、孤愤之人曲笔传情

蒲松龄（1640—1715），字留仙，一字剑臣，别号柳泉居士，世称聊斋先生，清初人。

1640年，蒲松龄生于山东省淄川县蒲家庄。蒲家为书宦世家，虽不太显贵，却可称一乡望族。但到蒲松龄的父亲，家势已弱。蒲松龄少年时表现出非凡的才华，19岁时应童子试，在县、府、道三试中连得3个第一，深得学使、著名诗人施闰章的赏识称赞，一时文名大震。年轻的蒲松龄踌躇满志，以为可以由此顺利进入仕途。为了专心准备科举考试，他曾隐居于山中寺庙苦读，也曾在朋友家住读。但功夫偏负苦心人，他始终没有考上举人，直到71岁才援例成为贡生；5年后，他就去世了。终身郁郁不得志。

蒲松龄一生穷困潦倒。他19岁结婚，不久，因家庭不合导致分家，蒲松龄只分得20亩地，5斗荞麦，3斗小米，还有3间老屋。老屋墙壁倒塌且门窗不全、透风漏雨，微薄的家产不能自给。随着孩子的一个个问世，生活变得非常困难。他不得不靠教书度日，一度当过幕客。从20来岁起，他开始在家乡附近的缙绅、官吏家设帐教徒，一边教书，一边复习应试，一边创作，直到71岁才结束塾师生涯。

仕途的不如意和生活的穷困潦倒，使蒲松龄产生落魄感、屈辱感和自卑感，也使他对科举制度和封建社会的黑暗有了一定的认识。于是，他把一腔孤愤寄托在《聊斋志异》的创作中。《聊斋志异》成为我国文言短篇小说的杰出代表，其中的许多花妖狐魅，具有浓厚的人情味儿，几乎家喻户晓。

蒲松龄20多岁开始创作《聊斋志异》，到40岁初步完成，并撰《自志》，后来又不断增补，直到晚年才最终完成定稿。《聊斋志异》的素材来源非常多，有的是改编旧作，有的是记录亲身经历，也有的是作者的想象虚构，更多的是采集民间传闻加工改造而成。

传说，蒲松龄为了创作《聊斋志异》，在路边摆上烟茶，见人路过，便强留人家坐下讲故事，回家便记录下来。此说虽不可信，却从某个侧面说明《聊斋志异》的素材来源于民间。蒲松龄在《聊斋自序》中曾说："才非干宝，雅爱搜神；情类黄州，喜人谈鬼。闻则命笔，遂以成篇。久之，四方同人，又以邮筒相寄，因而物以好聚，所积益伙。"

"聊斋"是蒲松龄的书房名；"志异"，就是记载奇闻异事。《聊斋志异》借谈狐说鬼为幌子，讽刺封建社会的黑暗，揭露满族贵族集团和官场的腐败，批判不合理的科举制度和婚姻制度，充分寄托了蒲松龄的"孤愤"之情，熔铸了他独特的生活体验，是一部愤世嫉俗的"孤愤之书"。

广义上说，蒲松龄谈狐说鬼，本身就是对现实的抗争。他厌倦了世俗的痛苦生活，迷恋于虚幻的鬼狐世界，从而为自己创造了一方灵魂的净土和精神的皈依地。大多数作品中，蒲松龄直接把喜怒哀乐，把自己的理想寄托于作品中，用非现实的亦真亦幻的形式表现出来。

是蒲松龄的生前寂寞，铸就了《聊斋志异》在世间的繁闹。

二、写鬼写妖　刺贪刺虐

《聊斋志异》是我国杰出的文言短篇小说集，分为16卷，共431篇。

《聊斋志异》内容丰富，形式多样，令人耳目一新。根据小说的主题思想和笔调风格，大致可分为四类。

一类是描写书生与花妖狐魅真挚恋情的作品,篇数较多、篇幅较长,具有完整的故事情节和动人的人物形象,描绘了一个个情思缠绵、意韵悠长的艺术世界。这是成就最高的作品。这些作品中的女性都是花妖狐魅幻化而成,有变幻莫测的非人性一面;但她们却更具人性,姿容艳丽,善解人意,温婉多情,又各具特色,是作家理想的寄托。如《娇娜》中的娇娜,不避男女之别为孔生治病。后娇娜一家有难,孔生冒死相救,受了重伤,娇娜又为他治好。《红玉》描写狐女红玉热心帮助冯生娶妻成家,之后冯生被冤,她又代为抚养孩子,最后嫁给冯生,帮助冯生重振家业。《小翠》刻画了一个貌似天真活泼、娇不知愁,却能忍辱报恩的狐女。《婴宁》则活画出一个不拘礼法,天真纯洁又妩媚多情的爱笑的狐女形象,让人过目不忘。

一类是以幻异的夸张形式揭露封建衙门和科举制度的某些弊端的小说。对封建官吏鱼肉百姓之行,作者以幻异、夸张等非现实的手法加以表现,获得了惊世骇俗的效果,又具有独特的艺术情趣。《促织》写因皇帝喜斗蟋蟀而引起的一系列悲喜剧,揭露了封建官吏的罪恶。《席方平》描写了席方平不畏强暴、为父伸冤的故事。作品揭露了清代司法制度与官场的黑暗。在《梦狼》中,作家直接指出天下官吏如虎狼者,比比皆是。但是,由于历史条件的限制,蒲松龄不可能把矛头指向封建制度和最高统治者,只能寄希望于皇帝和清官。如《席方平》中,席方平的希望寄托在殿下九王。这些作品中,无情的揭露与无意识的妥协同时存在。

蒲松龄还从自身的痛苦体验出发,揭露了科举的弊端。《叶生》描述了一个虚幻的故事,却可看作蒲松龄的精神自传。叶生文章辞赋俱佳,但困于名场,抑郁而死。死后还魂,还不忘借别人为自己文章吐气。他帮助朋友的儿子高中,从而证明了自己的能力。在《司文郎》中,蒲松龄讽刺考官不仅"无目",而且"鼻盲"。在《考弊司》中,司主把向考生索贿当作定例。在蒲松龄笔下,科举考试弊端百出。

一类是表现某种生活哲理的寓言性质的作品。这类作品大都短小精悍,诙谐幽默,表现了作者达观机智的一面。如《劳山道士》讽刺了人类的贪得无厌与好逸恶劳。《武技》讽刺了那些投机取巧的浅薄之徒,表达了学无止境的思想。《画皮》告诫人们要善于透过假象,看到本质。男主人公被一个幻化为美女的恶鬼迷惑,得到道士警告还执迷不悟,终被恶鬼挖去心肝。《狼》揭露了狼的狡猾、奸诈,也指出了它们的可笑下场。这些作品具有深刻的警世作用。

还有一类作品只是按奇记异,是魏晋志怪小说的延续,虽然描绘栩栩如生,但已无很大意义。如《咬鬼》《养中怪》《蛇痛》等。

《聊斋志异》内容丰富,还有不少作品,数量不多,却有独特意义。如《狐谐》,若仅从思想意义看的确没什么;但若着眼于小说风格,便会得出全新的结论。作家描绘的是狐狸精跟人开玩笑,这样的诙谐小说,在我国小说中还不多见。像《王子安》《续黄粱》等描绘升官梦、富贵梦的讽刺小说,开《儒林外史》之先河。像《胭脂》《折狱》那样的公案推理小说,也具有独特魅力。

三、亦真亦幻成孤愤之书

《聊斋志异》描写了不凡脱俗的爱情,多为人与狐鬼的恋爱故事,表现了青年男女勇敢地冲破封建礼教束缚的精神。作者蒲松龄怀着满腔孤愤,借鬼讽人,读者置身妖鬼之间,不觉阴森可怕反觉可亲可近。如葛巾、黄英是幻化为美女来了结情缘的花妖,小翠、陆判则是为报恩而往人间一游的狐、神,它们都具有浓郁的人情味儿,这是作者独具匠心之处,也因此成就了一部传奇的文言短篇小说集。

《聊斋志异》将奇幻与现实结为一体,创造出亦真亦幻的人物形象和艺术境界。作家对生活采取非现实化的夸张的处理方式,将各类精灵鬼怪的原型性格与人性结合起来,创造出神奇诡怪的艺术形象。如绿衣女为绿蜂所化,穿绿衣长裙,腰细得不能一握。阿英为鹦鹉精,所以性情娇婉、善于言辞。苗生为虎精,所以长啸

一声,山谷皆能响应。所有这些,情趣盎然,使读者获得独特的审美享受和艺术熏陶。

在文体上,蒲松龄创造地发展了唐传奇的文体形式,将魏晋笔记体与史记传记体紧密结合起来,既有作为小说家的灵活,又有历史学家的严谨。作者继承了司马迁以来的史学论赞风格,在约200篇小说的结尾,加"异史氏曰",对作品中的人事加以评述,大都能说中要害,值得读者深思。

《聊斋志异》的语言素来为人称道,作品的成功很大程度上得益于语言。《聊斋志异》的语言简洁明了,无拖沓之语;清淡典雅,无雕琢之作。不管写景叙事,还是状物抒情;不管刻画性格,还是渲染气氛,无不曲折变幻,栩栩如生,如在眼前。如写葛巾为牡丹花妖,"玉肌乍露,热香四流,偎抱之间,觉鼻息汗熏,无气不馥",真是无比美妙温馨。

作品中的人物对话写得同样非常精彩。一部文言小说的对话竟能写得如出其口,如闻其声,实在让人叹服。这些对话的妙处,主要是在保持文言格调的前提下,恰当吸收并且融合了民间口语,因而具有既典雅又通俗的特色。如《狐梦》中诸姊妹的调笑、斗趣,《口技》中对各类人物对话的个性化模仿,都很有意思。

作品中也有极少数无聊庸俗之作,如《犬奸》《狐惩淫》等。有一些小说中,还流露出浓厚的封建观念和文人雅士的风流思想。一些较好的作品也在所难免,如《邵女》就宣扬妾对妻的无条件服从。作者在描写真挚爱情的同时,对一夫多妻、享受"双美"等现象津津乐道,这在现代婚恋观看来是不允许的。

作为一部文言小说,《聊斋志异》的影响力是令人惊异的,它以其独特的魅力吸引了众多人士去欣赏和研究。早在蒲松龄生前,《聊斋志异》已被广泛传抄,并受到当时的一些名家如王士禛等人的推崇。之后,抄本、印本层出不穷,流传甚广,几乎家喻户晓。有人统计,解放后出版的各种《聊斋志异》印本,包括抄本、刻本、改写本、白话本等,其数量甚至超过《红楼梦》。《聊斋志异》

还被改编为多种艺术形式，如连环画、电影、地方戏、电视连续剧等，深受观众的喜爱。

至于《聊斋志异》在文学界的影响，只提一点就足够了：其后，模仿之作非常多，但今天人们还能记住多少呢？

以《聊斋志异·婴宁》片段为例：

> 有草舍三楹，花木四合其所。穿花小步，闻树头苏苏有声，仰视，则婴宁在上，见生来，狂笑欲堕。生曰："勿尔，堕矣！"女且下且笑，不能自止。……生俟其笑歇，乃出袖中花示之。女接之，曰："枯矣。何留之？"曰："此上元妹子所遗，故存之。"问："存之何意？"曰："以示相爱不忘也。自上元相遇，凝思成疾，自分化为异物；不图得见颜色，幸垂怜悯。"女曰："此大细事，至戚何所靳惜？待兄行时，园中花，当唤老奴来，折一巨捆负送之。"生曰："妹子痴耶？"女曰："何便是痴？"生曰："我非爱花，爱拈花之人耳。"女曰："葭莩之情，爱何待言。"生曰："我所谓爱，非瓜葛之爱，乃夫妻之爱。"女曰："有以异乎？"曰："夜共枕席耳。"女俯思良久，曰："我不惯与生人睡。"……至日，使华装行新妇礼；女笑极不能俯仰，遂罢。①

《婴宁》是《聊斋志异》中极为出色的名篇佳作。此篇刻画了一个不拘礼法，天真纯洁又妩媚多情的"爱笑"的善良狐女形象。狐女婴宁，姿容艳丽，却如婴儿一样纯真可爱，她特别爱笑，娇憨温婉，心地善良，活泼可人。这个片段充分展现了婴宁爱笑的性格特征，未见其人，先闻其笑；她的笑，美而不狂，简直人见人爱。作家用简洁明了的语言，把婴宁的笑描摹得绘声绘色，魅力无穷，

---

① 蒲松龄.聊斋志异[M].北京：中华书局，2010：48.

清雅无比。在清丽而不雕琢、典雅而不做作的文字描绘中,一个美妙绝伦、神采动人的狐女飘然而至,永久地留在了读者的心里。就这样,文章散发出了让人留恋徘徊的如许魅力。

《东周列国志》

一、三代人写一部书

　　说起《东周列国志》，必然要提到三个人，就是余邵鱼、冯梦龙、蔡元放。《东周列国志》是一部历史小说，描写了春秋战国时代的"列国"故事。

　　关于"列国"故事的平话，最早产生在元代。明代嘉靖、隆庆年间，文人余邵鱼(字畏斋)，编写《春秋列国志传》8卷，以武王伐纣的故事开篇，从"苏妲己驿堂被魅"写到"秦始皇一统天下"；分节不分回，共226节，约28万字。作品比较全面地记载了列国故事，其中若干章节，把流传在民间的神话故事穿插进去，如"穆王西游昆仑山"等，但并未改变历史演义的简朴面貌。余邵鱼在编写时，摒弃了讲史话本中和史实严重不符的情节，但仍有许多杜撰的地方。

　　明末的文人冯梦龙，根据史传，又把余邵鱼的《春秋列国志传》改编，删掉了"杜撰而不顾是非"的与历史不合的文字，周宣王以前的一段历史也被删掉，使史事起讫和东周列国名实相符。凡是余邵鱼疏忽或遗漏的地方，冯梦龙都根据史书作了订正，增添了许多重要的新内容，艺术上有显著的提高，并改名为《新列国志》，共108回，约76万字。可观道人在该书的序言中说它"本诸《左》《史》，旁及诸书，考核甚详，搜罗极富，虽敷衍不无增添，形容不无润色，而大要不敢尽违其实"。新志在结构安排、人物塑造、叙述详略、细节渲染、人名地名的统一等方面，都下了很大的力气，一改旧志粗陋的面貌而成为一部前后连贯、结构完整的小说。

冯梦龙（1574—1645），字犹龙，又字耳犹、子犹，别号姑苏词奴、顾曲散人、墨憨子、龙子犹，明代长洲（今江苏苏州）人。他少年时就很有才华，长期从事通俗文学的收集、整理和编辑工作。除了最出名的"三言"外，他还刊行过《山歌》《挂枝儿》等民歌集。除了《新列国志》外，他还改编过《平妖传》等长篇小说和《精忠旗》《酒家佣》等戏曲。

冯梦龙的文学主张具有进步的倾向，他把通俗文学和《论语》《孝经》并列。他曾创作过《双雄记》和《万事足》两部剧本。冯梦龙在仕途上，非常不如意，他在 57 岁时，才补了一名贡生。1634 年，他曾做过福建省寿宁县的知县。明朝灭亡之前，他编了一本《甲申纪事》，表达了对农民起义的不满；后来还编过一本《中兴伟略》，表达了对清兵的仇恨。

到了清代乾隆年间，蔡元放又对冯梦龙的《新列国志》作了一些修改润色，修定原书一些讹误之处，加了序、读法以及大量详细的评语和简要的注释。由于写的是周宣王以后的事，所以更名为《东周列国志》，成为两百多年来最流行的本子，共 23 卷，108 回，是清代著名的历史演义章回小说。蔡元放，字符放，别号七都梦夫、野云主人，秣陵（今江苏南京）人，通俗文学家。

1955 年，人民文学出版社根据冯梦龙的《新列国志》对蔡元放的改编本作了校正，取消了评、注、读法、序和分卷，重新出版，书名仍为《东周列国志》，题为"冯梦龙、蔡元放编"。

所以，《东周列国志》的著作者，最早是明代中期的余邵鱼，他编写了平话《春秋列国志传》；后来是明末的冯梦龙，他在《春秋列国志传》的基础上，改编而成了《新列国志》；清代的蔡元放，又对《新列国志》进行再改编，成就了今天流传的《东周列国志》。

二、中国四大古典历史小说之一：《东周列国志》

《东周列国志》的主要内容：西周时，周宣王因为听到不吉利的童谣，杀了很多无辜臣民。宣王死后，幽王即位，他残暴无道，宠幸褒姒,为博美人一笑,不惜烽火戏诸侯。申侯为保全自己,向西戎借兵去攻打幽王。幽王被杀,平王即位。为逃避犬戎的侵扰,周平王决定迁都洛邑。从此以后,西周灭亡。

平王东迁,建立东周,但周王室逐渐衰弱,诸侯国互相兼并,妄图各自称霸。在诸侯国内部,大夫的势力也越来越大,他们之间也互相兼并,致使有的诸侯国被大夫所瓜分,接着出现了"战国七雄"并峙的局面。频繁的兼并战争,广大平民无穷的灾难和痛苦,交织构成了一幅绵延500年宏阔壮丽的历史画卷。

在这一背景下,有齐桓公、晋文公、楚庄王、吴王阖闾和越王勾践这样的诸侯霸主,有诸如管仲、子产、曹刿、孙武这样的著名历史人物,还有像老子、孔子这样的中国历史上著名文化学派的创始人,也有像西门豹、鬼谷子、文种、范蠡、西施这样一批具有鲜明个性的历史古人,他们在不同的环境中表现出各自充满个性的选择和追求。管夷吾的博学奇才、齐小白的王霸之度、鲍叔牙的苦心荐贤、曹沫的无赖、晏蛾儿的愚忠、介子推的清高、晏子的识大体、伍子胥的鞭尸、蔺相如的完璧归赵、廉颇的负荆请罪……包罗无遗,活灵活现。对于那些昏聩、残暴、荒淫、愚昧的帝王、诸侯以及贪婪、奸诈、阴险的佞臣,小说也精于描述。

围绕这些人物,一个个脍炙人口的故事娓娓道来,如卫懿公好鹤亡国、西门豹乔送河伯妇、伍子胥微服过昭关、石大夫借刀除逆、齐桓公宠奸成患、众义士巧计存孤、苏秦合纵相六国、曹刿论战、弦高退敌、赵氏孤儿、二桃杀三士、勾践卧薪尝胆复国、商鞅变法、孙庞斗法、屈原投汨罗江、田单复国、郑庄公掘地见母、晋重耳周游列国、孙武子演阵斩美姬等,整部小说故事性强,里面每个故事既有相对的独立性,又是全书的一部分。

全书始终贯穿着各诸侯国之间的激烈而复杂的争斗、颠覆和兼并。前半部反映了春秋时代以"春秋五霸"——齐桓公、晋文公、秦穆公、宋襄公、楚庄王为主的诸侯纷争,众多大小不一的诸侯国经过战争和兼并,演变成秦、楚、齐、燕、韩、赵、魏"七国",历史上称为"战国七雄";后半部反映这七个国家之间的兼并战争,

最后六国被秦国吞并，中国复归大一统。500年间，充满了强权、阴谋、权术、斗争，令人眼花缭乱，目不暇接。

三、春秋战国历史的生动演述

《东周列国志》从西周末年宣王三十九年（公元前789）写起，到秦始皇二十六年（公元前221）统一全国结束，叙述了春秋、战国时期的历史故事。这些故事所有的情节、人物都是从《左传》《国语》《战国策》《史记》等书中汲取来的，又采用《吴越春秋》等先秦的传说故事作补充，所以全书故事都是以历史或先秦的传说故事作根据的。

《东周列国志》中记载了各诸侯国内部各种势力为争权夺利而互相倾轧，各诸侯间的互相攻伐，大国争霸并吞小国的场景。作者把分散的历史故事、人物传记，按照时间的先后串联起来，以传说故事作为补充，结构成一部完整的历史演义，并进行了颇具匠心的创造与加工，留下了很多悲壮感人的历史故事，如荆轲刺秦王图穷匕见等。一些大的战役，如鲁齐长勺之战，晋楚城濮之战，秦晋长平之战等，都描绘得有声有色，成为兵家不断研究的典型战例。

作者通过故事，谴责和揭露了那些昏聩、残暴、荒淫、愚昧的帝王、诸侯以及贪婪、奸诈、阴险的佞臣，赞扬了从善如流、赏罚严明、胸怀大度的王侯和忠贞、勇敢、有才干的将相，也颂扬了那些见义勇为、机智果敢的豪侠，其中有很多富有深刻意义的篇章。

作品情节安排有序，文字通畅，能够把春秋战国复杂的历史编排得有条不紊，有些故事有声有色，但总的说来，此书作为文学创作的成分较少，过于平铺直叙，很多地方只是史料的联缀。它在历史知识的传播方面有较大的功用，文学性虽不强，但在明代同类小说中，是除《三国演义》以外流传最广的历史演义类小说。

小说汲取了多种史书的内容，文字繁简有不一致的地方。另一方面，因为作品取材于春秋、战国纷乱的历史时期，年代久远，头绪众多,所以产生了线索繁杂的缺点。《东周列国志》中也宣扬了愚忠、愚孝等封建伦理观念,是其局限性。

小说文字朴实生动,明白晓畅,部分情节描写有声有色。如102回中对朱亥义勇行为的描写,成功地塑造了一个粗豪义勇的人物形象。还有如刻画宋襄公的迂顽,晏婴的机智,骊姬的阴险等,都是通过人物自己的言行,表现出了鲜明的个性特征。作品中有很多故事,表现了我国人民传统的美好品质,具有积极意义。但是作者原意要将它写成一部令人"引为法诫"的历史演义,对它的文学性总的说来注意不够,所以作品的主要成就在于对普及这个英雄辈出时代的历史知识。

《东周列国志》是一部章回体的长篇历史小说,基本上依据史实,只作了少量虚构。语言朴素自然,人物形象刻画细致。许多故事描述得娓娓动听,引人入胜。由于小说反映了五六百年的历史,不可能有贯串始终的人物形象,但在不少篇章里,人物形象描绘得还是相当生动。以第2回《褒人赎罪献美女 幽王烽火戏诸侯》片段为例:

> 褒妃虽篡位正宫,有专席之宠,从未开颜一笑。幽王欲取其欢,召乐工鸣钟击鼓,品竹弹丝,宫人歌舞进觞,褒妃全无悦色。幽王问曰:"爱卿恶闻音乐,所好何事?"褒妃曰:"妾无好也。曾记昔日手裂彩缯,其声爽然可听。"幽王曰:"既喜闻裂缯之声,何不早言?"即命司库日进彩缯百匹,使宫娥有力者裂之,以悦褒妃。可怪褒妃虽好裂缯,依旧不见笑脸。幽王问曰:"卿何故不笑?"褒妃答曰:"妾生平不笑。"幽王曰:"朕必欲卿一开笑口。"遂出令:"不拘宫内宫外,有能致褒后一笑者,赏赐千金。"虢石父献计曰:"先王昔年因西戎强盛,恐彼入寇,乃于骊山之下,置烟墩二十余所,又置大鼓数十架,但有贼寇,放起狼烟,直冲霄汉,附近诸侯,发兵相救,又鸣起大鼓,催趱前来。今数年以来,天下太平,烽

火皆熄。吾主若要王后启齿，必须同后游玩骊山，夜举烽烟，诸侯援兵必至，至而无寇，王后必笑无疑矣。"幽王曰："此计甚善！"乃同褒后并驾往骊山游玩，至晚设宴骊宫，传令举烽。

时郑伯友正在朝中，以司徒为前导，闻命大惊，急趋至骊宫奏曰："烟墩者，先王所设以备缓急，所以取信于诸侯。今无故举烽，是戏诸侯也。异日倘有不虞，即使举烽，诸侯必不信矣。将何物征兵以救急哉？"幽王怒曰："今天下太平，何事征兵！朕今与王后出游骊宫，无可消遣，聊与诸侯为戏。他日有事，与卿无与！"遂不听郑伯之谏。大举烽火，复擂起大鼓。鼓声如雷，火光烛天。畿内诸侯，疑镐京有变，一个个即时领兵点将，连夜赶至骊山。但闻楼阁管龠之音，幽王与褒妃饮酒作乐，使人谢诸侯曰："幸无外寇，不劳跋涉。"诸侯面面相觑，卷旗而回。褒妃在楼上，凭栏望见诸侯忙去忙回，并无一事，不觉抚掌大笑。幽王曰："爱卿一笑，百媚俱生，此虢石父之力也！"遂以千金赏之。至今俗语相传"千金买笑"，盖本于此。[1]

大凡昏君都有共性，如沉迷酒色、不修政事、不用忠良、奸佞当道等。这里作者描写周幽王的昏庸，除了共性的东西之外，突出描写了周幽王用国家告警的烽火来博取褒姒一笑这个细节。这一具有独特个性的细节，刻画出周幽王这个昏君的鲜明形象。

周幽王烽火戏诸侯这个故事非常有名，最早可见于《国语·郑语》和《史记·周本纪》，在《列女传》中也有记载。千百年来，人们只要提及周幽王，就会想到他的这个荒唐故事。应当指出，传统的偏见造成了"女人是祸水"的谬论，实际上是为昏庸的统治者寻找借口开脱罪责，这里就是一个很好的例子。

---

① 冯梦龙，等．东周列国志 [M]．济南：齐鲁书社，1993：11-12．

《镜花缘》

一、多才多艺的书生

李汝珍（？ 1763—？ 1830），字松石，号松石道人，直隶大兴（今北京大兴）人。清代著名小说家。

李汝珍19岁随哥哥李汝璜来到江苏海宁市，居住在板浦镇盐保司大使衙门里。以后除了1801年去河南做官外，一直居住在板浦镇。板浦镇历史上曾是淮盐的重要集散地，这里曾出过二许（许乔林、许桂林）、二乔（乔绍侨、乔绍傅）等著名文人。李汝珍受业于经学大师凌廷堪，与乔绍傅、乔绍侨、许乔林是同窗。到板浦不久，李汝珍娶许乔林的堂姐为妻，与板浦二许结成姻亲。

李汝珍多才多艺，不仅精通诗文、音韵学，著有《音鉴》等，还精通围棋。1795年，曾在板浦举行公弈，与9位棋友对局。后又辑录当时名手对弈的200余局棋谱，成书《受子谱》，在1817年刊行。许乔林在序言中称赞该书"为弈家最善之本"。另外，李汝珍对经学考据也很有研究，还懂得医学。

李汝珍平生最大的成就是写成古典名著《镜花缘》。此书是他在海州地区采拾地方风物、乡土俚语及古迹史料，消磨20多年心血写成的，曾经三易其稿。全书原计划写200回，现在流行的《镜花缘》是100回本。还有《镜花后缘》100回未见传世，可能是作者没有来得及写出，就去世了。

李汝珍的博学多识是构成《镜花缘》一书浩瀚内容的学术基础。此书是清代继《红楼梦》之后的一部非常优秀的长篇小说，描述了唐敖等海外遨游的见闻和唐闺臣等一百个才女的生活故

事。《镜花缘》旁征博引,学问涉及琴、棋、书、画、医、卜、星相、灯谜等。在小说中"论学说艺,数典谈经",同时还包含了新颖的思想和新奇的想象,在我国小说史上占有重要地位。

《镜花缘》自1818年问世以来,一直受到多方关注。鲁迅、郑振铎、胡适、林语堂等大家对它都有研究,评价非常高。鲁迅在《中国小说史略》中称它为能"与万宝全书相邻比"的奇书。国外学者也致力于对此书的研究,苏联女汉学家费施曼说该书是"熔幻想小说、历史小说、讽刺小说和游记小说于一炉的杰作"。

除《镜花缘》外,李汝珍还著有《字母五声图》,也很有学术价值。他曾计划写一部《广方言》,但未写成。其他诗文,可惜的是,多已散失。

二、讲述奇人奇事的奇书

《镜花缘》的主要内容:武则天夺取了唐帝国的政权,改国号为周,废了唐中宗。唐朝旧臣徐敬业、骆宾王等人起兵复唐,但是遭到失败。

一日,天降大雪,武则天因醉下诏,要百花在寒冬之中盛开。恰巧总管百花的女神百花仙子出游不在洞府,众花神无从请示,又不敢违旨不遵,只得开花,结果违犯天条,遭到天谴,被劾为"逞艳于非时之候,献媚于世主之前,致令时序颠倒"。于是天帝就把百位花神都贬到人间。

为首的百花仙子托生为秀才唐敖之女唐小山。唐敖赴京赶考,中得探花。此时徐敬业起兵讨伐武则天,有奸人陷害唐敖,说他与徐敬业有结拜之交,因此他被革去功名。唐敖对仕途感到灰心丧气,对世事感到消极悲观,从此看破红尘,一心求仙访道。他随妻兄林之洋、舵工多九公等人出海经商,想借游览来舒散郁闷。

他们游历了40多个国家,见识了形形色色的奇人异事、奇风异俗和千奇百怪的草木虫鱼鸟兽,结识并搭救了一些由花神遭谴后转世的女子。在"君子国"中,商人低价卖好货,国王严令禁止臣民献珠宝，否则烧毁珠宝并治那人的罪；"大人国"中的人脚下都有云彩，好人脚下是彩云，坏人脚下却是黑云；在"女儿国"中，女子当政，男子反治内事，林之洋不幸被选为女王的"王妃"，他被穿耳缠足，后来好不容易才被救脱身；"两面国"里的人前后都长着脸，即每个人都有两个面孔，前面一张笑脸，后面浩然巾里则藏着一张恶脸，这里的人都虚伪狡诈；"无肠国"里的人都没有心肝胆肺，他们都贪婪刻薄；"豕喙国"中的人都撒谎成性，只要一张口说话，就都是假话，没有一句是真的；"跂踵国"的人则僵化刻板……

后来，唐敖入小蓬莱山求仙不返。他的女儿唐小山思念父亲心切，逼林之洋带她出海寻父，游历了各处仙境，虽然没有找到父亲，但她却意外地在小蓬莱泣红亭内录得一部天书，知道了百位花神和她们降生人世后的姓名。她从一个樵夫手里得到父亲的信，让她改名"闺臣"，去赴才女考试，考中后父女再相聚。

唐小山改名唐闺臣后回国应试。武则天开科考试才女，录取百人，一如泣红亭石碑所录名序，由花神转世的一百个女子全被录取。才女们相聚"红文宴"，在宗师府连日饮宴庆贺，席间各显其才，表演了琴、棋、书、画、医、卜、音韵、算法、星相、灯谜、酒令等诸般才艺，大家论学说艺，尽欢而散。

唐小山入小蓬莱山寻父不返。此时徐敬业、骆宾王等人的后代又起兵反武则天，攻破了长安城外武氏兄弟的酒、色、财、气四关，拥立唐中宗复位，武则天仍被尊为"则天大圣皇帝"。武则天又复下诏，宣布明年仍开女科，并命前科录取的百名才女重赴"红文宴"。唐小山又去参加"红文宴"。

三、海外传奇的魅力

李汝珍在《镜花缘》一书中，通过虚幻的海外世界的描写，对现实社会的人情世态和以八股文取士的科举制度做了无情的暴露和尖锐的讽刺，同时也寄寓了自己的社会理想，特别是在妇女

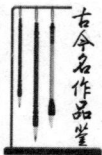

问题上,否定男尊女卑,提倡男女平等。

书中描写的一百位才女,自幼读书,长大了跟男子一样参加考试。她们才华惊人,有的精通医理,有的精于数学,并且有胆识,有侠肠,都是些巾帼奇才。这些女性已经打破了男子垄断文化的封建传统,开始冲破封建礼教的束缚,走向社会。这种对妇女的描写,对男尊女卑观念的否定,在我国古典小说中还是第一次。

《镜花缘》批判和揭露了社会风俗的败坏以及人们道德的堕落:翼民国的人喜欢奉承,爱戴高帽,渐渐把头都弄长了;长臂国的人吝啬自私,喜贪便宜,逐渐把手臂弄长了;长毛国的人吝啬成性,一毛不拔,最后满身都长了长毛……这些极具奇幻色彩的描写,表达了作者对丑恶现实的讽喻。

《镜花缘》讽刺、嘲弄的对象涉及社会生活的很多方面,如假装斯文的酸儒;不懂医理的庸医;用粪做饭给奴役吃的剥削者;为了女色而要杀害请求治理水灾的人民的皇帝;表面和善,本质凶恶的“两面人”;为了保证自己的木棉生产,把蚕丝的传播者驱逐出境,甚至企图加以谋害的自私的保守者等。作者用朦胧的民主思想对现实生活作了批判,在一定程度上反映了当时社会存在的资本主义因素的影响。

在批判不合理的社会现象的同时,作者也提出了他的理想,最突出的是尊重妇女地位的民主思想。作者甚至描写了一个女子做统治者、男子受压迫的“女儿国”。作者对“君子国”的描写,更是极具乌托邦色彩,这个国家的人相互谦让成风,顾客嫌货好价低,卖主却说货价已经很贵,相让不争,与现实中的买卖现象完全相反。

《镜花缘》的艺术表现手法很有特色。作品中的很多故事情节都来源于古典神话传说,但经过作者的艺术加工,却有了浓郁的现实生活气息。作者以丰富的想象力创造了几十个类似神话的国家,寄寓着自己的理想,表达了各种讽喻。在语言风格上,生动流畅,幽默多趣。

总的来看,《镜花缘》描写海外传奇,充满了浪漫主义色彩,富有积极意义。以《镜花缘·服肉芝延年益寿　食朱草入圣超凡》片段为例：

　　忽见远远有一小人，骑著一匹小马，约长七八寸，在那里走跳。多九公一眼瞥见，早已如飞奔去。林之洋只顾找米，未曾理会。唐敖一见，那敢怠慢，慌忙追赶。那个小人也朝前奔走。多九公腿脚虽便，究竟筋力不及，兼之山路崎岖，刚离小人不远，不防路上有一石块，一脚绊倒。及至起来，腿上转筋，寸步难移。唐敖得空，飞忙越过，赶有半里之遥，这才赶上，随即捉住，吃入腹内。多九公手扶林之洋，气喘嘘嘘走来，望著唐敖叹道："一饮一酌，莫非前定。何况此等大事！这是唐兄仙缘凑巧，所以毫不费事，竟被得著了。"林之洋道："俺闻九公说有个小人小马被妹夫赶来。俺们远远见你放在嘴边，难道连人带马都吃了？俺甚不明，倒要请问：有甚仙缘？"唐敖道："这个小人小马，名叫'肉芝'。当日小弟原不晓得。今年从都中回来，无志功名，时常看看古人养气服食等法，内有一条，言：'行山中如见小人乘著车马，长五七寸的，名叫"肉芝"，有人吃了，延年益寿，并可得道成仙。'此话虽不知真假，谅不致有害，因此把他捉住，有偏二兄吃了。"

　　林之洋笑道："果真这样，妹夫竟是活神仙了。你今吃了肉芝，自然不饥，只顾游玩，俺倒饿了。刚才那个小人小马，妹夫吃时，可还剩条腿儿，给俺解解馋么？"①

　　该片段描写了主人公唐敖和多九公、林之洋几人在海外的一部分传奇经历。他们在旅行途中见识了很多奇花异草、奇人异事。作者对异国风物的描写，充满了奇异的幻想，浪漫主义色彩浓郁。

---

① 李汝珍.镜花缘[M].北京：商务印书馆，2017：43-44.

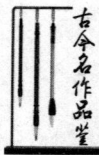

唐敖因为经受了人生的磨砺,对世事感到消极,想返归自然。他在海外的这些传奇经历,如遇到肉芝等,生动有趣,既富有神话色彩,又有浓厚的现实生活气息。

《老残游记》

一、不守绳墨的布衣才子

刘鹗（1857—1909），原名梦鹏，又名孟鹏，谱名震远，字云抟、公约，又字铁云，笔名鸿都百炼生，清末江苏丹徒（今镇江）人，是晚清光绪年间的传奇人物。

1857 年 10 月 18 日，刘鹗生于江苏六合，1909 年 8 月 23 日逝于新疆迪化（今乌鲁木齐）。他经过商，行过医，治过黄河，又长时间担任洋务买办，生活奢侈，从不曾想到要写小说。他写《老残游记》，十分偶然，非常潇洒，兴到即写，时而为之，不料竟成佳作。

刘鹗以布衣之身，却能外连洋人，内通王侯将相，呼风唤雨，洋人往往只知刘鹗，而不知有地方巡抚。刘鹗每到一地，外国领事待如上宾，朝廷中也有人为刘鹗效劳。刘鹗从小得名师授业，学识渊博，精于考古，并在算学、医道、治河等方面均有过人成就，被海内外学者誉为小说家、诗人、哲学家、音乐家、医生、企业家、数学家、藏书家、古董收藏家、水利专家、慈善家。

他出身道台公子，却不守绳墨，勇于作为。他并没有按照先人和前辈们走过的道路，一开始就循规蹈矩地读书应试，而是从青年时代起，就继承和钻研他父亲所擅长的算学、医药和治河等实际知识。1888 年，黄河在郑州决口，刘鹗凭借自己治河的专长，得到重用。

刘鹗受洋务派的影响，主张开矿筑路，兴办实业，以富国利民。1896 年他上书直隶总督，建议利用外资修建从天津到镇江

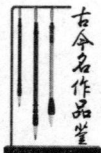

的铁路。在守旧派官僚的阻挠下,受到旅京同乡的强烈反对,甚至开除他的乡籍。加上他在受任德商福公司华经理的前后,生活挥霍无度,受到舆论指责,认为他被外商收买,因而被视为"汉奸"。1900年庚子之役,清政府顽固派之一刚毅以"通洋"罪名,要求把刘鹗处死。幸亏他当时在上海,才未遇难。

1900年八国联军侵占北京,京津一带发生粮荒。当时俄军占领了清政府的国家粮仓太仓,他们不吃米,准备烧掉。刘鹗以贱价从俄军手中买出,然后卖给老百姓,解决了北京居民的粮荒问题。刘鹗因此弄得很窘,但他的慷慨解囊、勇于任事的精神却赢得了很多人的敬佩。

刘鹗在甲骨文字的收集和研究方面很有成绩。为满足朋友们索取拓片和广泛传播古文字的需要,他于1903年从所藏5000余甲骨片中,精选了1000多片,拓印成书,就是《铁云藏龟》,这成为我国第一部著录甲骨文字的著作。1903—1906年,刘鹗写成《老残游记》20回,广为世人赞誉。1906年的春天和秋天,刘鹗两次到日本游历,著有《东游草》1卷,共收诗39首。刘鹗著作,还有《勾股天元草》《弧角三术》《铁云藏印》《要药分剂补正》《人命安和集》(未完成)、《老残游记》续集及外编等。

刘鹗生活于晚清从近代向现代过渡的变革时期,当时社会上层出现了维新派、洋务派和顽固派的斗争,社会下层爆发了义和团运动。由于历史和阶级的局限,他对革命和义和团运动都持否定态度;但也不和维新派、保皇党有任何关系。刘鹗虽具有超时代的经济思想,在洋务事业上也曾开风气之先,可惜不为世人理解,又不能谨身自洁,不免成了众矢之的。1908年,由于袁世凯蓄意报复,刘鹗被遣戍新疆,第二年病死,结束了他传奇的一生。

二、老残奔走江湖记

《老残游记》是中国十大古典白话长篇小说之一,又是中国四大讽刺小说之一。它是满清帝国没落灭亡之前的最后一瞥。主人公是摇串铃的走方郎中老残,以其游历的所见、所闻、所思、所感,首揭"清官"之恶,第一次成功地塑造了两个"清廉得格登登的"酷吏——玉贤、刚弼,犀利笔锋正中封建社会要害。通过老残几十年的传奇生涯,描绘了晚清末期的政治和社会风貌,丰富了中国近代史上的一个侧面。

老残是一个行走于江湖之间的异士。这年走到山东古千乘地方,为大户黄瑞和治好了浑身溃烂的奇病,得了一千两银子的酬劳。然后便往济南去看风景,在大明湖畔听王小玉说书,如听天籁之音;因为老残治好了高公馆里一个小妾的病,他在济南的名声大震,很多人都来找他。庄宫保(巡抚大人)慕其才气想留用老残,但被他婉辞拒绝了。老残去曹州是因为听说那里有个清官玉贤,却没想到玉贤是个比酷吏还要为害民间的残暴官吏。他因办案不拿百姓的钱,就自诩清廉;实际上却无知愚昧且性情残暴,在曹州制造了很多冤假错案,使那里的百姓处于水深火热之中。

申东造是玉贤的下属,眼见玉贤如此伤天害理,却无办法,只好求教于老残,老残为他筹划了一个绝妙之策,让他去请侠义之士刘仁甫。申东造派其弟申子平去请刘仁甫,在桃花山上子平差点被老虎吃掉,不敢再走夜路,只好投宿,没想到山野之地竟有高人,子平与这几个高雅之士促膝谈心、议论时政,感到收获很大。请来刘仁甫后,事情的进展果然如老残所预料,真就解决了申东造的为难之事,不仅完满地交代了上司玉贤的差事,而且挽救了众多无辜的百姓。

老残由东昌府动身,打算回省城去。走到齐河县城时,由于天气寒冷黄河结冰,无法过河,只好等着。正无聊之时遇到故人黄人瑞,并结识了妓女翠花和翠环。老残和黄人瑞听取了妓女翠环的血泪控诉:翠环家两年前还有两顷多地,可以说是万贯家财,却没料到不消三天,就家破人亡了。原来由于庄宫保不学无术,在决定废弃黄河民埝、退守大堤这件关系到无数人生命财产

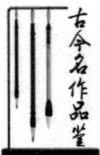

的大事上,他轻信那些"总办候补道王八蛋大人们"的话,置十几万人民的身家性命于不顾,任凭"喊爹叫妈的,哭丈夫的,疼儿子的,一条哭声,五百里路长";翠环一家也深受其害,翠环因此沦落为妓女。翠环的遭遇激起了黄人瑞和老残的怜悯之心,两人决定把翠环赎出火坑。由于黄人瑞的热心撮合,翠环嫁给了老残,并更名为环翠。

这里,黄人瑞又把酷吏刚弼的恶行告诉了老残,透过刚弼处理魏谦父女月饼毒死人的案件这件事,老残看到了他的主观武断,刚愎自用。于是老残想办法请来了白太守,化解了这场由刚弼一手造成的冤假错案。从玉贤和刚弼两个酷吏身上,老残得出了清官比贪官尤为可恨的结论,因为有些清官认为自己"不要钱便可任性妄为",结果害死了无数的无辜生命。从庄宫保草率决定废民埝这件事上,老残发现了这类官吏的乖谬与无知。受白太守所托,为捉拿真凶,老残在齐东村重新摇起串铃,在济南府巧妙设下金钱套,捉拿到了真凶吴二浪子。妓女翠花后来被赎出,并在老残和子谨的撮合下,嫁给了黄人瑞。

老残办完这些事情后,偕环翠和她弟弟,与自己的朋友结伴下江南去了。

三、大清帝国的最后一瞥

《老残游记》是晚清谴责小说的代表作之一,也是认识晚清社会的一部形象化档案。作者刘鹗,是清末改革的探索者,主张兴办实业,吸收外资,澄清吏治,使中国富强起来。由于时代和形势的限制,他的一些建议和很多实践均告失败。

刘鹗在作品中通过老残的种种经历,抒写了自己的身世、家国、社会等各方面的感触和体会。主要塑造了一批晚清社会上层的封建官僚的群像以及一些社会下层的"小人物",通过他们反映出了当时的政治、经济以及社会生活的情况。作者在全书共刻画了三种不同类型的封建官僚:一种是特别急于做大官,因而不惜诬陷良民为盗贼的下流酷吏,如玉贤和刚弼;一种是食古不化,把黄河两岸老百姓的身家姓命视为儿戏的无知庸吏,如庄宫保和史钧甫;还有一种是细心求证,断案神速,人人称赞的清官如白子寿,以及同情受害百姓,但居于下位,不敢开口的王子谨、黄人瑞、申东造等。对于前两种官吏,作者视情况,分别给以不同程度的攻击或者批评;对于后一种官吏,作者持肯定态度。

作者不仅熟悉当时处于社会上层的封建官僚,对他们花费了大量的笔墨加以描述;对处于社会下层的普通人物,如艺人、妓女、店伙、衙役甚至强盗,作者也具有明晰的观察力,并对他们寄予了深厚的同情。这些在结构上只是陪衬,出场非常短暂的善良朴实的社会下层人物,只要他们有一点善良的言行,作者都给以肯定或称颂,认为这些小人物,比玉贤、刚弼、庄宫保等人要善良、高尚。尽管这些人都有双重性格,为了生活,他们不得不学会一些处世的技巧和虚伪的应付,因为在当时的封建社会制度的束缚下,他们也得生活下去;作者的描写还是让我们觉得他们真切可爱、灵动感人。

在国势垂危的清朝末年,刘鹗毕生以探寻救国之路、强民之法为己任,呼号奔走,虽屡遭失败,但他那种矢志不渝、为国为民奋斗终生的精神,值得后人缅怀和继承。解放后,由于"左"的思想影响,尤其是"文革"期间,刘鹗及《老残游记》被全盘否定,刘鹗被定为"汉奸",《老残游记》被视为"反动小说"。"文革"后,学术界再次肯定了刘鹗及其作品的地位和价值。

《老残游记》的艺术成就,很早就有定评。因为作者有深入的生活体会和细致的实际观察作为基础,不论写景还是状物,都能给人以鲜明深刻的印象。在状写音乐和刻画人物心理方面,达到前人所不易达到的艺术高度;此外,还描写了赌场和赌棍的种种丑态。《老残游记》对于景物的描写,在晚清小说中非常出色。如第2回中对济南附近自然风景的描绘:"一路秋山红叶,老圃黄花,颇不寂寞。到了济南府,进得城来,家家泉水,户户垂杨,比那江南风景,觉得更为有趣。"这是很多人耳熟能详的名句。许多

从未到过济南的人,都是通过《老残游记》知道千佛山、大明湖、趵突泉等各处优美风景的。作品的语言基调明朗,形象生动,干净流利;中间偶尔有些方言,但瑕不掩瑜,在艺术上仍是不可多得的精品。

以《老残游记·历山山下古帝遗踪　明湖湖边美人绝调》片段为例:

> 那王小玉唱到极高的三四叠后,陡然一落,又极力骋其千回百折的精神,如一条飞蛇在黄山三十六峰半中腰里盘旋穿插。顷刻之间,周匝数遍。从此以后,愈唱愈低,愈低愈细,那声音渐渐的就听不见了。满园子的人都屏气凝神,不敢少动。约有两三分钟之久,仿佛有一点声音从地底下发出。这一出之后,忽又扬起,像放那东洋烟火,一个弹子上天,随化作千百道五色火光,纵横散乱。这一声飞起,即有无限声音俱来并发。那弹弦子的亦全用轮指,忽大忽小,同他那声音相和相合,有如花坞春晓,好鸟乱鸣。耳朵忙不过来,不晓得听那一声的为是。正在撩乱之际,忽听霍然一声,人弦俱寂。这时台下叫好之声,轰然雷动。[①]

此经典段落,可体会到作者"叙景状物"方面的高超技巧。多种修辞手法如比喻、排比、通感等的运用,增强了文章的艺术效果和文气文势。王小玉说书,可以说是声色绝调,呈现出一种摄人心魄、勾人心弦的美,使人们心底的那根柔韧心弦都为这音乐感动,并发出悠长的回响。

品味白妞说书,似乎可以体悟到那个时代济南人的音乐品质和文化素养,人们心理和文化的最初积淀,似乎可以在这里找到根源。读完之后,心头总会留下一些音乐快乐的意象,一些与人

---

① 刘鹗.老残游记[M].陈翔鹤,等校注.北京:人民文学出版社,1981:21.

心灵相应的东西萦绕不去，引人遐思。因为作者具有深切的生命体验和扎实的生活基础，所以才能描摹出如此意味悠远、绵绵不尽的意境。

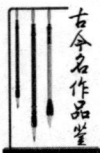

《鲁迅经典文集》

一、大文豪鲁迅

鲁迅(1881—1936),中国现代伟大的文学家、思想家。

浙江绍兴会稽县人,原名周树人,在南京求学时学名"周樟寿",字豫山、豫亭、豫才。先后入清政府主办的江南水师学堂和矿路学堂学习。

1902年鲁迅考取官费留学日本,入日本仙台医学院学习医学。学医期间,在一次课间放映幻灯片上,看到日俄战争中的一个中国人被日本人当成中国间谍抓住,要砍头时,一群中国同胞却麻木地围观……鲁迅深受刺激,对中华民族的精神缺失深以为憾、痛心疾首,感到救国的第一要务不是医学,而是改变国民精神;而能够改变精神的当以文学为首,鲁迅决定以文字做武器,以精神启国民,于是毅然弃医从文。成为中国现代小说和现代文学的奠基人之一。

26岁时,在母亲主持下与朱安结婚。

1918年,首次使用鲁迅为笔名,38岁的鲁迅发表中国现代文学史上第一篇白话文小说《狂人日记》,奠定了新文学运动的基石。鲁迅声誉渐起,逐渐成为"五四"新文化运动的主将。鲁迅和二弟周作人、三弟周建人,时人合称为"周氏三兄弟"。

1918—1926年,鲁迅陆续创作出版了短篇小说集《呐喊》《彷徨》,杂文集《坟》《热风》《华盖集》《而已集》《二心集》,散文诗集《野草》,回忆性散文集《朝花夕拾》等作品。

1923—1924年,鲁迅出版学术专著《中国小说史略》。

1926 年，到厦门大学任中文系主任。

1927 年，时年 47 岁的鲁迅到上海，与许广平结合。

1927—1936 年，创作了历史小说集《故事新编》中的大部分作品和大量的杂文。

1936 年，鲁迅在上海逝世。

1938 年，鲁迅的学术专著《汉文学史纲要》《中国小说的历史的变迁》由鲁迅全集委员会整理出版。

鲁迅在他的小说中，描写的是旧中国儿女的病苦，他（她）们灰色的生活和忧郁的心灵。鲁迅意在叫醒那些沉睡在"铁屋子"里的人们，让他（她）们觉醒过来，摆脱身上沉重的负荷走向反抗。在此谨选取鲁迅小说中的几个典型人物作一简要评点。

二、《伤逝》中为爱情而死的子君

《伤逝》是鲁迅用诗歌手法写的唯一的一部爱情小说，写于1925 年。其时，新文化运动已席卷中国，来自西方的民主、自由、平等、独立等启蒙思想深深影响了一代青年；但旧中国仍处于半殖民地半封建的境地，在政治、经济、文化、外交等各方面没什么改变。当时多数小说都是描写青年男女怎样争取婚姻自由的，而鲁迅却写男女主人公在幸福结合以后发生的悲剧。

涓生和子君都是当时觉醒的知识分子，起初他们在北京求学，涓生住在会馆，子君寄居在叔父家。两人为了争取恋爱自由，经受了种种打击和诬蔑。子君的叔父将她赶出家门，跟她断绝了关系。社会上的闲人对他们讥笑和非议，甚至新婚之初，没人愿租给他们住房。这一切没把他们难倒，他们冲破了家庭、世俗、社会的重重阻挠，幸福地结合在了一起，过着清贫的生活。可是好景不长，新的打击又来了：涓生被解聘，这使他们失去了唯一的经济来源。涓生一边寻找工作，一边替人抄写、译书，以维持生计。但收入无几，生活困窘到几乎断炊的地步。与此同时，涓生面对着一个发生很大变化的子君。婚后，子君成了一个不折不扣的贤

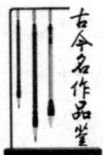

妻良母。涓生希望有一个屋子安静地写书,希望和子君谈理想、谈文学,而平庸怯懦的子君使囷窘中的涓生感到平淡和幻灭,两人心灵产生了隔阂。为了保持自己的人格、个性,涓生和子君分手了。涓生是为了追求更远的理想,却使子君失去了最后的希望。子君在离开涓生之后悄无声息地走了。在被世界遗忘后,在被涓生抛弃后,在被世俗冷落后,她孤独地去了。

这个带着精神创伤的悲剧究竟是怎么酿成的呢?是他们没有把对个性解放的追求和对社会解放的追求结合起来,没有将人生的意义和个人的爱情结合起来,还是经济的拮据、性格的冲突?这是作者留给我们的思考。他们从积极争取婚姻自主和爱情自由的斗争到爱情失败,究其原因,主要是:他们生活在那沉滞的社会里,"道德礼教"自然地毁去了他们的爱情;他们自身的性格弱点;还有经济上的困顿,爱不需要更多的物质条件,但是没有一定的物质条件,爱就无法延续。

有爱情的子君是勇敢的:"我是我自己的,他们谁也没有干涉我的权利!"① 更是无畏的,对于他人的冷眼和蔑视全不关心,只是镇静地缓缓前行。然而带着笑涡的苍白的圆脸的子君,不可避免地在那个世界里逝去。不能因为子君死了就说她是没有责任的,子君的错,在于她期待浪漫,却无法面对艰苦和琐碎的生活,当她的目光仅局限于小家庭凝固的安宁与幸福时,她的面目逐渐庸俗,天天为三餐忙碌,红润而又带着孩子气的脸庞变成了灰暗的无生气的脸,终于成了涓生的包袱。

鲁迅曾经提出这样的问题:娜拉出走以后会怎么样?答案是:不是堕落,就是回去。子君是另一个娜拉,走出黑暗的旧式的家,以为苦难已经结束,其实悲剧才刚刚开始。爱情一旦逝去,她就不能不回到旧家中去。她的退却与娜拉的出走,只在娜拉最脆弱的一点上与其相似,即没有独立生活的能力。

子君是一棵灰暗氛围中破土而出的嫩芽,给人一种清新的感

---

① 鲁迅.伤逝[A]// 超值典藏编委会.鲁迅经典文集.北京:中国画报出版社,2011:93.

觉。从子君身上，可以看到争取女性解放的曙光。但子君仍是男性及其想象力的产物。即使当涓生最后明白了"但这恐怕是我错误了。她当时的勇敢和无畏是因为爱"时，他仍然缺乏一种反省性别差异的能力，隐匿了女性在宗法父权体制下受到的压迫与威胁。

三、《祝福》中悲催的祥林嫂

《祝福》以鲁迅老家绍兴农村除夕迎神"祝福"为背景，描写了善良、勤劳、安分的劳动妇女祥林嫂，在旧历的年底，鲁镇人正欢乐地忙着"祝福"的时候，寂寞地死在街头的雪地里。《祝福》通过祥林嫂一生的悲惨遭遇，反映了辛亥革命以后中国的社会矛盾，揭露了封建礼教吃人的本质，指出彻底反封建的必要性。

祥林嫂本不是鲁镇人，她年轻守寡，到鲁镇当女工。但不久便被婆家逼嫁到山里去。祥林嫂执意不从，但求死不得。后来，生了胖小子。可好景不长，打击便接踵而至。丧夫，尤其是失子，使祥林嫂深陷自责中，不能自拔；因她再嫁再寡，鲁四老爷把她看成不祥之物，嘱咐四婶祭祖时不让祥林嫂动手；鲁镇人的奚落挖苦，更是雪上加霜；而柳妈又以阴间的锯刑相恐吓，要她到土地庙捐门槛，更是对祥林嫂的沉重一击。祥林嫂倾其血汗工钱，捐了门槛，但主人还是不许她摆设祭品。她从此失魂落魄，彻底绝望，精神终于崩溃，不久便沦为乞丐，在生的艰难和死的恐惧的极度痛苦中挣扎。最后她怀着对阴间的恐怖和疑惑，死在鲁镇年终"祝福"的街头雪地里。

祥林嫂是旧中国人民最悲惨的典型，她受到了深刻的精神创伤。当祥林嫂被迫违背了"从一而终"的封建道德准则，礼教和迷信便合二为一，迫使祥林嫂生死两难。小说通过她的悲剧一生，揭露封建礼教和迷信的野蛮性和残酷性，表明社会环境已迫使被压迫人民走到绝境。祥林嫂终于在挣脱精神枷锁之后带着几许欣慰与希冀离开人世，这样，礼教和迷信给予祥林嫂心灵的毒害和摧残，在其长期艰难求生与一朝坦然赴死的对比中表现出来，

显得格外沉痛。

《祝福》是为农民的命运而提出的强烈的控诉。淳朴、善良的农村劳动妇女祥林嫂干活勤快,只希望以自己的劳动换取最起码的生活权利,但她的遭遇却写满了辛酸和血泪。祥林嫂的一生,让人看到在她脖子上隐隐地套着封建社会的四条绳索:政权、神权、族权和夫权。尽管她不断挣扎,表现了最大的韧性,依旧冲不破罗网,争不到一个普通人——实际上也就是鲁迅说的一个做稳了的奴隶的资格。

四、《离婚》中被休的爱姑

《离婚》中的主人公农村妇女爱姑,可以说是鲁迅笔下最泼辣、最有反抗精神的人物。爱姑具有和祥林嫂不同的性格,她倔强、泼辣、大胆,丈夫姘上小寡妇要离弃她,她整整闹了3年。面对婚姻的折腾,男方日渐“憔悴”,爱姑愈战愈勇,最后婆家不得不请出“和知县大老爷换帖”的七大人来调停。爱姑对豪绅七大人寄托幻想,以为欺压她的只是个别的人,认定丈夫和公公是她的对头,却不知道她的真正对头是封建势力。爱姑原来以为时代变了,甚至像城里的“七大人”,他“就不说人话了么?”① 结果没有几个回合,爱姑就“不由的自己说:‘我本来是专听七大人吩咐……’”②

作品着重描写了七大人会见爱姑的场面,从周围气氛、爱姑的心理感受中,刻画了七大人这个矫揉造作、故弄玄虚的地主阶级的代表形象。七大人玩“屁塞”,吸鼻烟,使爱姑感到高深莫测。在这种不可言状的精神压力下,爱姑由优势转到劣势,由充满幻想、讨个说法转到孤立无援、完全屈服。从七大人的矫揉作态在爱姑内心所引起的反应,写出了爱姑精神上的弱点,以及由此导

---

① 鲁迅.离婚[A]// .超值典藏编委会.鲁迅经典文集.北京:中国画报出版社,2011:114.

② 鲁迅.离婚[A]// .超值典藏编委会.鲁迅经典文集.北京:中国画报出版社,2011:118.

致的失败结局,揭示了封建思想统治的严重性,说明被压迫人民必须在启蒙教育下克服本身的弱点,才能走向更坚决更持久的斗争。

爱姑被损害后要求报复,是一个倔强的女人。丈夫有了外遇,翁姑袒护儿子,如果爱姑懦弱而她的父亲又是好说话的,那么,离婚这一幕是不会发生的;可能发生的,不是爱姑的被折磨致死便是被夫家卖掉。但因爱姑泼辣,家里有六个身强力壮的弟兄,家庭殷实,父亲是"平时沿海的居民对他都有几分惧怕"[1]的人,最重要的她是"三茶六礼定来的,花轿抬来的"[2]。于是夫家只能要求离婚了,而双方的争执又自然落到男家赔偿女家的损失费之多寡。爱姑的反抗,是因为她认为自己是在"仁义道德"的范围内,是道德所鼓励的。所以,她有那么大的勇气去反抗。但封建的权威也深深地伤害着她,七大人把她的气势给压住了,她再也不敢找"小畜生""老畜生"的晦气了。七大人的威权建立在周围的唯唯诺诺的那班人身上,是建立在木三和爱姑对于七大人之莫名畏惧的心理上,而这种畏惧的心理是长期的被统治的结果。

《离婚》绘声绘色地写出了土豪劣绅的丑态,同时也批判了小生产者认识上的限制。浓重的黑暗势力要求农民觉醒起来作更坚决的斗争,这是鲁迅在小说里反复强调的思想。祥林嫂、爱姑,原来都曾有光辉的人格,但经过重重打击,终于变成奴隶中的一员。在她们生命沉沦的悲剧背后,是作者对造成这种现象的封建统治的强烈悲愤和无情批判。

五、《明天》中丧子的单四嫂子

《明天》里的单四嫂子受苦于守节,她的唯一愿望就是好好地养活她的宝儿。但宝儿生病了,单四嫂子又病急乱投医,找了个

---

① 鲁迅.离婚[A]//.超值典藏编委会.鲁迅经典文集.北京:中国画报出版社,2011:116.
② 鲁迅.离婚[A]//.超值典藏编委会.鲁迅经典文集.北京:中国画报出版社,2011:117.

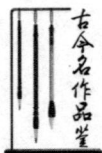

巫医何小仙给宝儿看病,结果宝儿死了。单四嫂子很无辜,为什么她的儿子一定要死呢?假如单四嫂子没有守节,去找一个自己喜欢的,又可以照顾自己两母子的男人,也许,她的宝儿就不会死掉,她就不会那么盲目地相信何小仙那"长长的指甲"。但封建的伦理道德沉重地压在每一位生活在"铁屋子"里的人身上,他们一旦脱离了这些准则,在社会上就难以走动。在那间"铁屋子"里,人们永远地维护着他们认为是无法替代、无法逾越的礼教精神,封建伦理道德,诸如节烈、孝道。一旦脱离了他们的准线,那就是叛逆者,当然,他们是不会让那些叛逆者好过的。于是,单四嫂子便不敢越雷池半步。

看看祥林嫂,她反抗,"头上碰了一个大窟窿"[1],但同样,她也是为了维护封建传统的"守节",虽然她第二次结婚得到了幸福,但她还是怕人家说起,因为她不"守节"了。祥林嫂因为没有守节而受苦,在"祝福"声中默默地死去。她是死于封建的礼教下,死于几千年封建思想的毒害下。单四嫂子呢,她便在这些节烈纲常面前,守着她的宝儿苦挨日子,但她的力量太弱了,她保护不了宝儿……

鲁迅在《〈呐喊〉自序》里说他作小说听当时的"将令",也就是应革命形势的要求:"所以我往往不恤用了曲笔,……在《明天》里也不叙单四嫂子竟没有做到看见儿子的梦,因为那时的主将是不主张消极的。"[2]单四嫂子的儿子死了,所有的希望都破灭,单四嫂子希望在梦中见到儿子,但鲁迅连这梦也没写。

回顾鲁迅先生的爱情,也是深受封建思想的伤害。他在1906年奉母命和朱安结婚,他对朱安一点都不了解,一点感情都没有。但他为了不伤害母亲,也为了保护朱安的性命,因为在那样的社会里,一旦嫁了出去,也就没了退路,如果被休,是天大的侮辱,生

① 鲁迅.祝福[A]//超值典藏编委会.鲁迅经典文集.北京:中国画报出版社,2011:87.
② 鲁迅.《呐喊》自序[A]//超值典藏编委会.鲁迅经典文集.北京:中国画报出版社,2011:229.

不如死,鲁迅只有苦苦维持着这段婚姻。

　　流言似虎,涓生和子君的同居引起多少人的白眼? "我觉得在路上时时遇到探索,讥笑,猥亵和轻蔑的眼光"①,就连自己的朋友也是一样,"我也陆续和几个自以为忠告,其实是替我胆怯,或者竟是嫉妒的朋友绝了交"②。其实鲁迅又何曾不是呢,为了和许广平同居,为了爱情,他们只好离开了北京。恋爱自由,在当时社会是不被允许的。

　　鲁迅在《娜拉走后怎样》说,梦是好的,不然,钱是要紧的。这或许是鲁迅对青年的一种告诫吧!他和许广平离开北京正是经济困顿之时,他们相约各自苦干两年,挣得足可以维持半年的生活费,以免社会压迫来了,饿着肚子战斗,减了锐气。鲁迅告诉我们,不要让爱情麻木了思想,不要以为有了爱情就有了一切,温饱问题要解决,否则,路便难走了。

---

① 鲁迅.伤逝[A]//超值典藏编委会.鲁迅经典文集.北京:中国画报出版社,2011:94.
② 鲁迅.伤逝[A]//超值典藏编委会.鲁迅经典文集.北京:中国画报出版社,2011:94-95.

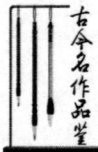

《茶馆》

一、宁折不弯的人民艺术家

老舍（1899—1966），原名舒庆春，字舍予，另有笔名絮青、鸿来、非我等。

1899 年 2 月 3 日老舍出生在北京西城护国寺街小羊圈胡同一个贫苦的满人家庭。他的父亲是一名每月收入 3 两银子的守卫紫禁城的普通士兵，1900 年八国联军侵华时为护城尽职而身亡。老舍的母亲出身农家，在穷困的北京郊区长大，具有勤劳仗义、能吃苦、爱整洁等美德。因为家境贫寒，老舍入学较晚，最后上了免费提供膳宿的北京师范学校。1918 年 6 月，老舍师范毕业，因成绩优秀，被任命为小学校长。后来被提升为京师郊外北区劝学员。

1922 年 9 月，他到天津南开中学当了国文教员。半年后回北京，在教育会当文书，同时在一中兼课，业余去燕京大学旁听英语。1924 年老舍赴英国伦敦大学东方学院任汉语讲师，阅读了大量英文作品，并从事小说创作，写了《老张的哲学》等 3 部小说。1930 年回国，在山东大学中文系任教，其间写了《大明湖》《离婚》。《离婚》是老舍小说艺术成熟的标志。1936 年发表了长篇小说《骆驼祥子》，是描写北京市民生活的代表作。30 年代，他的主要作品还有长篇小说《小坡的生日》《猫城记》《牛天赐传》《文博士》，中篇小说《我这一辈子》，以及短篇小说集《赶集》《樱海集》《蛤藻集》《火车集》等。

抗日战争爆发后老舍南下赴汉口和重庆。1938 年中华全国文艺界抗敌协会成立，他被选为理事兼总务部主任，主持文协日常工作。在创作上，以抗战救国为主题，写了各种形式的文艺作品，写出了表现中华民族是不可战胜的巨著《四世同堂》。1946年应邀赴美国讲学一年，期满后旅居美国从事创作。

老舍 1949 年 12 月 9 日从美国回到北京，当时老舍夫人与四个孩子尚在重庆。次年 4 月，老舍在北京丰富胡同看中了一座普通的四合院。当时还是供给制，物资奇缺，原房主不要钱只要布，于是老舍用一百匹白布"换来"了这个院子。从此，老舍结束了漂泊的生活，与家人在这里定居下来，这个小院由于老舍种植了两棵柿子树而被其夫人称为"丹柿小院"。

1951 年，老舍因创作优秀话剧《龙须沟》而被授予"人民艺术家"称号。50 年代后，他把精力放在戏剧文学创作方面，从1950 年到 1965 年共有剧作 23 部发表，包括话剧《龙须沟》《茶馆》等。写北京的变化，表达人民对新中国的热爱，这是老舍建国后剧作的一个总主题。老舍晚年，曾任中国文联副主席、中国作家协会副主席等职。

1966 年"文革"运动爆发。8 月 23 日下午，老舍被人从北京市文联办公室押往孔庙，和萧军等 30 多位著名作家、艺术家一道被批斗，老舍抗争，遭污辱。24 日，老舍投太平湖自尽。当时国外正酝酿把诺贝尔文学奖授予他。在"生命与尊严哪一个更重要"的质问面前，他选择了尊严，他的死是对那个疯狂年代的控诉。

老舍一生写了约计 800 万字的作品，为社会奉献了 70 余部长篇、中篇和短篇小说，三四十个话剧和戏剧剧本。老舍以长篇小说和剧作著称于世，作品大都取材于市民生活。他笔下的自然风光、人情风俗，以及运用的群众口语，都呈现出浓郁的"京味"。老舍创造了第二个"北京城"，这是一座保存着中华民族的优秀传统及北京民俗民风的宝库。他的短篇小说构思精致，取材宽广，其中的《柳家大院》《上任》《断魂枪》等篇各具特色。他的作品已被译成 20 多种文字发行海外，作品独特的幽默风格和浓郁的民族色彩，以及从内容到形式的雅俗共赏而赢得了广大的读者。

文学评论界认为，老舍是 20 世纪中国文学界大师级的作家，他的精典作品在超越国度的同时，也超越了他所生活的时代。

二、葬送三个时代的话剧

三幕话剧《茶馆》是老舍先生的一部现实主义杰作。通过北京城里一家名为裕泰的茶馆的兴衰与倒闭，以及各种人物命运的变迁，反映了清朝末年、民国初年和抗日战争胜利后中国近 50 年由封建社会演变为半殖民地半封建社会的过程。

1898 年初秋，北京裕泰大茶馆。这个茶馆是个三教九流会面之所，茶馆的掌柜王利发忙着应酬客人。相面的唐铁嘴苦笑着向王掌柜讨茶喝；旗人常四爷和"玩鸟的"松二爷在说闲话；当差的二德子闯进来就要打人，被在一旁独自喝茶的吃洋教的小恶霸马五爷震住了；说媒拉纤的刘麻子逼着农民康六把女儿顺子卖给庞太监；流氓黄胖子进来扬言要为打架的双方调解；茶馆的房主维新资本家秦仲义威胁王利发，他要收回房子办工厂，搞"实业救国"，王掌柜曲意奉承着；庞太监给大家带来"谭嗣同问斩"的消息，茶客们议论起这件事来，王利发让大家"莫谈国事"。常四爷说了句"大清国要完"，被衙门的侦探宋恩子、吴祥子抓走。松二爷向黄胖子求情，碰了一个大钉子。15 岁的康顺子看到庞太监的丑恶嘴脸，吓昏了，庞太监竟然无耻地说他要活人。正在一旁下棋的两个茶客高声说："将，你完了！"

10 多年后的初夏，军阀混战，民不聊生。幸存的裕泰大茶馆大加改良，茶座一律改为小桌、藤椅，墙上摘掉了"醉八仙"，挂上了时装美人，"莫谈国事"的条幅更大了。已入中年的王利发，追时髦，赶潮流，苦心经营着茶馆。门面修整后，茶馆准备开张。王利发的妻子王淑芬和李三边布置边谈论着改民国的事。门外一群难民刚走，巡警来派军粮，接着又有 5 个大兵来勒索王利发。唐铁嘴戒了大烟，改抽"白面"了，洋奴气十足。宋恩子、吴祥子仍旧当差，逼着王掌柜每月按时交纳"那点意思"。庞太监死后，康顺子被他的侄子赶出家门,与康大力来投奔王利发,被收留了。刘麻子借茶馆的地盘,为两个大兵说和买一个媳妇的事。特务宋恩子、吴祥子要抓两个逃兵,结果刘麻子被抓走了。

抗战胜利后(距前幕20年),秋,一个清晨。国民党特务和美国兵在北京横行,裕泰茶馆的样子不像以前那么体面了。家具黯淡,"莫谈国事"的旁边贴着"茶钱先付"的新条子。暮年的王利发,竭力维持茶馆的残局,想请女招待来招揽生意。他的儿子王大栓夫妇劝康顺子到西山找康大力。刘麻子的儿子小刘麻子把女招待小丁宝介绍来茶馆,并说起他的伟大计划,即把所有的舞女、娼妓、女招待组织起来,成立一个"大托拉斯",由他当总经理。小唐铁嘴建议改名为"花花联合公司"。庞太监的侄媳妇、"三皇道"的"娘娘"庞四奶奶来到茶馆,要接康顺子回去,遭到康顺子的拒绝。小二德子进来,等在这里打罢课的学生教师。小丁宝来给王掌柜报信,说小刘麻子要强占这个茶馆。小宋恩子、小吴祥子来说康大力主使老师们暴动,要求王利发交人。王利发赶忙让孙女和她妈快走,去追投奔西山的康顺子和送行的王大栓。常四爷、秦仲义和王利发三个人久别重逢,他们都满腹牢骚,一边嘲讽自己、漫骂社会,一边自己撒纸钱来祭奠自己,然后三人告别。小刘麻子向沈处长介绍自己的伟大计划,沈处长连声说好。后来发现王利发吊死,沈处长又连叫两声好。

三、时代的一面镜子

写于1957年的话剧《茶馆》是老舍在当代的杰作,通过裕泰茶馆在清末1898年初秋,袁世凯死后军阀混战的民国初年,40年代抗战结束、内战爆发前夕这三个历史时期的变化,表现19世纪末以后半个世纪中国的历史变迁,将半殖民地半封建社会的腐朽黑暗展现在观众面前。对这种具有相当时间跨度的"历史概括",老舍是通过茶馆的几度变迁来完成的。《茶馆》是作家个人漫长创作生涯中的高峰,也是五六十年代剧作界的高峰。

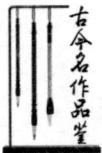

　　茶馆是三教九流会面之处,可以容纳各色人物。一个大茶馆就是一个小社会。这出戏虽然只有三幕,可是写了50多年的变迁,以小人物生活上的变迁反映社会的变迁。作品没有采用当代话剧常见的结构方式——运用中心情节和贯穿全剧的冲突,而是采用三组风俗画式的创新形式,众多的人物被安置在显示不同时代风貌的场景中。作者安排人物的四个方法为:(1)主要人物从壮到老,贯穿全剧。此剧的写法是以人物带动故事。(2)次要人物父子相承,父子都由同一演员扮演。(3)设法使每个角色都说他们自己的事,可是又与时代发生关系。因此,人物虽然各说各的,可是又都能帮助反映时代,就使观众既看见了各色的人,也顺带着看见了那个时代的风貌。这样的人物也许只说了三五句话,可是却交代了他们的命运。(4)无关紧要的人一律招之即来,挥之即去,毫不客气。

　　《茶馆》中场景极少,只是将一些社会上无足轻重的小人物们集合到一个小茶馆里,却用他们生活上的变迁惟妙惟肖地反映社会的变迁,让观者在市井风情中领略到不朽的戏剧魅力。人物涉及市民社会的三教九流,如茶馆的掌柜和伙计,说媒拉纤的社会败类,受宠的太监,想实业救国的资本家,老式、新式的特务、打手,相面先生,说书艺人,逃兵,善良无奈的农民等。其中,王利发、秦仲义和常四爷贯穿全剧始终。他们的性格、生活道路各不相同,但结局却是一样的,最终都无路可走,为自己祭奠送葬。

　　《茶馆》的写作动机,来自作家对建立现代民主国家的渴望,和对一个不公正的社会的憎恶。新旧社会对比既是老舍结构作品的方法,也是他的历史观。他对旧时代北京社会生活的熟悉,他对普通人的遭际命运的同情,他的温婉和幽默,使这部作品接续了前期创作中的深厚人性传统。此剧具有浓厚的悲凉情绪,人物关于自身命运充满困惑与绝望。作品中大量运用北京市民浅易俗白的口语,同时又在俗白中追求考究、精致的美。老舍把语言的通俗性与文学性完美地统一起来,做到了平易而不粗俗,精致讲究而不雕琢,俗而能雅,清浅中又有韵味。以北京话为基础的俗白、凝练、纯净的语言,在《茶馆》中得到了完美地展现。

《茶馆》第一次上演,报上几乎没有捧场的文章,口头议论大致是"缺少正面形象""调子灰色"。后来,这个戏被视为"毒草",被批判说是为封资修唱挽歌,向新社会反攻倒算。全民族做了10年恶梦,梦醒,走进改革开放的新时期。北京人民艺术剧院没有忘记老舍的戏,原班演员演出《茶馆》,得到观众的呼应。《茶馆》剧组曾在80年代访欧演出并产生深远的影响,被誉为"东方舞台上的奇迹"。在国内也屡演不衰,产生了屡演屡看的观众。也许,《茶馆》阐明的东西超过了一本史书或一部洋洋百万言小说所能起的作用。

以《茶馆·第三幕》片段为例:

> 秦仲义:日本人在这儿,说什么合作,把我的工厂就合作过去了。咱们的政府回来了,工厂也不怎么又变成了逆产。仓库里(指后边)有多少货呀,全完!哈哈!

> 王利发:改良,我老没忘改良,总不肯落在人家后头。卖茶不行啊,开公寓。公寓没啦,添评书!评书也不叫座儿呀,好,不怕丢人,想添女招待!人总得活着吧?我变尽了方法,不过是为活下去!是呀,该贿赂的,我就递包袱。我可没有作过缺德的事,伤天害理的事,为什么就不叫我活着呢?我得罪了谁?谁?皇上,娘娘那些狗男女都活得有滋有味的,单不许我吃窝窝头,谁出的主意?

> 常四爷:盼哪,盼哪,只盼谁都讲理,谁也不欺侮谁!可是,眼看着老朋友们一个个的不是饿死,就是叫人家杀了,我呀就是有眼泪也流不出来喽!松二爷,我的朋友,饿死啦,连棺材还是我给他化缘化来的!他还有我这么个朋友,给他化了一口四块板的棺材;我自己呢?我爱咱们的国呀,可是谁爱我呢?看,(从筐中拿出些纸钱)遇见出殡的,我就捡几张纸钱。没有寿衣,没有

棺材,我只好给自己预备下点纸钱吧,哈哈,哈哈! ^①

　　这是《茶馆》剧中主要人物王利发、秦仲义和常四爷的剧终告白。他们是贯穿全剧始终的中心人物。尽管性格特征、生活道路各不相同,"旗人"常四爷生性耿直,一辈子没服过软;维新资本家秦仲义开工厂、办银号,雄心勃勃地想走实业救国的路;茶馆掌柜王利发则当了一辈子顺民,见谁都请安、鞠躬、作揖;但是三个人的下场是一样的,生活于那样的黑暗时代,最终结局都是走投无路,自己为自己祭奠送葬,他们充满了对自身命运的困惑和绝望。这些告白是他们对自身遭遇的血泪控诉,通过这些对话,我们进一步看清楚了那个时代的罪恶和黑暗。剧中的悲凉情绪和凄清氛围被充分渲染出来,苦涩的告白把人们带入对历史的沉思之中。

---

① 老舍.茶馆[M].北京:作家出版社,2017:69.

《城南旧事》

一、乱世才女

林海音(1918—2000),原名林含英,小名英子,原籍台湾省苗栗县,父母曾经东渡日本经商。林海音于1918年3月18日生于日本大阪。父亲林焕文是台湾著名的爱国知识分子,不甘在日寇铁蹄下生活,举家迁居北京,他们先后住过椿树胡同、新帘子胡同、虎坊桥、梁家园等地。小英子在北京长大,曾先后就读于北京城南厂甸小学、北京新闻专科学校。

她的叔叔因为抗日,被日本人毒死在大连牢里。父亲自北平去收尸,既伤心又生气,回来不久一病不起,竟英年病逝了。父亲去世时,林海音只有14岁,是家中老大,下面有6个年幼的弟妹。母亲是个不识字的旧式妇女。为了节省开支,她们一家8口住进福建、台湾乡亲专用的晋江会馆。在那儿住,不用缴房租。林海音在文章中提到:"在别人还需要照管的年龄,我已负起许多父亲的责任了。父亲去世后,我童年的美梦从此破灭了。"林海音扛起了这个家,以她的才智,有条件念大学,但她放弃了,为的是早点毕业,工作养家。

她小时候最喜欢在厂甸看算命的给人算命,有一次算命老头突然指向人群说:"这个小姑娘有个直挺的好鼻子,你们看着,将来她能做女校长。"命运没让这个有好鼻子的林姑娘做校长,但却成了作家林海音。

林海音19岁时担任《世界日报》记者,21岁时与编辑夏承楹(何凡)结婚,当时是北京文化界一大盛事。1948年她同丈夫

带着 3 个孩子回到从未去过的故乡台湾,任《国语日报》编辑。1953 年主编《联合报》副刊,开始文艺创作。此后担任过《文星杂志》编辑,当过世界新闻学校教员。

　　林海音深切地眷恋她的第二故乡北京。在北京度过的 25 年时间,被她称作"金色年代,可以和故宫的琉璃瓦互映"。林海音将北京的生活点滴写成《城南旧事》一书,深获读者喜爱,被译成多种文字在世界上出版。1983 年,《城南旧事》被大陆导演吴贻弓搬上银幕;影片上映后,林海音在大陆家喻户晓。1993 年,她回到北京,参加了《当代台湾著名作家代表作大系》新书发表会,与冰心、萧乾同为此套书顾问。北京中国现代文学馆目前设有林海音文库。她不但自己把纯文学出版社的全套样本书捐给北京现代文学馆,还动员其他兄弟出版社也捐,丰富了现代文学馆馆藏。

　　林海音喜欢别人称她"先生"。台湾文学界称,林先生家的客厅,就是半个台湾文坛。她十分多产,她的作品有散文集《作客美国》《芸窗夜读》等,散文小说合集《冬青树》,短篇小说集《烛心》《婚姻的故事》《城南旧事》等,长篇小说《春风》《晓云》《孟珠的旅程》,广播剧集《薇薇的周记》等。

　　1963 年,林海音在《联合报》副刊上发了一首名为《船》的小诗。叙述有一艘船漂流到一座孤岛上,金银财宝都用完了,最后陷在困苦之中。台湾当局见之大怒,认为这是影射,将诗的作者逮捕了。面对汹汹来势,林海音怕牵累报社及他人,立即表示引咎辞职,这就是震惊台湾文坛的"船长事件"。林海音主编"联副"期间,相当注意扶植和培养年轻作家。

　　林海音在文学上有自己的追求。1967 年,她创办并主编《纯文学》月刊,为台湾的纯文学发展鸣锣开道。因为杂志销路始终打不开,4 年后停刊。林海音不死心,1972 年,她专心经营纯文学出版社,出版"纯文学"丛书。1995 年,林海音 77 岁,无力继续经营出版社了,顾虑续办者难以坚持原来风格,毅然决定停业。她把库存的 8 万册图书全部捐给图书馆、学校,把所有作品的版权全部归还作者,凡库内有少量存书的,全部送作者。

2000年,林海音因病在台北去世,享年83岁。台湾的纯文学,在林海音的时代攀上高峰;林海音的离去,也象征着一个纯文学时代的结束。

二、老北京城南的旧事

《城南旧事》描写20世纪20年代,北京城南一座四合院里,住着英子温馨和美的一家,透过主人公英子童稚的双眼,观看大人世界的悲欢离合,有一种说不出来的天真,却道尽人世复杂的情感。《城南旧事》包括五个短篇小说:《惠安馆传奇》《我们看海去》《兰姨娘》《驴打滚儿》《爸爸的花儿落了》。它们分开来是独立的故事,合起来则可视为作者以7岁到13岁的生活为背景的一部长篇小说。

《惠安馆传奇》讲述了20年代末的北京,6岁的小姑娘英子住在城南的一条小胡同里。邻居惠安馆中住着"疯女人"秀贞,别人都不理睬她,只有英子愿意跟她玩,她们成为好朋友。秀贞与一个大学生相爱,并生下一个女儿小桂子,大学生被抓了,小桂子也下落不明。英子觉得小伙伴妞儿的身世很像小桂子,并且发现了她脖颈后的青记,于是英子带她去找秀贞。秀贞与女儿妞儿相认后,在一个风雨交加的夜晚带女儿去找她爸爸;善良的英子从家里偷拿了妈妈的金手镯,送给秀贞做路费。但是,结果母女俩惨死在火车轮下。《惠安馆传奇》通过惠安馆中的"疯女人"秀贞和妞儿的遭遇,反映了当时北京城的市民生活。

《我们看海去》讲述后来英子大病一场,为了让她忘记那段不愉快的经历,父母搬了新家。她在新家附近的荒园中认识了一个年轻人。这个人为了供给弟弟上学,做了小偷。但英子觉得他很善良,虽然分不清他是好人还是坏人,就像分不清海与天一样。这个年轻人对英子说,等她长大了,就带她去看海。不久,英子在荒草地上捡到一个小铜佛(可能是年轻人不小心丢下的),被警察

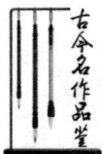

局暗探发现,带巡警来抓走了这个年轻人,这件事使英子非常难过。

《兰姨娘》讲述在英子的热心撮合下,在北京大学读书的台湾学生德先叔与兰姨娘结合的故事。兰姨娘曾经在一个大户人家做小妾,但是她后来不甘心这样,从家里跑了出来,暂时住在英子家,这使英子的母亲很为难,她怕自己的丈夫因为兰姨娘,而对自己变心;因为英子的爸爸很喜欢兰姨娘。有一次,德先叔来英子家,聪明的英子巧妙地让德先叔和兰姨娘互相产生了好感,然后又给这两个人创造机会,使他们走到了一起。虽然英子的爸爸因为这件事很失落,但英子觉得自己做得很对。

《驴打滚儿》讲述英子9岁那年,她的奶妈宋妈的丈夫冯大明来到林家。宋妈平时经常向英子说起自己的儿子小栓子、女儿丫头子。英子得知宋妈的儿子两年前掉进河里淹死,女儿也被丈夫卖给别人,找不到了,心里十分伤心。《驴打滚儿》通过从顺义进城做奶妈的宋妈的不幸,从侧面描写了农民的悲惨命运。

《爸爸的花儿落了》讲述英子小学毕业的那一天,她的爸爸因肺病在医院去世的故事。最后宋妈被她丈夫用小毛驴接走。英子随家人乘上远行的马车,带着种种疑惑告别了童年……

这些发生在老北京城南的"旧事",真实地反映了20世纪20年代末期和30年代初期旧中国的现实。

三、林海音小说之美

林海音是台湾战后初期最有影响力的小说家之一。她在小说艺术上,创造了独特的风格,并在台湾文学史占有一席之地。其中最突出的代表作,便是既被拍成电影,也被彩画成儿童书的《城南旧事》。

《城南旧事》成为台湾战后小说巨著,就小说结构来看,它是由5个独立的短篇小说合成的一部完整的长篇小说。故事各自独立,曾在不同刊物上分别单独发表。但结集成书时,在时空、人物、叙述风格上连贯,组成了系列长篇。因此它在结构上很别致,既是短篇也是长篇小说。就文体的特殊性来看,它既是小说又是散文。从其回忆"旧事",自叙童年生活的性质笔触来看,多少具有散文的形式风格,但林海音也不反对别人将其列为自传体小说。

作品透过主人公——小女孩英子一对童稚的眼睛看世界,从头至尾,由英子的第一人称观点循序发展,她既是懵懂的孩子,一个好奇的旁观者;又是叙述主体,体验着复杂的成人世界,并随之逐渐成长。从这个角度看,它也可以说是一部主人公经历人生磨难的成长小说。

林海音以女性所特有的细腻眼光,透过妇女的遭遇来观察世界和描写世界。作者的女性意识隐藏在故事背后,英子虽然只是个孩子,但她是极聪敏的女孩,具有一双属于女性的敏锐同情的眼睛,能看见那挣扎在性别压迫中难以翻身的女人。《城南旧事》中的"疯女人"秀贞、英子的母亲、兰姨娘、宋妈,她们的爱情和婚姻都不顺心,尽管她们的生活环境不一样,但相同的是都不快乐。追寻她们不幸的源头,自然都与男人有直接关系,从这个方向来看,这部小说的精神,以及要表达的女性主义主题,都十分新颖。

在《城南旧事》中,老北京的城南被描绘成一个贩子横行、盗寇丛生之地,但是一个孩子的眼眸,给这世界蒙上了一层梦幻般的明朗。人世的挣扎与苦痛,在孩子的眼里滤去了浮世悲欢,还原成生命本来的模样。疯子也好,贼也好;贫穷也好,富庶也好,在孩子的眼里,不带有任何人间烙印,她的眼里只有生命本身。《城南旧事》不刻意表达什么,只一幅场景一幅场景地从容描绘一个孩子眼中的老北京,就像生活在说它自己。林海音这样评价自己在台北写就的回忆北京的系列作品:"淡淡的哀愁,沉沉的相思。"

从日本到北京,再到台北,林海音的生活经过多次迁徙动荡,而心胸开阔、兼容并蓄的她,也因特殊的生命经历包容了多元丰富的文化。她以代表作《城南旧事》,被归类为"京味作家";然而

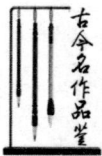

她的文学眼光和品位,却超越了地域的藩篱。《城南旧事》写的也是过去的大陆,却和当时风靡台湾的逃避文学不同。这些"城南旧事"真实地反映了当时旧中国的现实景况。

《城南旧事》不仅故事情节感人,作者的文笔更令人击节赞叹:细致而不伤于纤巧,幽微而不伤于晦涩,委婉而不伤于庸弱。对于气氛的渲染,更是作者的拿手好戏。1983 年,被大陆引进,拍成电影,一夜誉满天下,曾在 47 个国家放映,获过多项国际大奖。《城南旧事》还被《亚洲周刊》评选为"20 世纪中文小说 100 强"。

以《城南旧事·爸爸的花儿落了·我也不再是小孩子》片段为例:

> 当当当,钟响了,毕业典礼就要开始。看外面的天,有点阴,我忽然想,爸爸会不会忽然从床上起来,给我送来花夹袄?我又想,爸爸的病几时才能好?妈妈今早的眼睛为什么红肿着?院里大盆的石榴和夹竹桃今年爸爸都没有给上麻渣,他为了叔叔给日本人害死,急得吐血了。到了五月节,石榴花没有开得那么红,那么大。如果秋天来了,爸还要买那样多的菊花,摆满在我们的院子里、廊檐下、客厅的花架上吗?[1]

该段讲述了英子的爸爸生病去世前的故事,发自肺腑,感人至深。英子要小学毕业了,她希望病床上的爸爸能够起来,去参加她的毕业典礼;但是爸爸的病太重了,无法满足她的要求。文章明白晓畅,文字纯净素朴,文笔轻盈纤巧。在作者淡淡的忧伤笔调下,生命的无奈和本真都浮现出来,让人唏嘘不已。

---

[1] 林海音.城南旧事[M].武汉:长江文艺出版社,2017:160-161.

《倾城之恋》

一、文苑才女张爱玲的传世经典

张爱玲(1920—1995),原名张煐,原籍河北丰润,1920年生于上海一个没落的官宦之家,童年在北京、天津度过,1929年迁回上海,后成长为中国现代著名女作家。

1937年毕业于上海圣玛利亚女子中学,次年考取伦敦大学,后因战事改进香港大学读书。1942年香港沦陷,未毕业即回上海,给英文《泰晤士报》写剧评、影评,也替德国人办的英文杂志《二十世纪》写"中国的生活与服装"一类的文章。1942年应《西风》杂志《我的生活》征文写散文《我的天才梦》得名誉奖。

1943年5月,张爱玲首次公开发表小说:《沉香屑·第一炉香》发表在周瘦鹃主办的《紫罗兰》第二期,一举成名,成为20世纪40年代红极一时的女作家;同年发表《倾城之恋》和《金锁记》等作品。此后三四年是她创作的丰收期,作品多发表于《天地》《万象》等杂志。1944年出版小说集《传奇》和散文集《流言》,蜚声上海文坛。

张爱玲23岁与胡兰成结婚,抗战胜利后分手。1949年上海解放后以梁京笔名在上海《亦报》上发表小说。1950年参加上海第一届文代会。1952年移居香港,在美国新闻处工作,曾发表小说《赤地之恋》和《秧歌》。

1955年,张爱玲旅居美国。在美,与作家赖雅结婚,后在加州大学中文研究中心从事翻译和小说考证。

张爱玲在美基本过着"隐居"生活,1995年于美国洛杉矶家

中去世。

张爱玲走红于上海"孤岛"时期,表面看,她对主流意识形态话语似乎有所疏离。实际上,她的作品并未疏离"五四"以来的启蒙话语,也没有疏离当时的政治意识形态,作品体现出的坚定的个性主义、人道主义,在她的创作旺盛期始终不曾间断。她以独特的方式张扬了"五四"个性主义文学精神,继承了"五四"文学冷静批评现实的传统。

张爱玲的小说、散文,多数写都市男女的情感世界,写得非常出色;她的作品中,有她对社会、对人生的一些很严肃的思考,但这些是以日常生活的方式来表达的,张爱玲很少一本正经地说教。张爱玲热衷于描写日常生活的细节。她在《自己的文章》里写道,人生有轰轰烈烈的一面,但更多的是日常的这一面。所以,她的作品有别于"五四"文学宏大叙事的传统。

作为小说家,张爱玲可谓一出发就踏上巅峰、一出手即成经典,被当时文坛称为奇迹。她所处的那个时代是新旧交替、兵荒马乱、政治动荡、人民惶恐、价值观失范的年代,在此背景下,目光犀利的她将世态人情一眼看穿,在新旧、雅俗间编织她的文字;用都市的传奇故事诠释自己对人性、命运与时代的理解,洞察都市浮华背后的致命威胁;以独出机杼的清新隽语、活色生香的生命意象和峰回路转的离奇故事让人过目难忘。

一位在她成名时的女友曾撰文写她奇装异服,以至到印刷厂去校稿样,整个印刷厂的工人停了工来欣赏她的衣服。就是这样一位女子,对人性有着细致的体会,她兴致勃勃地描绘都市里的生活,生动的描绘中又浸润着难以言明的悲哀。

作为清末著名"清流派"代表张佩纶的孙女,前清大臣李鸿章的重外孙女,张爱玲从传统的文学,以及鸳鸯蝴蝶派中汲取养料,融合到创作当中形成了自己的风格。她的文字通俗易懂,擅写平民尤其是小市民的苦乐,热闹的世俗枝节,葱绿配桃红的色调,苍凉、虚无的人生况味,洋溢着浓浓的市井气息。

张爱玲的小说有"纸上电影"之称,人物对话流畅,故事离奇曲折：从婉约爱情到苍凉人生，小说讲述和刻画了各种迂回曲折的感情。如《十八春》写了 20 世纪 30 年代上海的一个悲惨的爱情故事。女主人公顾曼桢家境贫寒，自幼丧父，一家人全靠姐姐曼璐做舞女养活。曼桢毕业后在一家公司工作，与来自南京的世家子弟许世钧相爱，世钧同情曼桢的处境，决定与她结婚。曼璐也嫁人了，丈夫祝鸿才是个暴发户，他虽喜欢曼璐，但当得知她不能生育时，却生了厌弃之心，曼璐为拴住鸿才生出一条残计，强迫妹妹曼桢给鸿才生了个孩子，生生地拆散了曼桢和世钧的姻缘。18 年过去，曼桢和世钧又在上海相遇，但岁月变迁，早就物是人非……

对文学的个体心灵本位、独创性和审美品格的体认，张爱玲始终坚信不疑。李碧华曾说：文坛寂寞得恐怖，只出一位这样的女子。20 来岁的张爱玲，公开宣扬出名要趁早；她也做到了，在青春年华写出空前绝后的凄艳佳作。一面是精致又略显稚气的文字，一面是阅尽人世沧桑般的悲凉情怀，两者构成奇特对比，共同组成了文苑才女张爱玲的传世经典世界。

二、旷世倾城之恋

1943 年发表的《倾城之恋》，是张爱玲的成名作和代表作，这是一篇探讨爱情、婚姻和人性在乱世中如何生存和挣扎的小说。

《倾城之恋》的主要内容：富家千金白家小姐流苏跟纨绔子弟的丈夫离了婚，带了很多钱财回娘家。但娘家兄弟把她的钱挥霍光后，对她的态度一落千丈，她在娘家备受冷嘲热讽，看尽世态炎凉。娘家兄嫂要求流苏回男人家守寡继承遗产，流苏不愿意。正巧有人给流苏的妹妹介绍富商范柳原，却给流苏介绍了一个离婚带着孩子的男人，白流苏心里有怨气。在举家为妹妹相亲时，流苏得到范柳原的好感。多金潇洒的单身汉范柳原，邀请流苏去香港。身无分文的白流苏决定用自己的前途一赌，远赴香港，与范柳原开始交往，以博取范柳原的爱情，争取一个合法的婚姻地位。

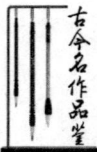

二人交往中,范柳原起初抱着玩玩的态度,只想把白流苏当情人,经历了一次失败的婚姻的白流苏却固执地守着自己的原则。后来白流苏离开香港,回了上海,范柳原发现爱上了白流苏,再次邀白流苏来香港,却仍然不肯给她承诺。在香港,两个情场高手斗法的场地在浅水湾饭店,原本白流苏似是服输了,她爱上了范柳原,抛开一切与之如胶似漆地相爱。

但是太平洋战争爆发,香港很快沦陷,日军开始轰炸浅水湾,范柳原要离开香港回伦敦处理事务,也因战乱而未能成行,范柳原折回保护白流苏。狂轰滥炸,生死攸关,满是硝烟的城市里,范柳原和白流苏产生了患难与共的真情。白流苏、范柳原这一对现实男女,在战争的兵荒马乱中被命运掷到一起,于倾城的一刹那体会到了一对平凡的夫妻间的一点真心,终于结为连理。他们登报结婚了。一座城市的沦陷成全了白流苏,所以叫倾城之恋。

从腐旧的家庭里走出来的白流苏,香港之战成全了她和范柳原的婚姻,使她得到了范柳原太太的名分,过上了平实的生活。终于结婚了,但结婚并不使范柳原变为圣人,他一直未完全放弃往日的生活习惯与作风。对此,流苏心中也很明白,所以,流苏欣喜中不无悲哀:如此患难,足以做十年夫妻,结婚就好。

张爱玲的作品,大都对时代悲剧具有刻骨铭心的体认。她始终把所处时代的"破坏"作为大背景,开掘个人的精神世界,特别是乱世男女孤注一掷的爱情和注定要被冷酷的现实所嘲弄的欲求。在不断变革和破坏的背景中刻画小人物的心理世界,这是张爱玲小说前后一贯之处。她的长篇小说将中短篇小说对自我的悲悯外推到农民、学生以及更广的人群。

张爱玲的文学成就在中国现代文学史上是不容忽视的,她是一个善于将艺术生活化、生活艺术化的享乐主义者,她的文字机智聪慧,以抒发情感著称。夏志清在《中国现代小说史》中盛赞张爱玲前期中短篇小说,对后期长篇小说特别是《秧歌》也给以高度评价。1957年,夏志清以中文发表了《论张爱玲》一文,在文中提及"张爱玲是今日中国最优秀最重要的作家"。

1984 年，上海的《收获》杂志重新发表张爱玲的《金锁记》，出版社开始重印她的小说。到 20 世纪 80 年代后期，张爱玲的名字在各种文学选本中频繁出现；1992 年，安徽文艺出版社推出了四卷本的《张爱玲文集》，张爱玲的传记也相继问世。1995 年张爱玲在海外逝世，许多研究张爱玲的专著陆续出版。

张爱玲不仅改变了人们对现代文学史一个重要环节的认识，还影响到当代文学创作，一大批海内外作家如大陆的王安忆、铁凝等，台湾的白先勇、香港的黄碧云等都对张爱玲发生了浓厚兴趣，并在各自创作中留下清晰的痕迹。张爱玲作品中的无以名状的悲凉和哀愁，她以兴致盎然的笔调来描摹日常的俗世生活，她笔下的那份琐碎平常的诗意，都让人着迷。

三、背向历史的文学写作

张爱玲似乎是一个与主流文学想象距离最远的作家。

张爱玲对人生怀有深深的绝望，她摆出了一个背向历史的姿态。与沈从文相比，她的写作更富于个人性，她可以全神贯注地表达自己对生活的细致感受，她的表情是那么平常。当人们对历史、社会、道德、进步、革命之类的大事情失去兴趣时，往往会愈益珍重个人的具体的生活。如此的精神氛围里，张爱玲自然会特别引起共鸣。

她的小说多取材于情欲和黄金交织的洋场都市，以生活在"安稳"境地的新旧合流的女性为审视对象，以婚姻和两性关系为切入点，描绘她们畸形的追求，病态的精神，透过或职业或交际，或跳舞或恋爱的西式文明的外表，去挖掘被人忽略的女性内心世界，也展示她们扭曲的人性、分裂的性格和变态的心理。

在小说中，张爱玲介绍了带有"原罪意识"的女性们是如何袭了生理、心理的历史陈迹，在"原罪意识"中挣扎，堕落，沾沾自喜和陈陈相袭，活现了一群女奴的群像。她以否定现实生态下女性的女奴角色的方式，表达了深深的渴望，渴望女性能挣脱历史

的、文化的、生理的、心理的诸般枷锁的桎梏。如《金锁记》讲了一个亲情相残的故事。年轻美貌的曹七巧嫁了个软骨病的富家子，忍受着妯娌的冷嘲热讽，哥嫂的阿谀奉承，等丈夫死了儿子大了，她终于做主了，却挥起亲情之剑，折磨亲生儿女。女主人公的变态心理，被张爱玲描绘得入木三分，苍凉无比。

张爱玲自己曾说："我为上海人写了一本香港传奇，包括《沉香屑》之《第一炉香》《第二炉香》《茉莉香片》《心经》《玻璃瓦》《封锁》《倾城之恋》七篇。写它的时候，无时无刻不想到上海人，因为我是试着用上海人的观点来察看香港的。只有上海人能够懂得我的文不达意的地方。"[1]

20世纪40年代，张爱玲昙花一现；20世纪50年代后，张爱玲漂泊海外。张爱玲的创作在20世纪50年代后还是很丰富的，她除了电影剧本和英文作品，光是用中文写作或起初用英文后又翻成中文的，就有《小艾》《十八春》《色·戒》《五四遗事》《怨女》《秧歌》和《赤地之恋》等，长篇有4部。

在张爱玲描摹的世界里，到处是小的悲哀和快乐，基调华美，背景忧郁。张爱玲是一个具有强烈现代意识、善于探索内心隐秘、体察女性生命感受、书写私人空间的作家。张氏小说，包括后期带有明显政治色彩的作品，有很多精神内涵，如对人的悲悯，对卑微的生活中挣扎的小人物的深刻同情，对人类的基本欲望、内在局限、疯狂和丑恶，寄予了深厚的同情。张爱玲从灰色的小人物身上发现了人的局限，也发现了人的光辉，把人类凡俗的一面毫无顾忌地张扬出来，有力地补充了"五四"文学在这一方面的短板。

长篇《秧歌》与《赤地之恋》是张爱玲1954年在香港完成的，在海外，胡适和夏志清最早对这两部书作出评价，褒多于贬。夏志清说，张爱玲写《赤地之恋》或可说是一种为了生活的妥协。《秧歌》与《赤地之恋》的风格疏淡轻松，但仍有大量西方文学的手法，

---

① 张爱玲.到底是上海人 [J].杂志（月刊），1943，11（5）.

如意象、象征、隐喻等。小说中不断"破坏"的背景下乱世男女孤注一掷的爱情给人留下深刻的印象。"秧歌"暗指群众被迫的笑脸，揭示了政治高压下农民扭曲了的灵魂。《秧歌》与《赤地之恋》触及的一些社会问题，像土改"过火"现象，"支前"时后方的涸泽而渔，在当代文学中也时有所见。

同情社会底层人民，在张爱玲20世纪50年代的小说中表现比较明显。张爱玲倾注了全部的怜悯和同情，写活了农民的灵魂。如《秧歌》写到干群冲突；《赤地之恋》写农村干部进行黑箱操作，盘剥和迫害中农。《秧歌》中劳动模范金根带领饥民抢粮仓，和张一弓的《犯人李铜钟的故事》相似。尽管《赤地之恋》中一部分内容水准下降，但不可否认，此部作品具有批评现实的精神。不能仅因其有直露的政治影射，就将其成就抹杀。《赤地之恋》写农村干部残酷斗争地主，连中农也不放过，张玮的《古船》也曾思考过此问题。

张爱玲，这个才情不凡、别具一格的女性，用一支笔写尽了生之繁华，以及繁华深处遗落满地的无限凄凉。她奇丽、精美的佳作，必将在时代风云中凸显出更加丰厚、瑰丽的魅力。

《白鹿原》

一、痴爱文学的多面体作家

陈忠实（1942—2016），当代著名作家。

他出生于西安市东郊灞桥区西蒋村一个普通的农家，祖上世代都是农民，但都有文化，算得上是耕读世家，家庭对陈忠实的教育非常重视，幼承家学的他积累了深厚的文学底子。他从一个痴爱文学的青少年，到成长为在国内外有影响的作家，走过了一条艰难漫长的道路。

1962 年高中毕业后，作为村中的"秀才"，陈忠实被派到村办小学做语文教师。1965 年初在《西安晚报》上发表散文处女作《夜过流沙河》。1968 年末，陈忠实调到西安灞桥区毛西公社写材料。他在这年结婚，没有念完初中的妻子后来为他生下两女一男。以后，他在长达 17 年从事农村基层工作中，每月工资由 30 元增加到 39 元，却要养活 5 口之家。在生活的重重艰难下，他依然断断续续地写自己谙熟于心的农村题材小说。

1978 年，陈忠实调到西安郊区文化馆任副馆长，从此潜心从事文学创作，自 1979 年起有《幸福》《信任》等短篇小说面世。《信任》曾获 1979 年全国优秀短篇小说奖，这是陈忠实早期短篇小说中艺术性最高的作品，在当时，也是让人眼睛一亮的佳作。

1982 年，他的第一部短篇小说集《乡村》出版。同年，已是灞桥区文化局副局长的陈忠实调到陕西省作协，成了一名专业作家。

1992 年 12 月，长篇小说《白鹿原》在《当代》杂志第 6 期开始连载。那是他在完成了《初夏》《四妹子》《夭折》等9部中篇，80多篇短篇小说和50多篇报告文学作品之后，由《蓝袍先生》的创作而触发了对民族命运的深入思考的结果。

为了完成《白鹿原》这部长篇小说，陈忠实花了两三年的时间作准备：一是历史资料和生活素材，包括查阅县志，地方党史和文史资料，他查到了中国古代第一个《乡约》和几处关于白鹿原上神奇的白鹿传说；二是学习和了解中国近代史，重新了解小说所选定的历史段落的总脉络和总趋势，特别关注关中这块土地的兴衰史；三是艺术准备，认真选读了国内外各种流派的长篇小说的重要作品。

《白鹿原》在1993年6月出书，一出世便拥有了震撼读者的轰动效应。评论界欢呼，新闻界惊叹，它被誉为奇书、巨著，不逊色于获得诺贝尔文学奖的大作品。读者争相购阅，海外则有香港天地图书公司版、台湾新锐出版社版和韩文版、日文版先后面世。它先是荣获陕西第二届"双五"文学奖最佳作品奖和第二届"炎黄杯"人民文学奖。后来，又在1997年荣获中国长篇小说的最高荣誉——第四届茅盾文学奖。

陈忠实是一个多面体，他爱看足球赛，还嗜酒且有名气，在老家写《白鹿原》的时候，他的调节就是喝烧酒，抽雪茄，听秦腔。

根据他的同名长篇小说改编的秦腔《白鹿原》，已在西安舞台演出成功。《白鹿原》这本书，陈忠实倾注了全部心血。当他为《白鹿原》划上最后一个句号时，时年50岁。

陈忠实著有《生命之雨》《告别白鸽》《接通地脉》等散文集。

由《亚洲周刊》与来自世界各地的学者、作家联合评选的"20世纪中文小说100强"结果，《白鹿原》荣登第38位。

教育部已将《白鹿原》列入大学生必读文学书目。

二、白鹿原传奇

《白鹿原》的主要内容：陕西黄土高原上的白鹿村，是历史久

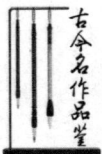

远，素有"仁义村"之称的礼仪大庄。白姓和鹿姓两大家族世代在白鹿原生存繁衍，原上流传着一个美丽的传说。说是很久以前，这一带贫瘠的土地上有一只神奇的白鹿跑过，它所经过的土地上鲜花盛开，盲人复明，病人不治自愈。

白、鹿两姓起初是一脉相传的，不知何时分作了两姓，长房的一支姓白，按传统因袭族长的位置，次房姓鹿。白、鹿两姓的领班人物到小说发生时起，白的一方以白嘉轩为首，鹿的一方以鹿子霖为首。

白嘉轩连娶了6房老婆，但都相继死掉了，父亲也作了古，他正迷茫于多难的命运时，不意发现一个秘密：他发现大雪地里，有一株植物不被大雪所覆盖，并似乎向上蒸腾着热气。他向姐夫朱先生讨教，朱先生望着他画出的图形，说道："这不是一头白鹿吗？"一句话震醒了白嘉轩，联想到神秘的白鹿精灵的传说，他认为这是一块风水宝地！

可惜那地是鹿家的，为此，没有少费白嘉轩的脑筋。但他成功地谋到了那块地，并将父亲的遗骨迁到了那块福地。白家从此交上了"好运"，第7个老婆仙草不仅没有死，还为白家生下了3男1女，使以前流传的白嘉轩命硬克妻的传言，变成以前的几房女人命薄难以承受这等福分的说法。

白嘉轩族长的腰杆越来越硬。于是大干一场，修围墙防"白狼"，督府的课税引起"交农"事件，修祖宗祠堂，办私塾，订立《村规民约》，越来越竖起了威信。时势也给了鹿子霖一显身手的机会，他当过保甲长，但在与白嘉轩的明争暗斗中，一直占不到先机。

白嘉轩的儿子白孝文在白家正统的教育下，从小一本正经，白嘉轩对此甚是满意。渐渐地，白孝文在村子里有了威信，族长位子的交替似乎很顺利了。但白孝文鬼使神差地犯了"淫"戒，族长自然不能让他当了，并且，他还被父亲扫地出门。

白家的老长工鹿三的儿子黑娃，在外打工时，结交了雇主的小妾田小娥，小娥主动"勾引"了黑娃。黑娃最后携小娥奔回了白鹿原,想过上幸福的生活。但充满封建仁义道德的白鹿原无法容下他们两个,于是黑娃逃出去当了土匪,而小娥永远被歧视,被蹂躏,最后死在黑娃的父亲鹿三之手,她的尸首也被一座塔镇压!

黑娃从小就感觉白嘉轩那么不对劲,用他的话讲,白的"腰杆太直了"。他实际上憎恨的是白嘉轩所代表的封建秩序。这种封建礼教,有其合理的一面,因此,白大叔是令他尊敬的。但是,这其中有不合理的地方,这是使他感到别扭的。出于报复,作为土匪头子的黑娃找机会打断了白嘉轩的脊梁骨,还带人抢劫了白鹿两家。

白孝文的重新崛起源于"团练"一类的地方民兵组织,是为国民党服务的。黑娃由土匪而"招安",与白孝文算是同僚,但二人从没产生过亲密的关系。鹿家的两个儿子,老大鹿兆鹏是地下党员,有坚强的意志和坚定的信仰。老二鹿兆海是国民党正规军的军官,年轻时,曾认真地思考过国家和民族的命运,最后作为国民党的团长在国内战争中死亡。

白家的女儿白灵,聪明伶俐有主见。白嘉轩从不对儿女溺爱,但对白灵,他从来下不得狠心来管。于是,白灵读了新式学堂,自由地选择了志向——加入了中国共产党。由于志向的差别,她和自由恋爱上的男友鹿兆海奔向了不同的前程。因为工作的便利,她对鹿兆鹏了解日多,志向的相同、鹿兆鹏的革命激情和魅力,使他们两个走到一起。

后来,鹿兆鹏策划了白鹿原国民党军的"反正",主事者是黑娃,但白孝文窃取了"革命的果实",成了原上"反正"的主事人。在解放战争中立有策划起义之大功的黑娃官居副县长之后,被白孝文暗中诬陷惨遭镇压。白灵在苏区肃反时被杀害,她参加革命后,出生入死、诚心诚意,却被误以为是特务遭活埋……

三、宁静的丰收

《白鹿原》是陈忠实的代表作,是 20 世纪 90 年代严肃文学的

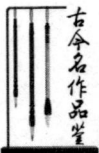

一部力作。这是一部显示作者走向成熟的现实主义巨著,作品恢弘的规模,宏伟的结构,深邃的思想,真实的力量和精细的人物刻画,使它在当代小说中成为大气磅礴、有永久艺术魅力的作品。

作品以白嘉轩与鹿子霖两个人物为主线,长工鹿三、圣人朱先生等人物为副线,以清朝瓦解、军阀混战、国共斗争直至新中国成立这段历史为故事背景,透视了凝结在关中农人身上的民族的生存追求和文化精神,寄寓了家族和民族的诸多历史内涵。它以关中平原上的白鹿村为历史舞台,把半个世纪以来的重大历史事变,如晚清危机、辛亥革命、军阀混战、抗日战争、解放战争以及关中所经历的霍乱、瘟疫、饥饿、匪患等天灾人祸都投放到这个舞台上,写白鹿村人在自然和社会事变中的挣扎、奋斗、困惑和苦恼,自然本性和社会道德的冲突,文化遗传和现实变革的交战。

《白鹿原》以空前的规模和深度,把握和表现了中国农业社会的基本特点,而且在历史、文化、人性和生命状况的结合中塑造了各种类型的农民形象,其中白嘉轩、鹿子霖、鹿三、田小娥等形象,具有相当的典型意义。作者以细腻的笔墨勾画了一批普通而有代表性的人物,人物描写栩栩如生,情节叙述客观生动,着力开掘了民族文化精神和传统农民的灵魂。

白嘉轩作为"仁义白鹿村"的族长,也是儒家文化的一个人格化代表。他对文化人朱先生、冷先生的尊敬,对老长工鹿三的看重,表现了他在一代农人中的卓尔不群。在风云激荡、人心不古的年代,他坚持修祠堂、建学堂、定族规,艰难地维护着仁义之风,并使白鹿村渡过了一道道难关。朱先生这个关中大儒,不仅是白嘉轩的精神导师,也是儒家文化的楷模,是为乡民邻里排忧解难的传奇英雄。他为了学问,可以不做官;而当国家有难时,则放下书本,要求上前线抗日。

小说通过对白嘉轩等正面人物形象的塑造,写出了传统儒家文化在民族生存发展的历史上的肯定性价值。另一方面,小说还对儒家文化的负面价值,如对它所坚持的礼教的虚伪和残酷,对它因为缺乏科学理性的支撑而导致的保守性等,作了充分的揭露和批判。小说对鹿子霖、田小娥、白孝文等负面形象的塑造说明了这点。

鹿子霖作为一个与白嘉轩在白鹿原齐名的大户之一，处处和白抗衡。为了个人和家族私利，他作恶多端、好色贪财；两个儿子，一个作为国民党的团长在国内战争中死亡，一个作为共产党的地下党高级领导而四处奔波，鹿子霖则在郁郁寡欢中悄然而逝。田小娥本来是一个举人的小妾，为反抗命运的不公，她和黑娃私奔到了白鹿村，但却被白氏家族拒之村外。她后来成为一个淫荡的女人，受到白嘉轩的严厉惩罚。

《白鹿原》是一部渭河平原50年变迁的雄奇史诗。关中半个世纪的历史是在血海中不断煎熬折腾的历史，小说揭示了蕴藏在"秘史"之中的悲怆国史、隐秘心史和畸形性史，刻画了东方文化的神秘感、性禁忌、生死观，揭示了"窝里斗"的民族悲剧，保持住了历史的混沌性和丰富性；从而使这部历史小说，既成为一部家族史、风俗史以及个人命运的沉浮史，也成为一部浓缩性的民族命运史和心灵史。

以《白鹿原·第3章》片段为例：

吴长贵已经喝得满面煞白，虚汗如注，他一只手捏着酒盅，另一只手抓着条布巾。凭着这条布巾，他在盘龙镇从东头到西头挨家挨户喝过去从来还没有出过丑。他对白嘉轩说："你把五女引走吧！"嘉轩也是绝无仅有的一次纵酒。他虽远远不是吴长贵的对手，而实际灌进的数量也令人咋舌。他的言语早已狂放，与在冷先生中医堂里和鹿子霖换地时羞愧畏怯可怜兮兮的样子判若两人。他大声说："吴大叔那可万万使不得！我命硬克妻，我不忍心五女妹妹有个三长两短。你给我在山里随便买一个，只要能给我白家传宗接代就行了……"吴长贵说："咱们现在只顾畅饮，婚事到明天再说。"

直到第二天晌午，白嘉轩才醒过酒来，昨晚的事已

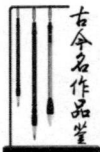

经毫无记忆。吴长贵这时郑重其事地提出把五姑娘许给他。白嘉轩摇摇头，一再重复着与昨晚酒醉时同样的反对理由。吴长贵更加诚恳地说，他原先就想把三女儿许给他，只是想到山外人礼仪多家法严，一般大家户不娶山里女人，也就一直不好开口。既然嘉轩此次专程到山里来结亲，他原有的顾虑就消除了。吴长贵说："只要你不弹嫌山里人浅陋……"白嘉轩再也无力拒绝了。吴长贵有二子五女，个个女子都长得细皮嫩肉，秀眉重眼，无可弹嫌。当下，白嘉轩站起打躬作揖，俩人的关系顷刻间发生了最重要的变化。[①]

该文讲述了白嘉轩娶第 7 个妻子的过程。因为前面 6 个妻子的暴亡，白嘉轩在白鹿原很难找到敢跟他结婚的女子了，他想让吴长贵帮忙找一个山里的女子，没想到吴长贵竟然把自己的女儿许配给了他。陈忠实在塑造人物时，注意把握和展示人物心理、性格结构中矛盾、复杂的方面，又不是静态地去写，而是在符合生活逻辑的前提下，在曲折、起伏的情节中，充分揭示人物身上内在的各个层面。文章的叙述方式冷静、客观，细节描写逼真，人物语言非常个性化，采用第三人称叙述视角，情节具有传奇性和故事性，可读性很强。

---

① 陈忠实.白鹿原[M].北京:作家出版社,2017:34.

《黄金时代》

一、浪漫骑士·自由思想家

王小波（1952—1997），中国当代小说家。1952年5月13日出生于北京。

王小波属于大器晚成的类型。他16岁开始写作，直到28岁才发表第一篇小说《地久天长》。他的经历、学历复杂，1968年去云南插队，1978年考入中国人民大学学习商业管理；曾在山东当过民办教师，在街道工厂当过工人。1984年到1988年在美国匹兹堡大学学习，取得文学硕士学位；再学计算机，在统计系当助教。回国之后，曾经在北京大学和中国人民大学任教。

后来，王小波辞去大学讲师之职，成为自由撰稿人，潜心从事严肃创作，并用自己编写的电脑程序处理文件。除了小说创作外，他还致力于社会学研究，并在《南方周末》《三联生活周刊》《东方》《读书》《影视圈》《金秋科苑》等报刊撰写大量专栏文化随笔。他的作品在海内外有相当大的影响，被海内外行家誉为真正的"文坛外高手"。

王小波在美国留学一直没有停止写作，回国前，他开始写作中篇小说《黄金时代》。他以极其惊人的敬业精神写作了这部小说，前前后后写了几十遍，获得了成功。他是唯一一位两次荣获世界华语文学界的重要奖项——台湾联合报系文学奖中篇小说大奖的祖国大陆作家，《黄金时代》就是1993年获得这个奖项的，当时《人民日报海外版》向海外发布了消息。这篇小说先在《联合报》副刊连载，然后又在台湾和香港两地以单行本和小说集的

形式出版,引起轰动。他唯一的一部电影剧本《东宫·西宫》获阿根廷国际电影节最佳编剧奖,并荣膺1997年戛纳国际电影节入围作品,使王小波成为在国际电影节为中国拿到最佳编剧奖的第一人。

王小波说:"一个人只拥有此生此世是不够的,他还应该拥有诗意的世界。"他的部分作品曾经一度在众多高校学生手里以电脑打印稿的形式流传,那洋溢叛逆的精神,诡秘复杂的叙事,惊世骇俗的奇思,将读者灵魂引向一个妙趣盎然的想象世界。王小波闪光的语言下面,是最深邃最敏锐的机智以及灵魂的自由。

王小波是在他的创作颠峰期猝然去世的,1997年4月10日的夜晚,突发性心脏病夺去了他年轻的45岁的生命。他的去世是中国文学界的一大损失和遗憾,一个多月来,全国各地近百家报刊报道了他的去世和遗著出版的消息。现在全国各地的书店,都可看到花城出版社推出的王小波的遗著"时代三部曲":《黄金时代》《白银时代》和《青铜时代》。

王小波生前经历了出书的重重困难,"时代三部曲"在交到花城出版社之前遭到了无数出版社的拒绝。当他的全集在筹备时,他却去世了。除了小说,王小波一生写过约35万字的杂文随笔。这些文字被收入两个集子:《思维的乐趣》和《我的精神家园》。在他去世后,合而为一出版了最全的一本《沉默的大多数》。早期作品及未写完稿选编为《黑铁时代》。他的杂文随笔,语言犀利幽默,妙趣横生。

王小波是新一代的自由主义知识分子,他要以科学、理性、独立自由来建设新文化。他是一个理想主义者,他的理想就是人应当自由地生活在宽松的环境里,而这是人类能做到的。学术界里已把陈寅恪、顾准、海子、王小波归到一类,因为他们惊人的天才以及不曲不媚的姿态,而成为90年代被知识分子发掘、尊崇的文化英雄和民间偶像。王小波一跃成为最高尚、最有预见性、最深刻的大师。

二、流水般的黄金时代

《黄金时代》的故事发生在 20 世纪六七十年代,在云南建设兵团,21 岁的北京知青王二和 26 岁的队医陈清扬之间发生了一段惊心动魄的爱情。

在云南插队的王二和从上海来的知青陈清扬,在乡下的生活过得都不是很如意。陈清扬是北医大毕业的大夫,在山上 15 队当队医,王二有一次去找她看病,两人结识了。当时,陈清扬的名声很不好,所有的人都说她是破鞋,但她自己认为不是。于是,她去找王二,想让他作证,承认她清白无辜,但王二没有办法证明。后来,陈清扬又去找王二,原因是有传闻说她和王二在搞破鞋。王二听说后,找不出两人清白的证明,便建议证明自己不无辜,陈清扬被气走了。

王二过 21 岁生日的那天晚上,和陈清扬建立起了"伟大友谊"的关系。陈清扬本来在医院工作,军代表要调戏她,被她打了一个耳光,然后就被发配到 15 队当队医了。

王二和本地青年三闷儿因为牛的事情打起架来,发展为北京知青和当地青年两拨人的群架。后来王二被三闷儿的娘一板凳砸得昏死过去,住进医院。王二出院之后,队长让他去山上养病,因为有个北京知青慰问团要来调查知青在下面的情况,队长不愿意王二被打昏的事情让他们知道。王二上山"疗养",与陈清扬在鲜无人知的处所完成了那桩"伟大友谊"。

王二与陈清扬有了性关系,但在当时的年代偷情是犯法的。军代表说要处理他们。后来王二从 14 队逃走,和陈清扬一起从农场消失。他们上了山,先是在 15 队的后山上种玉米,后来离开,住到了山上水碾背后的山洼里。半年后,王二到清平赶集,碰到同学说,军代表已调走,没人记着他们的事,他们才双双回来。

回来之后,人保组的成员让他们交代问题,并让他们作出选择,要么交代男女问题,要么交代投机倒把问题,要么交代投敌叛变问题。总之,要他们交代问题,交代什么让他们自己商量;要是什么都不交代,就不放人。他们决定交代男女关系问题,于是他们就像作家一样写起材料来。写了1个多月的材料后,领导认为他们交代问题的态度很好,叫他们结婚。但王二不愿意,在领导的劝说下,他们上午登记结婚,下午离婚。

后来,人保组的人找他们谈话,说被斗争的对象不够上面要求的人数,需要他们这些男女关系不太正的人充数,要他们"出斗争差";还说本来不该叫他们去,可是凑不齐人数,反正他们也不是好东西,去去也没什么。于是,他们在农场,经常受批判,被人押上台去斗争。每次出完了斗争差,他们就进行"伟大友谊"。

王二写了很长时间的交代材料,但领导说交代得不彻底,要继续交代。最后,陈清扬写了一篇材料,没给王二看,就交上去了。之后,再不叫他们写材料,也不叫他们出斗争差了。而且,陈清扬对王二也冷淡起来。后来,王二和陈清扬都被放了,王二回了内地。

20年后,王二和陈清扬又见面了。当时陈清扬去北京出差,她已经离了婚,和女儿住在上海。她没想到在龙潭湖庙会上见到了王二,然后,两个人在饭店里互诉衷肠,并且重温当年的"伟大友谊"。陈清扬告诉王二,她在当年最后写的材料里承认了自己喜欢王二。说完这件事,陈清扬就回上海了,以后王二再没见过陈清扬。

三、文坛外高手的魅力

王小波的文学写作显示了90年代中国文学可能具有的最独到的审美品质。他哥哥王小平评论说,他用小说创造了三个世界:现实和半现实世界、童话世界、寓言世界。《黄金时代》呈现出的对于文化和生命的反思之慨,对于似水流年的伤逝之情,对于荒谬的人类生存现状的反讽之笔,为现今文坛大家们少有,这大概与王小波又是一名学者有关。他具有更高程度的自觉意识,对于历史和民族命运的深刻自觉。

《黄金时代》中,知青王二和陈清扬以狂放不羁的爱情高扬了健康自然的生命形态和精神自由,由此形成对权力意志的绝妙反抗。作家以自由心态、游戏笔墨,显示出荡漾的才情和瑰丽的想象空间。作品面对的是旧世界走向衰亡和新世界即将诞生的情景,作者站在来自民间的新生力量一边,在看似荒诞离奇的叙述背后,透露出来自人民生活的再生力量和欢乐景象。

在《黄金时代》中,作者以喜剧精神和幽默口吻述说人类生存状况中的荒谬故事;以尖锐的批判、深刻的思考和丰富的想象,对人世间的苦难和荒谬进行最彻底的反讽;以智慧、创造、爱情这些生命的永恒价值与世俗、极权、昏庸相抗衡。王小波有无所禁忌的童心,他的幽默反讽和想象奇趣,远远超出这个时代的文学理解力,体现出本身的特质。他写"文革",是出奇机智的介入,介入到别人从未介入的层面,还添加上了个人想象和性。

王小波的过人之处,在于他用汪洋恣肆的手法描写男欢女爱,言说爱情的美丽和力量,展示出超拔卓绝的价值境界;同时,又用最彻底的反讽尖锐地批判现实生活。作品通过描写权力对创造欲望和人性需求的压制和扭曲,深刻地揭示了历史的荒诞性,寄寓了对中国人尤其是中国知识分子的思索。

在作品中,名叫"王二"的男主人公处于荒谬的环境,遭到不公正的待遇,但他却摆脱了传统文化人的悲愤心态,创造出一种反抗和超越的方式:既然不能证明自己无辜,更倾向于证明自己不无辜。于是他以性爱作为对抗外部世界的据点,将性爱表现得既放浪又纯净,不但不觉得羞耻,还轰轰烈烈地进行到底,对陈规陋习和政治偏见展开了尖锐而又饱含幽默的挑战。一次次被斗、挨整,他都处之坦然,乐观为本,获得了价值境界上的胜利。

《黄金时代》的语言很有特色,书中充满了诙谐、反讽、矛盾用语、奇异的比喻、悖论等。其中儿童叙述和民间叙述的口吻,尤其引人注目。前者表现为语调急促、句子短小、逻辑跳跃、语法上的零部件时有失踪;后者除了体现为一系列俚语、俗语、歇后语之外,还存在于诸如"这个故事是说""这件事的真实含义是"这种民间叙事的语式中。作者对语言的把握极具功力,对小说形式可能性的探索有相当的创意,叙述的角度和方式不断转换,令人耳目一新。

王小波的书给人以阅读的快感,他甚至把胡说八道也能写得言之成理,充满戏剧性的细节和奇闻轶事。例如《黄金时代》开篇就是一串逻辑关系:王二插队的地方的队长说王二打瞎了他家母狗的左眼,王二若想证明他的清白无辜,只有以下三个途径:(1)队长家没有一只母狗;(2)该母狗天生没有左眼;(3)王二是无手之人,不能持枪射击,碰巧这三条一条也不能成立。所以王二就一定干了这件事情。这就是"黄金时代"的逻辑。比如说你反动,说你是坏人,你必须证明自己"根本不会动"或你"根本不是人"才行。

王小波的小说令人耳目一新之处,更体现在它的性意识的自觉,对文化困惑的摆脱,以及对传统性价值观的超越。性爱,并且不合社会成规之性爱,是《黄金时代》中反复分析的题材领域。直言不讳是王小波叙事的基调,他肆意发挥,敞开想象,把人们历来耻于言说的性,性意识,性的感觉,性的惶惑、困境与情趣说个透彻。他用幽默和智慧给人以全新感受,这种幽默的光辉烛照了当年那种无处不在的压抑,使人的精神世界从悲惨暗淡的历史阴影中超拔出来,感到一种解放的愉悦。

以《黄金时代》中的片段为例:

在我看来,义气就是江湖好汉中那种伟大友谊。水浒中的豪杰们,杀人放火的事是家常便饭,可一听说及时雨的大名,立即倒身便拜。我也像那些草莽英雄,什么都不信,唯一不能违背的就是义气。只要你是我的朋友,哪怕你十恶不赦,为天地所不容,我也要站到你身边。那天晚上我把我的伟大友谊奉献给陈清扬,她大为感动,当即表示道:这友谊她接受了。不但如此,她还说要以更伟大的友谊还报我,哪怕我是个卑鄙小人也不背叛。我听她如此说,大为放心,就把底下的话也说了出来:我已经二十一岁了,男女间的事情还没体验过,真是不甘心。她听了以后就开始发愣,大概是没有思想准备。说了半天她毫无反应。我把手放到她的肩膀上去,感觉她的肌肉绷得很紧。这娘们随时可能翻了脸给我一耳光,假定如此,就证明女人不懂什么是交情。可是她没有。忽然间她哼了一声,就笑起来。还说:我真笨!这么容易就着了你的道儿![1]

　　这段文字主要描写了男主人公王二和女主人公陈清扬开始友情交往的过程。作者以幽默口吻和喜剧精神来描述那个年代的荒谬故事,以其深刻的批判、犀利的思考和丰富的想象,对人世间的苦难和荒谬进行反讽,变换多种视角,在虚拟时空中自由发挥。文章笔墨大开大阖,酣畅淋漓;语言戏谑有趣,摇曳多姿。

　　王二和陈清扬在当时,都是备受歧视的知识分子,他们之间可谓惺惺相惜。虽然丧失了自我意志和个人尊严,但他们拥有了彼此纯洁深厚的爱情;他们以这爱情作为基点,与世俗、极权、昏庸相抗衡;他们坦然从容地面对各种不公正的待遇。他们以自己的智慧、创造和爱情来反抗那种无处不在的压抑,让人的精神世界从历史的阴影中超拔出来。

---

[1]　王小波.黄金时代[M].北京:北京十月文艺出版社,2017:11-12.

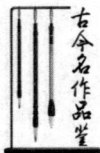

《红高粱家族》

一、表现中华民族心灵史的作家

莫言（1955—　　），当代著名作家，山东高密人，中国作协副主席，2012 年获诺贝尔文学奖。

莫言一直从乡村出发，坚持写乡土中国：他始终保持着一颗谦卑的乡村之子的淳朴心灵，把创作之根深深地扎入肥沃而广阔的乡野现实，创作了大量像北方的乡村一样复杂丰富的小说。莫言通透的感觉、奇谲的想象力、旺盛的创造精神、汪洋恣肆的语言、对叙事探索的持久热情，使他的作品成为当代文学变革旅程中的纪念碑。

莫言是中国当代作家中执着于表现中华民族心灵史的作家，1987 年出版了以高密东北乡为背景创作的长篇小说《红高粱家族》，这是一部中华民族的苦难史。作品描写了一个农民家庭从1923 年到 1976 年的经历，通过回溯"我爷爷""我奶奶"他们在红高粱地里奠下的基业，展示了祖先的豪情壮志和风流气魄，故事到抗日战争时期"我爷爷""我奶奶"他们游击歼敌部分，达到高潮。

一部成功的作品，往往得力于性格丰满的人物形象的塑造。《红高粱家族》以浓墨重彩塑造了一个引人注目、丰满鲜活的女性形象，那就是"我奶奶"。"东北乡，人千万，阵势列在墨河边。余司令，阵前站，一举手炮声连环。东洋鬼子魂儿散，纷纷落在地平川。女中魁首戴凤莲，花容月貌巧机关，调来铁耙摆连环，挡住鬼子不能前……"①这是高密东北乡的一位92岁的老太太所唱的快板,她是1939年8月中秋节那场大屠杀的幸存者,快板里所唱的戴凤莲,就是"我奶奶",余司令,就是"我爷爷"。

在高密东北乡这片土地上,莫言塑造了一个复杂的形象——"我奶奶",她是一个充满生命活力,浑身洋溢着风流情性,以义气为热血的勇敢女性。她被礼法世界推向火坑,绝望了,却又绝处逢生;她出嫁途中与颠轿、杀蒙面盗救她的轿夫相识,他们两心相悦,于是,她接受了高粱地里与余占鳌的野合,他们狂野不羁的野性生命精神契合,传统的伦理道德荡然无存,"我奶奶"这个充溢着生命活力与性的诱惑的风流女子红高粱般通红的性格由此成形……诚如作品中所说,"我深信,我奶奶什么事都敢干,只要她愿意。她老人家不仅仅是抗日英雄,也是个性解放的先驱,妇女自立的典范。"②"我奶奶"这一形象具有某种西方的艺术审美特征,是一个拥有个性解放意识的现代女性形象。

《红高粱家族》以文学的形式回应了当时流行全国的"寻找男子汉"的话题,同时开始了对民族、社会、文化的思考和反省。作品通过高密东北乡的英雄儿女的传奇,歌颂了一种具有阳刚之美的丰厚沉实的生命价值观,一种勇敢强悍、敢做敢当、自由粗犷的精神意识。

《红高粱家族》高举张扬个性的旗帜,张扬了个性解放的精神;在长时期的个人自由受到压抑之后,作品表现的敢说、敢想、敢做,冲破一切条条框框的精神,让中国当时的老百姓长长地舒了一口气。"我奶奶"的牺牲如一首辉煌的民族壮歌,将她生机勃勃的人生与民族的浩然之气化为一体。作者通过描写人物种种粗野不驯的个性与行为,自然地创造出一种强劲与质朴的美。

莫言对色彩有着惊人的感受力,《红高粱家族》中浓墨重彩的描写,不仅受到高密扑灰年画、泥塑、剪纸等民间艺术品大红大绿的影响;还受到西方后现代主义绘画的影响。欣赏他的《红高

---

① 莫言.红高粱[A]// 莫言.莫言文集.北京:作家出版社,1995:10.
② 莫言.红高粱[A]// 莫言.莫言文集.北京:作家出版社,1995:12.

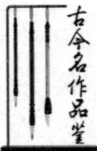

梁家族》如同欣赏西方后现代主义绘画,感觉悲壮、雄伟。作品中女主人公广阔壮美、丰满旺盛的生命力,在丰厚、多彩、浓烈的艺术效果中,被表现地酣畅淋漓、多姿多彩。

莫言说:"红高粱是野生的、民间的,植根于土地的东西。"①

二、礼赞生命的时代壮歌

《红高粱家族》描写了土匪司令余占鳌组织的民间武装伏击日本汽车队的起因和过程,以及发生在高密东北乡这个乡野世界中的各种野性、情爱故事。作品以童稚观点回忆"我爷爷"和"我奶奶"的故事,"我"不时以现在的观念向叙述添加点评,这种无尊卑观念的评议,赋予了作品强烈的反传统的叛逆精神,与作品张扬的那种生机盎然的自由、狂放精神暗暗相合。男主人公余占鳌是一个劳动者、一个杀人犯、通奸者,一个土匪,而他同时又是一个抗日英雄!余占鳌这一形象集美、丑、善、恶于一身,超越了"文革"文学中平板的、格式化了的是非、黑白分明的形象特征。

关于"我奶奶"的传奇故事,是这样的:她16岁时,贪财的父亲把她嫁给了财主的独生子、有麻风病的单扁郎,这与她的内心期望是背离的,她始终憧憬着能颠倒在一个强壮男人的怀抱里。余占鳌在"我奶奶"出嫁时做轿夫,一路上试图与她调情,并率众杀了一个劫花轿的土匪,博得她的好感。三天后,"我奶奶"回门②路过高粱地,埋伏在路边的余占鳌将她劫进高粱地,两个人激情迸发,在高粱地里狂欢做爱……"我奶奶"回门回来,单家父子已被余占鳌杀死,她在被审判时,突然拜曹县长为干爹,充分显示了她的聪明能干。经过这样的人生变故,"我奶奶"没有垮下,她沉着镇定地通过具体管事的罗汉大爷,解决了一系列问题,首先埋葬了单家父子的尸首,然后吩咐人买包子,一份给伙计们,一份送给自己的爹,打发他走。她恨这个不顾自己死活、只重钱财的

---

① 王尧,林建法.莫言王尧对话录[M].苏州:苏州大学出版社,2003:129.
② 民间的一个传统习俗,新娘要在出嫁后的第三天回娘家探望。

父亲,对他企图留下来分享钱财的想法怒不可遏,把手中的热包子用力摔到父亲的脸上,不许他再踏进这个家门。当罗汉大爷带领伙计们到她的院子时,她表现得大方合体,她留住众伙计,撑起单家的烧酒作坊。她的"施政纲领"细致周密、合情合理,把伙计们都折服了。几天后,一切安排妥当……余占鳌正式做了土匪,也正式成为"我奶奶"的情人。

太平、舒服、安逸的日子过了几年。接着,"我爷爷""我奶奶"的好日子随着日本鬼子的到来烟消云散。日本人无恶不作,二奶奶母女惨死、罗汉大爷被活剐后,余占鳌愤而拉起土匪队伍抗日,要不惜一切代价打日本鬼子复仇。在余占鳌率领他的土匪队伍伏击日军汽车队的战争中,"我奶奶"挑着担子去送饭,牺牲在战场上……"我奶奶"之所以坚定抗日,最重要的原因是她家的长工——忠诚、坚忍、不屈不挠的罗汉大爷为保护她和她家的财产而被日本人残酷剥皮而死,这一惨像使她不杀日本人不得安宁。她让余司令去杀日本人,让儿子豆官跟上余司令为罗汉大爷报仇,余占鳌率领乡亲们在胶平公路墨水河桥头伏击日本汽车队,发起了一场农民为争取最基本的生存权利而自发进行的斗争。

莫言冲破了传统伦理与理性教条的制约,高粱地里"我奶奶"风流的充满诱惑的形体,刘罗汉被活剥后仍痛骂不休的场面,"我奶奶"临死前对天理的诘问,都是作家激情的感觉投影。小说中运用了大量充满想象力且违背常规的比喻与通感等修辞,舒卷自如的语言把宏阔壮大的场面描摹得震撼人心。无边无际、红如血海的高粱地中,有"我爷爷""我奶奶"的野地欢爱,有土匪的奇诡出没,有活剥人皮的血腥屠杀,有抗击鬼子的血泪牺牲;肉铺里大碗喝酒、挥斧剁肉、撕啃狗头、暴力求生,与十八里坡酒坊里肌肉阳刚、造酒出甑、神奇配方的场景相互衬托;自然与民族的危机、种族的延续,人与植物蓬勃旺盛的生命力暗暗呼应。

《红高粱家族》抹去了以往战争小说单纯乐观的色调,把高密东北乡的抗日生活重新放置在民族的自然发展和充满血腥的历史进程中。在人物形象塑造上,它跳开了传统意识形态中的二元对立模式,模糊了善与恶的界限、好和坏的标准,如把"我奶奶"描绘成身兼土匪头子夫人和抗日英雄的两重身份,作为一个主宰自己命运的女性,"我奶奶"是极端反传统的,她本是一个传统妇女,对自己命运的把握以选择一个正常的男人为标准。但当她被父母为换取一头骡子而许配给麻疯病人时,她通过与"我爷爷"通奸来反抗传统的价值道德观念。

20 世纪 50—70 年代的红色经典小说中也出现过类似的女英雄人物,但作品总是在她们身上负载或捆绑过多的政治道德标准,以此来传达意识形态所规定的思想内容。《红高粱家族》中的"我奶奶"是一个男人般的女人,她的姐妹中没有人像她那样勇于追求自由。"我奶奶一生'大行不拘细谨,大礼不辞小让',心比天高,命如纸薄,敢于反抗,敢于斗争,原是一以贯之。……奶奶剪纸时的奇思妙想,充分说明了她原本就是一个女中豪杰,只有她才敢把梅花树栽到鹿背上。"①

"我奶奶"昂首挺胸,在并不自由的天地里,寻找着无忧无虑、无拘无束的幸福生活。她身上那种温热、丰腴、风流、泼辣、果断的女性美,有一种民间的放纵和生气充盈其中,她的行为未经任何政治标准和伦理道德加以评判,而是以其性格的真实还原出了本色——富有原始正义感和生命激情的民间色彩。

三、野生的民间的植根于土地的作品

《红高粱家族》颂赞生命,礼赞中华民族激扬昂奋的民族精神,以豪放的风格,将男人与女人、生存与死亡、性欲与生命、人文与自然组成一支华美的民歌,跳脱了当代的意识形态限制。里面的主角一切应合原始的生命冲动,积极地求生,畅快地享受性,豁达狂放地活着。

《红高粱家族》提到了"纯种高粱"和"杂交高粱"的区别,提到了纯种好汉跟后代退化的问题,也即历史观问题。莫言认为,

---

① 莫言.红高粱 [A]// 莫言.莫言文集.北京:作家出版社,1995:128.

祖先那一代相对我们,活得更张扬,敢于表现个性,敢说敢做,活得轰轰烈烈;而后代儿孙相对于祖先,显得苍白、萎缩。在"我爷爷""我奶奶"以及高密东北乡的乡亲们身上流淌的是自由的生命精神,民间富有原始色彩的生命渴求强烈地主宰着他们的行动,这些感性的自由生命鲜活地存在于民间而不是某种理念的化身,既定的原则无法约束他们、评判他们。

20世纪五六十年代,随着新中国的诞生出现了大批战争小说,如《烈火金刚》《敌后武工队》等作品,在格调上多半由于太过明显的意识形态企图而流于主题单一、人物脸谱化和政治功利主义。莫言在《红高粱家族》中,似乎有意向《新儿女英雄传》《林海雪原》等革命历史小说传统致敬,但他的革命历史并不承诺任何终极意义。

"我奶奶"和"我爷爷"的激荡、欢愉的爱情持续了几年,但后来让一个姑娘给破坏了,她就是"我奶奶"的使唤丫头——恋儿,后来被"我爷爷"纳为二房。从"我爷爷"和恋儿的私情被"我奶奶"发现的那一刻起,这三个人之间便开始了感情上的互相折磨。到底是恋儿勾引的"我爷爷",还是"我爷爷"调戏的恋儿,这不是关键。我认为,恋儿的出现不是偶然的,这才是问题的关键。恋儿的出现是余占鳌必然的选择,即使没有恋儿,也会有另外一个和恋儿相似的女人出现在余占鳌的视野中,这是由他的土匪禀性决定的,也是他作为一名土匪的无上的荣耀和作为一名负责任的男人的深深的悲哀。

"我奶奶"后来有一段时间跟了铁板会的头子黑眼并和他姘居,与这段故事似乎渊源很深。尽管,"我奶奶"跟着黑眼"鬼混"的目的是给余占鳌报仇,那会儿她以为余占鳌被处死了。凭她一个缠着小脚、从未玩过刀枪的女人,又带着一个四五岁的孩子,有什么能力为丈夫报仇呢?无奈之下,她只好凭着漂亮这个资本去投靠了黑眼,黑眼张开双臂欢迎了他们母子。后来,余占鳌从狱中逃出,跑到黑眼那里去跟他决斗,想要回"我奶奶"母子,结果当年只身能敌过土匪头子花脖子众多弟兄的他败给了黑眼,但

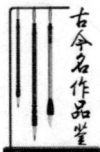

"我奶奶"被余占鳌的精神打动,她抱着孩子跟上他走了……

野性、性爱、人性在《红高粱家族》中就这样以一种原真的方式结合在一起,"我爷爷""我奶奶"的生命热情,那刚猛、雄浑、劲健的原始生命力充满着原始野性。莫言在《红高粱家族》中,还以幽默、戏谑、深刻的笔锋和语言描绘出了他的发人深思、让人警醒的爱情观:

> 我……总结出一条只适合我们一家三代爱情的钢铁规律:构成狂热的爱情的第一要素是锥心的痛苦……构成残酷的爱情的第二要素是无情的批判,互爱着的双方都恨不得活剥掉对方的皮,生理的皮和心理的皮,精神的皮和物质的皮……构成冰凉的爱情的第三要素是持久的沉默,寒冷的爱情把恋爱者冻成了冰棍……所以真正的恋爱者都面如白霜……①

"我奶奶"出嫁上轿前敢怀揣剪刀,出嫁途中敢与轿夫眉目传情,新婚回门的路上敢和轿夫大胆野合,后来敢于和余司令打鬼子,最后挑着担子去给"我爷爷"他们送饭,牺牲在战场上,她被子弹洞穿过的身躯挺拔而傲岸,似乎蔑视着人间的道德和堂皇的说教,表现了人的力量和自由。"我奶奶"的故事表现出一种生机勃勃的民间激情,无拘无束的性爱与逾规越矩的暴力,逾越了政治意识形态的限制,对民间给予了直接的人性观照与狂放自由的表达。

---

① 莫言.红高粱[A]// 莫言.莫言文集.北京:作家出版社,1995:283-284.

《檀香刑》

一、最是难忘故乡情

故乡高密东北乡是莫言创作的原动力。

每位作家都有自己的根,贾平凹的根在商州,陈忠实的根在黄土高原,阎连科的根在河南平原,而莫言的根在山东高密,他把自己的根深深扎在故乡那片黑土地里。故乡、梦幻、传说、现实是莫言的文学资源,故乡是他心灵不灭的存在。

"故乡留给我的印象,是我小说的魂魄,故乡的土地与河流,庄稼与树木、飞禽与走兽、神话与传说、妖魔与鬼怪、恩人与仇人,都是我小说中的内容。"[①]莫言小说中的欢乐和苦难,说出的是他对乡土中国的基本关怀,以及他对大地和故土的深情感念。

长篇小说《檀香刑》某种程度上是《红高粱家族》的翻版,两者都描写了山东高密东北乡的农民自发抗击外国侵略者的故事,都表达了中国北方农民热情豪爽、敢爱敢恨的性格和誓死卫国的可歌可泣的爱国精神。

《檀香刑》比较自觉地放弃了魔幻现实主义的手法,走上土生土长的民间创作道路,作家吸取了民间戏曲的表现形式,借助戏文对小说语言进行了一次变革尝试。民间戏曲戏文通俗晓畅,充满了浓郁的生活气息。小说围绕山东高密一带的地方小戏"猫腔"(也称茂腔)展开情节,语言嫁接在猫腔的基础上,每章章名和行文之中引用了大量的猫腔戏文,小说叙事仿佛是戏剧剧情的散文

---

① 莫言.什么气味最美好[M].海口:南海出版公司,2002:123.

版,书中人物如同剧中角色,你方唱罢我登场,国仇、家恨交织缠绕,高潮、冲突迭起。

高密民间戏剧茂腔风格张扬,戏文大多押韵,演唱起来风情并茂、非常感人。"高密东北乡的茂腔,俗称'拴老婆的橛子',茂腔一唱,乱了三纲五常;茂腔一听,忘了亲爹亲娘。"①《檀香刑》中钱丁身为县长,场面上说话之乎者也,打着官腔,语言多书面化;在与孙眉娘偷欢之时,却言语轻佻,唱唱猫腔,娱乐身心。在对孙丙施以檀香刑的现场,民间艺人们用猫腔演出了各种民间戏曲,罪犯孙丙成了人们心目中的英雄,演出甚至感动了封建律例的维护者、监刑人钱丁。

《檀香刑》的女主人公孙眉娘是一个浪漫多情、敢爱敢恨的乡村女子,"我奶奶"、孙眉娘等朴素无华、有着民间乡土气息的女性是女人中的佼佼者,她们不囿于世俗的观念,敢作敢当,为国家大义赴汤蹈火万死不辞;对自由、理想的人生的追求,也不惜一切代价。

这一类型的女性,在莫言的其他小说中还多有描述,如短篇小说《鱼市》中的酒馆老板娘徐凤珠,她美貌多情,是一个敢爱敢恨的奇女子,面对镇上手握兵权的保安队刘队长对自己的垂涎,爱上了鱼贩子老耿的她直言相告:"诸般杂鱼都经过,才知道金枪鱼最贵重!……我哪儿也不去,铺开热被窝等老耿来睡。"②此类女性,还有中篇小说《白棉花》中的棉花加工厂女工方碧玉、短篇小说《民间音乐》中的小酒店老板花茉莉等。方碧玉不畏外力为自由爱情抗争,在棉花垛中暗筑爱巢,身败名裂也在所不惜;花茉莉与小瞎子柏拉图式的精神恋情,传达出生命的力与美、精神的追求与渴望,在悠扬的乐声中发出诡异优美的光彩。

---

① 莫言.丰乳肥臀[M].北京:作家出版社,1996:114.
② 莫言.道神嫖[A]//莫言文集.北京:作家出版社,1995:410.

二、"狗肉西施"的戏剧人生

《檀香刑》讲述的故事是这样的：1900 年中国皇权衰弱，但"百族之虫，死而不僵"，何况西太后还未放权！八国联军侵我中华，国土沦陷。这一年，德国人在山东修建胶济铁路，高密东北乡的孙记茶馆的老板孙丙的妻子桃红被洋人侮辱，孙丙一怒之下，将调戏妻子的德国铁路工程师棍打致死，招来血腥屠杀，丧心病狂的德军将孙丙的妻子儿女以及马桑镇上的几十口人杀死以泄愤。家破人亡的孙丙不得不远走他乡避难，他投奔了义和拳，学了一身"神功"回乡闹革命，他以岳飞附体的名义领导乡民自发地与入侵中国的德国人抗争，扒铁路、杀洋人，不幸被清军和德军捕获。为起到杀一儆百的作用，山东巡抚袁世凯请来告老还乡的"大清第一刽子手"赵甲，想出酷刑——檀香刑来结果孙丙。

孙丙年轻时是一个毫无责任心的浪荡子，为此，孙眉娘的母亲气得自杀。心高气傲的猫腔班主孙丙浪漫又懦弱，曾与钱大老爷比赛美须，不幸输了之后，他的胡须被一个蒙面杀手拔光。从此，他死了唱戏的欲望，拿着老爷让眉娘转给他的 50 两银子，解散了戏班子，将戏班子中早就跟他有一腿的姿色不错的桃红娶为妻子，回家乡开了个小茶馆度日。桃红被辱的事件将他生命中被压抑了的豪情激起，行刑前他本来被丐帮和女儿救出了，但他固执地坚持留下，情愿受刑而死，他把受刑看作一生中最辉煌的表演。高密东北乡的百姓都去给孙丙送终，猫腔戏班子冒死为他在升天台下唱了一出大戏。孙丙不是"英雄"，但他做了惊天动地的事；他只是一个民间艺人，一个盲目的反抗者，可就维护人的尊严而言，却比权贵们高贵百倍。

"狗肉西施"孙眉娘是孙丙的漂亮女儿，从小在戏班子长大、跟随父亲走南闯北的她敢爱敢恨。小说中，孙眉娘是个被充分理想化的女人，她是爱的化身，她对高密县令钱丁的爱没有丝毫功利色彩，只是因爱而爱。对自己的傻丈夫赵小甲，她也表露了一

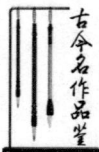

种类似于母爱的爱。为何姿色很好的她会嫁给一个傻子呢？只因为她小时候，母亲早死了，父亲孙丙未尽好做父亲的责任，没给她裹脚，她长了一双"天足"，在当时那个以小脚为美的社会，尽管她相貌出众，还是受到鄙视，被人戏称为"半截西施"，最后只好嫁给缺心眼的屠夫赵小甲。孙眉娘具有一种异样的美，一种为人性自由而抗争的不屈精神；尽管她的灵魂深处不乏市井式的媚俗品性，但她那一厢情愿、最终完满的"爱情"追求，也许可以成为一种超越时空的世俗生活的美好象征。

"地下女婿"钱丁是抓获老丈人的"功臣"，在袁世凯的压力下，他被迫将孙丙关入大牢，并给他施行檀香刑。钱丁是个典型的传统的士大夫，满腹经纶，胸怀报效国家、治理天下的大志，为人正直，他的胞弟刺杀袁世凯未遂而被凌迟处死，他收养了刘光第的后代刘朴。但他生逢乱世，又未遇明君，满腹才华无法施展，仕途坎坷不平。他在腐败的朝廷、残忍的洋人和无辜的百姓中间，左右为难。在老丈人和孙眉娘之间，他也是进退不得。进退维谷的钱丁，在良知、尊严、亲情、爱情中苟活着，最后选择自杀来逃离让他绝望的社会。

孙眉娘和"我奶奶"一样，婚姻生活很不如意，美丽纯朴、风情万种的她，性格泼辣豪爽，富有牺牲精神。在小家与大局、个人情感与国家危难中，她有意识或无意识地选择了后者，身怀六甲的她终于完成了杀死"大清第一刽子手"的壮举。

《檀香刑》颂扬了自然状态下的生命激情，那种野性十足、未受文明世界侵蚀、健康、合乎人性的生命"原欲"，以及民间社会原始的正义感。

三、一部现代爱情神话

《檀香刑》给当代文坛带来一部现代爱情神话，卖狗肉的屠夫之妇孙眉娘与县令钱丁之间实现了梦幻般的爱情。眉娘人称"狗肉西施"，她和钱丁两人的社会地位悬殊，他们两人发生爱情几乎是不可思议的。孙眉娘有着超然绝伦的美丽、惊世骇俗的大脚，她执着于没有结果的无妄爱情，得不到钱丁的爱情让她肝胆俱裂。她的艳丽、风骚、多情像洪水漫过原野一样盈满了钱丁的身心，她追求个性自由、理想爱情表现出来的勇气，是钱丁梦寐以求的抚慰心灵的良药。眉娘是一团火，"猪肚部"的夹缝一节，眉娘对钱丁的一段倾诉让人动容。

钱丁曾在夫人与眉娘之间的取舍、抉择上犹疑不定，漫长的痛苦挣扎后，钱丁义无反顾地投到眉娘的怀抱。在与眉娘的结合过程中，钱丁感觉到生命前所未有的自在、舒畅。钱丁和眉娘的结合，完成了对封建礼教生命的超越，到达了人性、原始神性的彼岸，欲望、爱情合而为一，渗透到美轮美奂的爱情故事中。"高密知县，胡须很长。日夜思念，孙家眉娘。他们两个，一对鸳鸯。"[1] 被编入民谣的爱情超越了阶级、文化的障碍，成为在民间流传的风流轶事。

钱丁的元配妻子是曾国藩的外孙女，暗示了一种庙堂的价值取向，终于不敌孙眉娘；但是当这种选择超离了爱情的私人性空间，转向功名等社会因素时，钱丁的处境就狼狈起来。钱丁与孙丙斗须、眉娘同县官夫人比脚；作为高雅与理性之化身的夫人与充分展现人欲、媚俗的眉娘屡次交锋却难分胜负。夫人有政治头脑，"豹尾部"《眉娘诉说》中的一段描绘了夫人的轮廓：

> 有一个黑面女子园中游，神色严肃赛包公。……俺知道，这女人模样不算好，但她是知县的结发妻子大夫人。俺知道，她出身名门学问好，才华满腹计谋深，衙役见她个个怕，知县见她让三分。[2]

她就是钱丁的贤内助，恪守着顽固的封建道德标准，希望丈夫效忠皇上，建功立业。钱丁与孙丙因为美髯打赌，夫人一心想

① 莫言.檀香刑 [M].北京：作家出版社，2001：302.
② 莫言.檀香刑 [M].北京：作家出版社，2001：402.

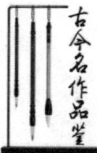

给孙丙点颜色瞧，因为他出言不逊冒犯了县令；深夜，夫人派衙役强迫孙丙拔去美髯。尽管夫人恨不得杀了孙眉娘，但当她见丈夫是那么喜欢这个女人、离不开这个女人时，还是舍命冒险救了她。丈夫大势已去之时，让她回自己的湖南老家颐养天年，她不忍抛下丈夫，又怕自己成为钱丁的累赘，上吊自杀。

小甲眼中，眉娘是大白蛇，赵甲是黑豹子，钱丁是白虎精……作家借小甲之眼讽喻周遭世态。在声称"万里黄河可改道，胶济铁路不改线"的太后同那些认为"火车一响，黄金万两"的官僚构成的权力空间中，吃刽子手这碗饭44年已到"不想女人"之至境的赵甲，娶丑妻终不敢言弃、因其是曾国藩的外孙女的钱丁，都在劫难逃；不谙政事的眉娘也不能躲过，但眉娘爱钱丁爱得无怨无悔："俺一个民女，能与你这样的一个男人有过这样一段死去活来的情就知足了。"①

《檀香刑》围绕女主人公的情爱故事，对男欢女爱的描写直接浅露，在小女人的家庭琐事、情爱纠葛中，穿插了大清的改良变法、袁世凯掌权、外族入侵、保卫家乡的民族斗争故事。孙眉娘这个乡村女子被推上了血与火、恩与仇的情感的焦点之上，在亲情、爱欲、家仇、国恨的情感中挣扎的她，极尽周旋却爱莫能助，她在错综交杂的权力关系的夹缝中艰难生存着，被压抑的心灵日显个性意识。

《檀香刑》中，"猫腔"始终或明或暗地起着领唱、定调的作用，"檀香刑"是小说情节推进的线索。在"猫腔"与"檀香刑"的配合牵引下，小说中的人物在高密东北乡粉墨登场，从朝廷重臣到洋人总督，从地方官员到志士后代，从刑名师爷到忠义乞丐，从卖狗肉的美丽女子到曾国藩的外孙女，从猫腔艺人到大清第一刽子手……上演了一幕幕惊心动魄的人生悲喜剧。冷血的赵甲、无助的眉娘、反抗的孙丙、回天无力的知县、体制内外的百姓，绘出清朝大厦将倾的末世图景。

---

① 莫言.檀香刑[M].北京：作家出版社，2001：303.

《丰乳肥臀》

一、苦难母亲的悲歌

1995 年春天,莫言完成了长篇小说《丰乳肥臀》,扉页上写着"谨以此书献给母亲在天之灵"。因为该书,1997 年,莫言从人民大会堂领回了 10 万元的一个文学奖——中国有史以来最高额的"大家文学奖",跟着获奖而来的是巨大的争议。

《丰乳肥臀》曾因书名受到诟病,但随着时间的推移,非议的声音渐渐烟消云散。小说内容与书名非常契合,水乳交融,作者从纷乱繁杂的现实和历史长河中寻找到大地和母亲作为依托,丰乳肥臀是对母亲和大地的象征。

莫言造就了丰满的丰乳肥臀与苦难文化。"丰乳肥臀"是莫言对中华母亲的母性象征的概括、总结,它庄严、朴素、自然、健康,是人类发展的摇篮和生命之源,是女性生殖力旺盛的标志。早在远古时代,便有展示女性丰乳肥臀的雕像;人类对丰乳肥臀的崇拜,自古有之。莫言对丰乳肥臀的崇拜不仅是因为母亲使人类的生命得以延续,还因为母爱与博爱相连。

《丰乳肥臀》是一部具有相当力度、厚度的作品,莫言通过此部作品表达了生命对于苦难的记忆,以及人类面对灾难、困境的不屈的生命力。小说蕴含了作家丰富、沉重的感情,以及他对生命、母亲、社会历史与时代问题的新颖的思考与探索。

母亲上官鲁氏生的 9 个孩子都是野种。她和上官寿喜结婚 3 年没有怀孕,受到百般刁难;她回到姑姑家,姑父带她到医院检查,结果是她没有病。母亲被逼无奈,只好找别的男人"借种",悲

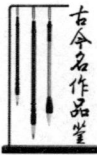

惨的受孕、生殖史就此开始。第一次是在姑姑的安排下与姑父睡觉,她跟姑父生下来弟、招弟两个女儿。连续生了两个女孩,婆婆的脸色就不好看了。母亲的遭遇反映了封建制度对女性的戕害,是对封建宗法社会的控诉。后来,母亲在芦苇荡里跟一个化装为赊小鸭的土匪怀上三女儿领弟;与一个江湖郎中生下四女儿想弟;与卖肉的光棍高大膘子生下五女儿盼弟;与智通和尚私通生下六女儿念弟;被四个拖着大枪的败兵轮奸生下七女儿求弟。由于她一直未生儿子,在夫家遭受的侮辱、打骂一直没有停止。

上官吕氏——母亲的婆婆在她生第 8 个孩子之前说:"看你这肚子……像个男胎。这是你的福气,我的福气,上官家的福气。……没有儿子,你一辈子都是奴;有了儿子,你立马就是主。"[1] 男尊女卑的乡村生活秩序和男性被赋予的特权意识,使乡村女性上官鲁氏的生活笼罩在灰暗的色调里,渐渐地迷失了自己。上官鲁氏的悲剧在于,她通过反抗传统的贞操节烈道德观,以遵循男尊女卑的封建道德观。她是被逼无奈才出此下策的,这是她的苦难,也是她的勇敢叛逆。

上官鲁氏一生为孩子操劳,没有任何力量能够摧毁她的母爱。母亲这一形象体现了乡野粗民人性的柔韧与深厚,显示了乡野精神的平实、善良、坚韧与深沉。小说讴歌了母亲的伟大、朴素与无私,在弥漫着历史、战争的硝烟背景中,讴歌生命的本体意义,是一部苦难母亲嘶哑的悲歌。

莫言小说中的"母亲"形象,是美丽与丑陋、生育与毁灭、生长与衰亡、高雅与卑俗等的结合体。母亲将生育与埋葬、颓败与生长,吐故与纳新混合在一起,孕育着民间不朽的主题、永恒的历史,母亲所体现的生存和爱的力量,是什么也不能比拟的。上官鲁氏、《粮食》中的梅生娘、《姑妈的宝刀》中的孙姑妈、《欢乐》中的母亲、《儿子的敌人》中的孙寡妇……都是一些具有强大的生命力、旺盛的生殖力的形象,她们默默无闻、忍辱负重地活着,这

---

① 莫言. 丰乳肥臀 [M]. 北京: 中国工人出版社, 2003: 6.

不是一种个体形象,而是一种集体形象。

《欢乐》中,母爱在齐文栋的母亲身上,表现得震撼人心。苍老的母亲为了儿子进补习班考大学,像乞丐一样,进县城挨户行乞。作家余华读了这篇小说,曾感动得浑身发抖,流下了眼泪;他在关于《欢乐》的评论《谁是我们共同的母亲》①中,表现出了一位作家敏锐的直觉和感受力:他认为,莫言讲述的正是这样一个令人悲哀的事实,一个正在倒塌的形象,莫言歌唱的母亲是一个真实的母亲,一个时间和磨难已经驯服不了的母亲,一个已经山河破碎的母亲。无私、坚忍、苦涩的母亲,是中华大地的象征。

莫言经常借用中国古代小说的一些创作技法,如用说书人口吻讲述故事,用幽默、戏谑的人物语言和叙述语言推进情节发展。《丰乳肥臀》中化为鸟仙的三姐,让我们既看到了拉美魔幻现实主义文学的影响,又看到了莫言在有意识地向中国传统的传奇文学学习。

二、祖国母亲的图腾

《丰乳肥臀》一开始,就描绘了一幅母亲和民族的受难图:1938 年,伴随着上官鲁氏土炕上难产第八胎,是日本鬼子逼近的枪声,镇子上的大逃亡。上官鲁氏生育她的双胞胎时,她家的毛驴也在生骡子,丈夫、公婆对母驴的关注远胜于对她的关注。河堤上,母亲的 7 个女儿被祖母遣到河里摸虾,蛟龙河堤边的柳丛里埋伏着沙月亮的游击队,司马库在桥头上摆下了烧酒阵,准备拦截正向村庄逼近的日本人。母亲经过生死挣扎,生下了一对龙凤胎;这时,日本鬼子占领了村子,杀死了她的公公、丈夫⋯⋯战争和生殖、新生的喜悦和死亡的灾难同时降临到上官家中。母亲成了家长,带领她的一群孩子,经历了战乱之苦,忍受着饥饿的煎熬,迎接着动荡的社会变迁,经过解放战争、土地改革、三年困难时期、"文革"、改革开放,一直到 90 年代。

① 余华.谁是我们共同的母亲[J].天涯,1996(4).

小说主人公母亲上官鲁氏（1900—1995），一生忍辱负重，几乎经历了中国整个由苦痛、灾难、屈辱和创伤组成的20世纪，她勤劳勇敢、忍受着常人难以想象的痛苦顽强不屈地生活着。她急人所难、乐善好施、爱惜生命，以坚忍的生命韧性和无私奉献的精神，养育了上官家一群儿孙。女儿生的孩子都扔给她养育，所有的孩子和孙子，包括司马库与他的小老婆生的孩子司马粮，都是从母亲这里开始认识世界的。她对所有儿孙一视同仁，不论是共产党的、土匪的，还是国民党的后代，只要是一条生命，她都想方设法地抚养、呵护。

母亲婚前的成长受难史，婚后的生殖遭难史，都让人同情。上官鲁氏年幼时父母双亡，由姑姑抚养成人。在以小脚为美的封建时代，鲁氏从5岁起就被姑姑强制裹脚，只为她日后能嫁个大户人家。中国妇女曾经有过一段漫长时间的裹脚史，在以小脚为美的封建社会，女性忍受着裹脚的酷刑，目的是取悦男人，男人对女人小脚的赏玩要求逐渐演变成一种男性的择偶标准，也造就了女性自虐性质的对自身的生理重塑。姑姑给鲁氏裹了双三寸金莲，但由于时代的误会，"金莲"贬值，她只好下嫁到以打铁为生的上官家。

如果说裹脚的痛苦还可以忍受，那么生育这个问题对鲁氏来说就是一场灾难。她的丈夫不能生育却怪罪于她，她遭到婆婆的指桑骂槐；因为不能生育男孩，她遭到婆家人的虐待。为了改变处境，鲁氏违背着良心将身体交给不爱的男人借种生子。饥谨、战乱、匪祸、洪灾等诸多苦难，折磨的只是母亲的肉体；与这么多不爱的男人发生性关系，对母亲来说，却是肉体和灵魂的双重折磨。几千年以来，对男性的无意识崇拜造成的重男轻女的社会观念，是母亲受难的文化根源，母亲的家人甚至她自己，都成为这个观念的牺牲品和受害者。

母亲上官鲁氏的女儿们在动乱的环境中开始恋爱，她们的姻缘拼贴成了从20世纪初年开始，历经抗战、两党合作、新中国历次政治运动直至改革开放的历史。大女来弟嫁给了土匪头子沙月亮,沙后来投降日本人;二女招弟爱上了抗日英雄司马库,司马库后来在土改的风暴中被杀;三女领弟爱上了扑鸟专家,鸟儿韩被抓后她成了"鸟仙";四女为了治母亲的病及养活幼小的弟妹、外甥,卖身当了妓女;五女盼弟嫁给了共产党人鲁立人,鲁消灭了沙月亮,又与司马库斗争,解放后却在政治斗争中惨死;六女嫁给了美国飞行员巴比特;七女在饥荒时卖给了白俄贵妇做养女,后归来成了"右派",在饥饿的 60 年代为求食像牲畜一样被奸污,后被豆饼撑死;八女是个瞎子,在大饥饿时代,她感到自己是母亲的累赘,投河自尽。母亲可谓饱经风霜,当大女来弟把生下不久的沙枣花送到她那里,"她一屁股坐在马洛亚牧师摔死的地方,仰脸望着破败的钟楼,嘴里念叨着:'你们死的死,跑的跑,扔下我一个人,让我怎么活……'"①

母亲的命运同时又充满苦涩的喜剧色彩,几次大的历史变迁中,她因为儿女们而受苦,又因为儿女们的解围而转危为安。日本鬼子时代有沙月亮得势,国民党时代有司马库撑腰,共产党解放了又有鲁立人得势……沙月亮、司马库、鲁立人、孙不言等人都是母亲的儿女,母亲和儿女们在血与火的土地上顽强生存着;儿女们各自隶属于不同的政治派别,他们间你死我活的杀伐争斗,暗喻了中华民族这一百多年来的苦难除了外敌的侵扰,更可怕的是民族的内部相残!

三、大地之母

《丰乳肥臀》是一部反思民族文化和历史变迁的佳作,个人际遇、家国风云,尽涵括在内。母亲和《红高粱家族》中的"我奶奶"一样,被迫反叛了传统强加于女性头上的"妇道",她的历史充满了宗法社会看来无法无天的乱伦、野合、通奸、杀婆婆、被强暴。

母亲的一生见证了 20 世纪中国的血色历史,莫言将上官鲁氏塑造成了大地、人民和民间理念的化身。她不但经历了多灾多

---

① 莫言.丰乳肥臀[M].北京:中国工人出版社,2003:90.

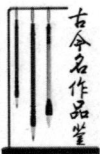

难、被凌辱的青春岁月,还以她生养的众多儿女,与20世纪中国的各种政治势力发生了众多联系。

《丰乳肥臀》中,母亲承受了一切苦难:饥饿病痛、颠沛流离、身遭侮辱、痛失儿女。她养育的9个儿女,除了三女"鸟仙"死于幻想症、八女玉女自杀,其余6个女儿都死于各种政治势力的杀伐争斗,只剩下唯一的儿子上官金童。在抚育子孙后代的过程中,又连遭战乱和"极左"政治残害。她本能地反对战争、政治,站在宽容和人性的立场上,固守着民间的生命与道德理念,拒绝并宽容着政治;但自从她有了一些不同背景的女婿后,如沙月亮、司马库、鲁立人,她的身份便印上了历史、政治的复杂性。

《丰乳肥臀》嘲弄了宗法制传统的以男权为中心的血统观,八女一男9个孩子,除来弟和求弟是被动所生外,其余均是鲁氏主动要求所生。《红高粱家族》曾经塑造了一个自由野性的神话,成就了一首浪漫的情爱与生命的理想传奇。但在中国积淀了几千年的儒、释、道传统文化的熏陶下,大多数乡村百姓的生活笼罩在灰暗的色调下;尤其是女性的生存,处于宗法文化的深沉积淀下,更加悲惨。包办婚姻的牢笼,重男轻女的封建意识、好女不嫁二夫的贞洁观念等腐朽文化成为束缚女性正常人性发展的障碍,《丰乳肥臀》就是一部为天下的受苦受难的受封建文化压抑的女性所唱的哀歌。

有人说母亲的行为是荡妇的勾当,这是对母亲的误解。她背叛丈夫的行为是对"夫权"的反抗。她在有意识地顺从封建道德观念的同时,走上了一条无意识的叛逆之路。母亲在姑父于大巴掌向她赔礼时,演出了一个惊世骇俗的场景:

> 姑父于大巴掌,跪在她的面前,很痛苦地擂着自己的头。说:"我上了你姑姑的当,我这心,一刻也没安宁过,璇儿,你用这刀,劈了我吧!"……她说:"姑父,不怨你……我要做贞节烈妇,就要挨打、受骂、被休回家;我要偷人借种,反倒成了正人君

子……"她冷笑着道，"不是说'肥水不落外人田'嘛？！"姑父惶惶不安地站起来，她却像一个撒了泼的女人一样，猛地把裤子脱了下来……①

宽宏大量的像大地一样宽厚的母亲，感觉到在尘世中没有任何出路了。借种生子，这是尘世加于她身上的苦难，她忍受了巨大的屈辱把肉体交给自己不爱的男人糟蹋，就是为了生育一个男孩。沉重的生活压力像山一样要把她压倒了，但她终于给自己寻找了一个继续活下去的依靠，那就是基督教，并且从牧师马洛亚那里得到了真正的爱情，她与他生下八女玉女和宝贝金童。如果说母亲在年轻时亲和基督教，是因为经历了太多"夫权"的虐待的话；在晚年，则是因为经历了太多的苦难与沧桑，她需要用爱和宽恕来化解太多的忧愁、创伤。

在一系列的苦难面前，母亲并非没有怨尤，1935年秋天，在蛟龙河北岸割草的母亲被四个败兵轮奸后，曾产生过投水自尽的轻生念头；但母亲从万物有灵的感动中，为屈辱的受难生存找到了理由：

> 但就在她撩衣欲赴清流时，猛然看到了倒映在河水中的高密东北乡的湛蓝色的美丽天空。……天还是这么蓝，云还是这么傲慢，这么懒洋洋的，这么洁白。小鸟并不因为有苍鹰的存在而停止歌唱，小鱼儿也不因为有鱼狗的存在而不畅游。母亲感到屈辱的心胸透进了一缕凉爽的空气。她撩起水，洗净了被泪水、汗水玷污了的脸，整理了一下衣服，回了家。②

《丰乳肥臀》中，"'高密东北乡'的历史就这样呈现出来了。

① 莫言.丰乳肥臀[M].北京：中国工人出版社，2003：415-416.
② 莫言.丰乳肥臀[M].北京：中国工人出版社，2003：420.

一个母亲受难的历史,几乎涵盖了一个民族的历史。"①《丰乳肥臀》创造了一个恋母神话,一个地母女神,一个东方地母原型的书写。在东方的神话、史诗当中,"地母"原型并不少见,如印度史诗《罗摩衍那》中的地母悉多,中国古代神话中的女娲等都属此类;她们的共同特征是博大宽容,慈悲为怀,用大地一般宽厚的胸膛养育、容纳子孙。母亲是无私、生命与爱的化身,对母亲的感恩,表明人们对生命的崇拜和热爱。上官金童对母乳的依恋——恋乳症,在这里找到了情感的回答。

母亲在现实苦难的打击下皈依了基督教,是作家对个体生命超越人间苦难之路的探索和寻觅。无私、坚忍、宽容、善良、悲悯的母亲坦然地迎接着生命中的各种灾难,战争、匪乱、饥荒、政治运动以及亲人的死亡不断地煎熬着她,她只是善良、宽容地善待周围的人,闪烁着神性光辉的母亲的命运,与时代的弄潮儿司马库、沙月亮、鲁立人、鲁胜利等人的命运互相比照,显现出历史的驳杂和丰富。

《丰乳肥臀》这部在叛逆、挣扎之中的女性苦难史,包含了莫言对女性的眷恋、悲悯、关怀等多种情愫……书中的母亲是特殊的一个,也代表天下的共同母亲。饱经苦难、勤劳勇敢的母亲,忍受着非常的痛苦,顽强不屈地生存着,成为中华民族的真实象征。

---

① 王尧,林建法.莫言王尧对话录[M].苏州:苏州大学出版社,2003:161.

《四十一炮》

一、扎根故乡书写传奇

莫言凭藉着他的想象力,悉心经营着他那个远非简单的地理概念能够涵括的精神的故乡——高密东北乡,并将目光投注到现代生活之上。

莫言的家乡高密县偏处胶东半岛一隅,是三个县交界的地区,土地贫瘠,民情朴陋。莫言有营造原味乡野,化腐朽为神奇的本领。面对高密的莽莽苍天,莫言巧为穿插,使一则则传奇故事浮现其间,他的神思奇想在虚构与现实、遐想与历史间微妙互动。

莫言艺术最根本、最有生命力的特征,是他得天独厚地把艺术语言深深扎于高密东北乡的土壤里,才得以天马行空般地充沛着大精神大气象。他从故乡的原始经验出发,书写的人物既素朴,又绚丽。

莫言的创作解构了传统的审美精神、审美方式,有一种穿透和轰动的力量,无论是莽撞蛮横的男人,还是坚强泼辣的女人,都具有本色的生命力,带着原始的色彩,用生理的表象诉说着许多的故事和道理……带着对人生的思索,带着对原始生命的拷问。他笔下的女性没有轻柔的美,没有如云似月的爱情,她们的爱奔放、热烈,甚至是压制男人力量的;生命也没有顺利、平和,而是太多坎坷、磨难;当生命的美都被苦难磨砺净了,人最本质、最深处的生命力和丑陋也一并出现了。

莫言站在永恒的人性高度,描摹那些毫无掩饰的男人与女人。他的笔下,生命、人生,都撕下了温和的伪饰,以苦难、原始的

状态,表现着各自的生存。对小说中女性形象的描写,莫言多是撷取她们生活中的一个典型片断,这样人们就可以从她们身上清楚地看到一个时代女性生活的历史侧面,看到作者对成就她们的美丽传奇或造成她们的灾难悲剧的社会根源的探索。

莫言小说中的情爱故事,情爱表达中常隐含着母性爱的成分。莫言曾说:"铁打的汉子,最需要的,也许正是这种扮演着母亲与情人的女人。我为一个名导写楚汉战争的剧本时,曾在力拔高山气盖世的项羽身上发现了这种情结,他之所以和虞姬难分难舍,极有可能他是一个大顽童而虞姬是一个母亲情人型的女人。"①

莫言对其笔下的女性很少持批判态度,乡村的苦痛、压抑、沉郁和悲壮,赋予了乡村一种特别的生存诗意。"我奶奶"等女人中的精英的出现,与莫言现实生活中的苦难生活有关,浪漫的想象力和希望反抗的欲望使作家创作出这些张扬、自由的理想女性。《四十一炮》中丈夫跟人私奔、撇下母子二人孤独生活,于是咬紧牙关艰苦创业,终于盖上大瓦房、过上好日子的"肚子里长牙"的杨玉珍,是个敢于承担苦难的担当的女人。

敢于担当的女人,还有《白沟秋千架》中少年时不幸从秋千架上掉下来瞎了一只眼睛、又嫁给一个哑巴生了3个小哑巴,却不愿意认命、想要一个会说话的孩子做伴的暖,有《断手》中先天残疾、却又带着一个不明来历的小女孩的留嫚……她们有情有义、朴素坚忍,面对生活"赐予"的无情苦难,不是以泪洗面,而是挺起头来做人,追寻自己的"理想"。这些担当的女人,是作家莫言为男性树立的光辉的榜样。

二、隐忍自强的杨玉珍和浪子罗通的故事

长篇小说《四十一炮》讲述了20世纪90年代初一个农村妇女如何在绝望的境地中奋斗发家的故事,着力描写了被丈夫遗弃

---

① 莫言.什么气味最美好[M].海口:南海出版公司,2002:81.

后精神受到沉重打击的女人杨玉珍;她的丈夫罗通和情妇野骡子私奔了,她带着儿子罗小通,过起艰苦的日子,母子两人收购破烂为生,3年后,母子俩成了周围三十里内很有名气的破烂王……杨玉珍终日像男人一样劳作,母子俩的光景渐渐好转,终于建起了新房和全村最气派的大门。丈夫带着野骡子的死讯和跟她生的私生女娇娇,两手空空地回到家里,进行了忏悔,杨玉珍大度地收容了他们。

杨玉珍刻薄又坚韧,丈夫走后,她成为一个不顾一切追求致富的贫苦农村妇女,卖破烂时向硬纸板上泼水,这种弄虚作假的行为,显示了她那种在商品经济中不道德追逐利润的资本观念;平日生活的简朴、节约,又显示了她那种传统农民勤俭发家的生活观念。她与儿子相依为命,儿子幼小的心里,最大的梦想是饱饱地吃一顿肉,但她一味地节衣缩食,不仅不能满足儿子这一需求,甚至连他上学的权利都剥夺了。被父亲抛弃、被贫困折磨的罗小通,忍受不了母亲极度贫苦的生活和艰苦的劳动,对母亲怨天尤人;因为对母亲艰苦发家的传统生活方式的强烈反感,他怀念不负责任的父亲,因为跟着父亲可以饱食肥肉。

杨玉珍的丈夫是会估牛的罗通,他侠义又狭隘,有个性、有追求,敢爱敢恨,他曾是村里唯一敢和村主任老兰叫板的人,他咬掉了老兰的半个耳朵,带着老兰相好的风流、性感的女人野骡子私奔。浪子罗通感性、浪漫、今朝有酒今朝醉,在估牛买卖中的公正行为,显示了他对财富、对技术持有的道德主义观念。他的生活道路虽然失败,但他的浪漫私奔、纵欲感官和技术至上的敬业精神,体现了反传统的立场和自由的民间精神。野骡子死后,他回到家乡,性情大变,越来越保守,却得到老兰的善待,邀请他加盟村里的屠宰企业。跟着老兰干是对他的尊严、人格的挑战,他的痛苦无人能知,他认为向猪肉中注水不对但没办法。罗通代表在时代风云面前保守的一方,他无力扭转时代的变化,他身上留有的传统的美好东西被绞杀。最后,在村人的离间下,他在谣言面前精神崩溃。杀人行为是他血性的一种回归;但不幸的是,他杀

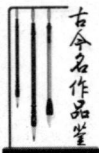

了他不该杀的人杨玉珍。

后来与杨玉珍有"绯闻"的村长老兰,钻营又大度,他是农村改革中的第一批风云人物,有钱有权。可他又肮脏、卑鄙和不道义,为了钱,他往猪肉里注水;为了稳定官位,他把注水的秘方告诉村民;他和村里的女人们有着各样的关系。在屠宰村,老兰有不可一世的权力,有炫人的家族历史;但在与罗通的较量中,他一直处于下风,吃辣椒比赛、对野骡子的爱情争夺,都输给了罗通。但罗通私奔后,他却不计前嫌地帮助杨玉珍母子,罗通回来后又宽宏大量地重用他。对老兰难以用简单的好坏来评价,罗小通并没真正恨他并向他复仇,尽管他和杨玉珍之间有暧昧关系。罗小通最后的复仇,是做给那些认为他应该复仇的人看的。

在创作技法上,《四十一炮》融合了拉美魔幻现实主义手法与中国古典小说《聊斋志异》中的诡异笔调,将罗小通的幻觉世界与现实世界夹杂在一起。小说共有两个时空:现在时空和罗小通回忆中的童年时空。前者是罗小通与兰大和尚对话的五通庙前,正在发生的事:这里正在举办一个肉食节并筹建肉神庙,在老兰的主持下,肉食节的表演开始。后者是罗小通在外面流浪长大后,回到他的村子附近,在五通神庙里对兰大和尚诉说年幼时光。

三、欲望的突围和克制

《四十一炮》中的"五通神庙",据说在《聊斋志异》里,是欲望的象征。"南有五通,犹北之有狐也。然北方狐祟,尚百计驱遣之,至于江浙五通,民家有美妇,辄被淫占,父母兄弟,皆莫敢息,为害尤烈。"[①] 罗小通有着超人的吃肉能力,他对肉的迷恋、痴迷、崇拜以及与肉之间的呼应、通灵,都决定了他看待世界、人生的眼光。尽管他企图皈依佛门;但他同时盯着现实不放,他对雨中女人肉体、乳汁的痴迷,他对艳丽、丰满、成熟的野骡子的想象,是他

---

① 蒲松龄.五通 [A]// 蒲松龄.聊斋志异.北京:中华书局,2010:460.

"肉欲"的自然流露,罗小通是"食"的象征。兰大和尚的传奇人生以五通神庙为主要现实场景,折射了大和尚声色犬马的生活,一个身份不凡的国民党军官,以一次能占有数十个女人而自豪。兰大和尚与五通神庙里的马神对应,代表了"色"。某种意义上,小说中人们对"肉神""五通神"的狂热,是对当代社会食色欲望泛滥成灾的一种象征。小说中欲望的疯狂等批判主题都以夸张、荒诞化的意象呈现。

杨玉珍在丈夫和人私奔后,曾经忍受了巨大的精神压力,"母亲抽泣起来,喉咙呼噜呼噜地响,'有多少次,我把绳子都搭到梁头上了,不是有个小通牵挂着,有十个杨玉珍也死光了……'"[①]丈夫回归之后,她的生活苦尽甘来,大年初一他们一家四口人去给老兰拜年:

> 母亲就是要人看到,我们去给老兰家拜年了,我们已经与老兰建立了亲密友好的关系,这也标志着她的丈夫我的父亲,已经改邪归正,由一个不正儿八经过日子的风流浪子,变成了一个好丈夫,一个好父亲。我知道在那些日子里,村子里有很多人议论起我们家发生的事情时,对我的母亲表示了钦佩。他们说杨玉珍这个女人不简单,能吃苦,有耐性,有远见,明事理,是一个肚子里有牙的厉害人物。[②]

罗通、杨玉珍一家加盟了老兰的屠宰企业,注水肉让他们大发了一笔。但是,罗通和老兰毕竟是不同的两类人,他最终在村人的离间下,精神崩溃,杨玉珍成为他神经混乱的牺牲品。

《四十一炮》展示出农村改革过程中两种生活观念、生活方式的激烈冲突和不同人性的变异,以及人们在是非标准、伦理道德上的迷惘,作家极力挖掘、展示他们的人性深度与命运悲剧。为

① 莫言.四十一炮[M].沈阳:春风文艺出版社,2003:129.
② 莫言.四十一炮[M].沈阳:春风文艺出版社,2003:209-210.

求扬名吐气，吝啬到近乎残忍的杨玉珍，对于生命加于身上的沉重苦难，都吞血咽泪地承受了下来；作为一名勇于承担困难的担当的女人，她的命运的悲剧是多种因素作用的结果。

杨玉珍身上有着传统社会深深的烙印，她有着对于生命和生活的真挚热爱，生活中充满了苦难，但是活下去就是胜利。对生命和生活的珍惜，使她在没有理想的情况下，为自己塑造、树立了一个目标，就是盖上大瓦房。为了这个"盼头"，她开始像男人一样劳作。她的存在显示了普通农村妇女对于苦难的顽强的生命力和坚韧的承受力。

文学的永恒魅力在于作品显现出的人的精神深度，这是作家关于生命存在的独特发现，也是作家自己思想的一种艺术折射。史铁生的《命若琴弦》中的小瞎子，在弹断了一千根琴弦后，终于明白了老瞎子的苦心，老师傅之所以告诉自己弹断一千根琴弦后就可以复明，不过就是为了给自己一个"盼头"，使自己对生活充满希望。

《四十一炮》中的杨玉珍，在丈夫跟一个开酒店的风骚女人私奔后，没有丧失生活的信心，就是因为她为自己设立了一个生活理想——盖上大瓦房，过上好日子，这样丈夫也许会重新回到自己身边。类似于杨玉珍的这些女人，面对生活"赐予"的苦难，没有怨天尤人，而是很快振作起来，她们的勇敢、坚强、大度、韧性，使得她们成为对生命有所担当的女人。正是这样一批女性，在莫言的小说世界中发出异样美艳的光芒。

《海子诗全集》

一、麦地赤子

海子(1964—1989),原名查海生,一个只活了25岁的天才诗人。

海子生于安徽省安庆城外的怀宁县高河查湾,在农村长大。1979年海子15岁时,考入北京大学法律系,在宁静的湖光塔影之间,他开始写诗,在他的笔下,中国当代文学中生产出大量纯粹的诗歌。1983年海子19岁大学毕业,被分配到中国政法大学,开始时在校刊工作,后转至哲学教研室,先后给学生们开过控制论、系统论和美学的课程。海子的美学课很受欢迎,在谈及"想象"这个问题时,他举例说明想象的随意性:"你们可以想象海鸥就是上帝的游泳裤!"

海子从1983年秋天到1989年春天的住所,在距北京城60多里地的小城昌平。在这里,海子梦想着麦地、草原、少女、天堂以及所有遥远的事物。海子没有幸福地找到他在生活中的一席之地,在他的房间里,找不到电视机、录音机甚至收音机。海子在贫穷、单调与孤独之中写作,他既不会跳舞、游泳,也不会骑自行车。然而海子却不是一个生性内向的人,他会兴高采烈地讲他小时候如何在雨天里光着屁股偷吃地里的茭白。

海子富有创造性,他迷恋于荒凉的泥土,脑海里挤满了幻象。海子是在那些被称为天才的诗人影响下开始诗歌创作的,他称自己热爱的诗人为"王子·太阳神之子"。他说,他所敬佩的王子的行列可以列出长长的串:雪莱、叶赛宁、荷尔德林、马洛、韩波、克

兰、狄兰……席勒甚至普希金。

海子纯洁，简单，偏执，倔强，敏感，爱干净，有时有点伤感，有时沉浸在痛苦之中不能自拔。海子是个典型的"乡村知识分子"，无论他走向何方，来自乡村的记忆总是占据着他的心。这种潜意识经过诗歌的升华，浮现为海市蜃楼般的乡村乌托邦；他以对乡村人物、境况的诗意命名和纯朴抒情，完成了一个乡村知识分子的使命。海子笔下诗意的乡村楚楚动人，他以描写土地与麦子而闻名诗坛，曾与西川合印过诗集《麦地之瓮》。

海子的生活相当封闭，他一直坚持不结婚，而且劝朋友也别结婚。他在昌平的生活非常寂寞，有时他可能是太寂寞了，希望与别人交流。有一次，海子走进昌平一家饭馆，对饭馆老板说："我给大家朗诵我的诗，你们能不能给我酒喝？"饭馆老板可没有尼采式的幽默浪漫，他说："我可以给你酒喝，但你别在这儿朗诵。"

海子生前发表作品并不顺畅，1989 年以前大部分青年诗人对海子的诗歌持保留态度。海子曾长期不被世人理解，但他是中国 20 世纪新文学史中一位全力冲击文学与生命极限的诗人。海子喜欢将写好的诗打印出来寄给各地的朋友们，他的写作是对于青春激情的燃烧。

1989 年 3 月 26 日，海子怀揣《圣经》，在河北省山海关和龙家营之间的一段慢车道上卧轨自杀，年仅 25 岁。海子把遗稿全部托付给了骆一禾。他前后留有 3 封遗书，留给父母的那封遗书写得最为混乱，其中说到有人要谋害他，要父母为他报仇。但他的第 3 封遗书，也就是他死时带在身上的那封遗书，却显得相当清醒。他说："我的死与任何人无关。"海子自杀后，医生对他的诊断是"精神分裂症"。

海子曾在 1986 年获北京大学第一届艺术节"五四"文学大奖赛特别奖，在 1988 年获第三届《十月》文学奖荣誉奖，部分作品已被收入近 20 种诗歌选集。在短暂的生命里，他保持了一颗圣洁的心。他凭着辉煌的才华、奇迹般的创造力、敏锐的直觉和广博的知识,创作了将近 200 万字的诗歌、小说、戏剧、论文。

海子认为,诗就是把自由和沉默还给人类的东西。

二、喋血的歌唱

海子的创作生涯只有 7 年,在这 7 年中尤其是 1984—1989 年这 5 年中,他写下了 200 余首高水平的抒情诗和 7 部长诗,他将这些长诗归入《太阳》,全书没有写完,7 部成品被骆一禾称为《太阳·七部书》,包含诗剧《太阳》(未完成)、长诗《太阳·土地篇》(通称《土地》)、长诗《太阳·但是水,水》、长诗《大扎撒》(未完成)、第一合唱剧《太阳·弥赛亚》、第二合唱剧残稿、仪式和祭祀剧《太阳·弑》。

海子的短诗从神秘到真理,从美丽到朴素,从复杂到单一,从激情到元素;而在他的《土地》《太阳》《弥赛亚》等长篇巨制里,除了这些特性以外还有血腥、粗暴和大力的行动。

在《弥赛亚》中,弥漫着前所未有的预言与审判的末日气息,一开始就是向真理、青春、曙光和新纪元的热烈献诗,曾经参与世界诞生的太阳、受伤的陌生老人和"我"开始现身,它们分别承担创造者、毁灭者和目击者的使命。

《太阳·弑》是一部命运悲剧,背景选在古巴比伦王国。巴比伦国王是在一次起义中登上王位的,他专横独断,不惜耗费半数巴比伦人的生命去修建太阳神庙,他原先的弟兄们重新揭竿而起,可是全被擒获,处以极刑。从沙漠上来了 3 个青年,有两个来刺杀国王并篡夺王位,有一个回故乡来寻找妻子。巴比伦王用计使两兄弟残杀,幸存的兄弟在皇宫中误杀了假扮成国王的公主,而这个公主正是两兄弟的心上人,因此杀人者自杀了。另一个青年闯入宫殿,为死去的朋友和故乡的人民复仇,老巴比伦王告诉他,他其实是王子,而他的妻子,也就是公主,其实是他的亲妹妹。老国王服了毒药,他把权杖传给了这个青年,立他为国王。青年(名叫宝剑)挖瞎了双眼,然后永远离开了巴比伦城。这时,农民

们登场,他们歌颂粮食和丰收,他们问宝剑是为谁而牺牲的,一个农民回答说,宝剑是为我们而牺牲的,可是我们需要的不是杀戮和鲜血,我们需要的是粮食与生活。

海子在中后期创作中迷恋神话,《太阳》一剧动用了 3 个神话原型,一是:大地生养儿女却又吃掉他(她)们,生(春)与死(冬)是土地的两种原始力量;二是:要用少男少女的鲜血祭神,这样才能换来种族生存的权利;三是:杀父娶母或兄弟姊妹乱伦。在《太阳》剧中,这三种神话结构像不详的命运一样笼罩着巴比伦。杀戮和流血在海子诗歌中的对位意象是太阳、红、花朵等,海子用酒神般的迷狂歌颂太阳、红、花朵、鲜血和杀戮。《七部书》的意象空间十分浩大。

深入人生、深入民族的心理之根,以麦子的光芒照耀生命的空缺,进而抵达乡村中国血汗生命的精神领空,这是海子诗歌的主题。海子立场的象征是麦子,麦子是海子思想的锋芒。短诗《麦地与诗人》详细言说麦子与诗人内在的愿望,这首诗分"询问"与"答复"两节。在"询问"中海子对麦地充满了感激之情。

海子的诗篇,能让人嗅到四季的轮转、风吹的方向和麦子的成长。海子对大地深怀感情。大地对于他,不只是一般的栖居之地,还是精神上难以割舍的故乡。他能够感觉到大地的呼吸与思想,于是海子的诗中有一种不可抑止的内在情绪的欢乐,典型代表是《面朝大海,春暖花开》。

海子的歌唱不属于时间,而属于元素。他歌唱永恒,或者站在永恒的立场上歌唱生命。他动用了多重嗓音,歌唱他的元素。海子鸣响了所有的音乐,形成了交响的诗剧。美丽、辉煌、炽热,趋向于太阳。

三、浪漫精神的复活

海子的诗让人感到生命燃烧时的辉煌与炽烈,诗中滚烫的浪漫主义激情令人惊心动魄。海子的浪漫主义精神是一种天性的自然的流露，可用"灼热"一词来形容其风格。海子期望从抒情出发，经过叙事，到达史诗，他渴望建立一个庞大的诗歌帝国。

海子是纯粹的诗人，在通往现代史诗艰险的旅途上，海子为史诗提供了一个重要元素，这就是"麦地"意象，他在诗歌中找到了麦子与生命的神秘联系。海子是对生命怀有炽热理想的诗人，他对中国诗歌的创造性贡献，在于"他把古典精神和现代精神、本土文化和外来文化、乡土中国和都市文明作了成功的融合"（《不死的海子·序》）。

他在 1987 年写作长诗《土地》时产生转变，放弃了其诗歌中母性、水质的爱，而转向一种父性、烈火般的复仇。海子曾说过，抒情就是血。他的所有作品都是正在流动的血和正在燃烧的火。海子给自己的所有作品定下了色调，血液、火焰、飞翔，这些东西不仅仅是海子诗歌的主要意象，也是他的诗歌理想。海子的天空、鲜血、火焰以及天空的反光（即土地），是一套终极语汇，是鲜红的、青春式的。在海子的诗歌里，土地是天空的另一种形式，它是红色的，被海子更热烈地颂扬过的麦子，也呈红色。太阳，作为红色的一个辉煌意象，使得海子的土地拥有了日落和日出的含义。

海子诗篇的意象质朴清新，渗透着浓郁的乡土中国色彩：土地、天空、河流、山岗、村庄，麦子、马车、草叉、茴香、蚕豆花……海子诗篇的韵律，有着直抒胸臆的如风般的自然流畅。海子是具有世界眼光的诗人，他主张直接关注生命存在本身，认为这是中国诗歌的自新之路。他是一个真正属于中国的乡村和土地的诗人，乡村就是他的血肉和生命。"自然"在海子笔下，呈现出与众不同的生命气息，乡村及土地，有如爱你、理解你的慈母严父，有如注视你、包容你的神明。海子为人们呈现了一个诗性、神性的乡土中国。

海子的世界眼光，使他自觉追求深邃博大的诗意。他关注人类的生存境况及其未来命运，对人类有着悲天悯人的火热心肠和博大情怀。海子让人们意识到，诗就是诗人的生命，是他们探索宇宙人生、挑战世俗生活的武器和他们安身立命的根基。海子怀

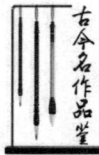

着执着的理想默默地挖掘,他懂得土地,土地内部的神秘力量,土地与人,土地与天空的关系。土地炼化成他的质朴单纯,也给予了他黑暗和深沉。海子的诗篇中具有很美的情感,这些美的情感包括:对故乡的眷念,对希望的憧憬,对大地与天空的感动。

泥土的光明与黑暗、温情与严酷,化成他简约、流畅、铿锵的诗歌语言。海子蔑视卑琐、平庸和低级趣味的诗歌,他的目光掠过虚假诗歌,停留在山下的群众、母亲、土地、村庄、粮食、河流、岩石和马匹上。海子的诗篇收集了大量上古神话元素:太阳、月亮、高山、河流、海洋、土地、故乡、祖先、人民、丰收、狩猎、处女和王子……这是想象的造型元素。

海子的诗,本真、品位很高。贫穷中的美德、迟钝中的坚韧、苦难中的革命……在他的心中,成为激活生命的精神源头。他对现实生存的忧患和对崇高人格的追求,以及灵魂的坦诚、自省精神,使当代中国诗歌重新开始了对朴素的关注,对情感与心灵的关注。他痛斥日益猖獗的后现代主义者"都是背叛神的人"。

诗篇《重建家园》传达出的思想是:无边的漫游,太过辛苦,灵魂需要充实大地的依托;还是做一个幸福的劳动者,在土地上,用劳作呈现大地所有的诗意和写于其上的真理并欣赏着,体味丰收后的喜悦与忧伤,寻求慰藉;这也许就是家园的意义。

海子诗歌的起点是生命元素,他自称他的长诗创作是出于某种巨大元素的召唤。这些生命元素潜藏在文明的深处,是沉睡在我们文化中的原始生命和精神。海子诗中的抒情因素是实体的歌唱,呈现在海子诗中的世界是一个理想化的世界,它是原始生命通过人类的语言创造的另一个世界。海子的诗歌精神即浪漫精神,他带着对诗歌精神的信念走入诗歌,成为这种精神的象征。

以海子的名作《面朝大海,春暖花开》为例:

> 从明天起,做一个幸福的人
> 喂马,劈柴,周游世界
> 从明天起,关心粮食和蔬菜

我有一所房子，面朝大海，春暖花开

从明天起，和每一个亲人通信
告诉他们我的幸福
那幸福的闪电告诉我的
我将告诉每一个人

给每一条河每一座山取一个温暖的名字
陌生人，我也为你祝福
愿你有一个灿烂的前程
愿你有情人终成眷属
愿你在尘世获的幸福
我只愿面朝大海，春暖花开[①]

　　诗中震撼人心的是一种平静和朴素，以及那种平和之中透出的，天空一样广阔无垠的爱和祝福。诗歌清润明净的意象、温润亲切的气息，独守清高的逃逸与充满人情的祝福构成了诗歌内在的张力，引发人们无限的遐思。

---

① 　海子. 海子诗全集 [M]. 北京：作家出版社，2009：504.

《天路历程》

一、以梦幻托起信仰

尼采说：谁终将声震蓝天，必长久深自缄默；谁终将点燃闪电，必长久如云漂泊。约翰·班扬就是这样一个虽长久漂泊缄默却终将闪电点燃声震蓝天的人。他的《天路历程》是其身陷囹圄12年而结出的智慧之花、叛逆之果。12年的监狱生活，成就了班扬对《圣经》的精心琢磨，使他在日后成了历史上引用经文最多且得心应手的作家。《天路历程》出版后，立即轰动全国，在市井平民和宫廷贵族中都激起巨大反响，不同层次的读者都为书中以寓言、比喻和梦幻形式揭示的思想折服。300多年来，《天路历程》突破了民族、种族、宗教和文化的界限，风靡全球。迄今为止，这部作品是世界上除了《圣经》以外流传最广、翻译文字最多的书籍。

说《天路历程》给人一种心灵上的震撼一点也不夸张。因为不仅在商业里，而且在思想领域，我们的时代正在进行着一场地地道道的清仓大甩卖。任何东西都贱得出奇，使人开始怀疑是否还会有人最后出价去买。当今，无人止步于信仰；人们全都继续走得更远。古代的情况则有所不同。那时，信仰是毕生的任务，而不是一种能被认为可以通过日积月累去获得的技能。当年迈的勇士达到目的，赢得战斗胜利[①]，并保持着信仰时，他的心依然

[①] 圣经新约·提摩太后书 [A]// 圣经 . 上海：中国基督教三自爱国运动委员会，2013：240.

年轻。这些老人达到的地方就是我们时代继续前进的起点。《天路历程》带给人们的就是一种为了信仰而甘愿放弃一切去实现和追求的百折不挠的牺牲精神。

信仰是人类在无限的空间和永恒的时间中建构的"宇宙模式";信仰是人类在复杂多变的社会生活中确定的"社会模式"和价值尺度;信仰是人类在盲目的人生旅途上认定的目的和归宿。在基督教的"宇宙模式"中,上帝、天使、蒙福的灵魂居住于天堂,撒旦、恶魔和作恶的灵魂沉沦于地狱。谁将蒙福升入天堂,谁将为恶堕下地狱,则只能听从上帝的审判。《天路历程》所着重描写的,正是这样一个为使自己背上的枷锁或者罪恶得到解脱而努力寻求上帝救恩的人物形象。通过主人公在漫漫征途上所遭遇的一系列痛苦、磨难、考验,折射和反映出了一定的社会真实,尤其是人们心灵搏斗的真实,因为作者最关心的是精神和灵性的含义及其应用。

"山穷水复疑无路"是一个过程,"柳暗花明又一村"则是一种境界。下面就让我们看一下作品中的主人公为了自己的信仰是怎样山穷水复,又是怎样柳暗花明的。先说基督徒,他从得异象奔走天路开始,其行为不仅为社会上的一些人所不解,就连他的妻子孩子也无法理解,可见他走这条路顶着多么大的压力。接着他在绝望潭受俗人智诱引,差点送命,幸亏传道者的指点他才进了窄门,后到晓谕家听其揭示真理。令人欣慰的是,基督徒走到十字架下时其背上的重负竟自动卸下,由此可证明他走这条路没错。继续赶路的基督徒在艰难山上差点遗失那对他至关重要的公文卷宗,惊魂未定的他幸到富丽宫才得养精蓄锐。接着基督徒走进屈辱谷,在这里他大战魔王亚玻伦;然后凭借顽强的毅力和勇气穿过死荫的幽谷并结识良伴守信。在浮华镇,基督徒受到前所未有的考验,同伴守信遇难殉道,他所幸脱离虎口并结识盼望。然而考验并未结束,两人虽在钱财岗抵制住了银矿的诱惑,在疑惑寨却误入绝望巨人的领地被其关进地牢并遭到毒打,死里逃生后来到愉悦山受到牧人的接待。两人继续前进,由于受谄媚

者迷惑掉进陷阱,逃出罗网后遭到天使的善意鞭挞。接着,两人同心协力走出迷魂地,进入良缘国;在这里,他们眺望梦寐以求的天国之城。最后,两人渡过通天河,终于如愿以偿进入天国,历经艰辛梦想终于实现。

再说一下基督徒的妻子女基督徒和她的 4 个孩子,在基督徒越过通天河后,她开始反思自己,感到自己罪孽深重。后来她受奥秘启发,带领孩子们连同慈悲女士一块儿走上了天国之路。他们沿着基督徒行走的方向,从毁灭城出发,沿途经过绝望潭——窄门——晓谕家——十字架下——艰难山——富丽宫——屈辱谷——该犹店——浮华镇——钱财岗——疑惑寨——愉悦山——迷魂地——良缘国,最后,渡过通天河,到达天国。在走向天国的漫漫征途中,她们靠着坚强的信心和惊人的毅力,征服了无数的磨难、考验,最终实现了进入天国的梦想。可以说,《天路历程》中人类天国之旅的艰难与悲怆,既预示着人类未来的成长与成熟,也透露出欧洲人最终寻求文明之路信仰的萌芽。

二、信仰的伟大力量

理解生命必然意味着认识死亡,睿智常常携带着沉重,文明往往伴随着异化。班扬在狱中所受的身体折磨、人格侮辱以及心灵冲击与震撼,促使他重新思考人生的道路和归宿,尤其是关于死亡这个命题。于是在全书最后,我们看到班扬把令常人感到恐惧的死亡,写得竟如田园诗一般轻松美好:那些知道自己死期临近的人们,如同准备一次新的旅行,对完全可知的未来充满了信心和希望。

在《天路历程》第 30 回"摆脱轻浮遇妙手"中,班扬借慈悲女士的口说:"我做这些事情,是为了在好事上富足,为自己积成美好的根基,预备将来,使我可以得到永恒的生命。"[①]在《天路历程》第 15 回"疑惑寨死里逃生"中,班扬又借盼望的口说:"要知

① [英]约翰·班扬.天路历程[M].王汉川,译.济南:山东画报社,2002:346.

道,杀别人的人只消灭他的肉体,而自杀的人却把自己的身体和灵魂都一起消灭了。"① 可见,班扬是非常注重精神和灵性的。

参透死亡这个命题的班扬,对于人世间的许多罪恶开始采取逃避的态度。请看第11回"舌战扯臊护真道"中,扯臊因争辩不过守信扬长而去后,基督徒对守信说的话:

> 他走了,让他去吧! 到头来吃亏的还是他自己,而不是别人。他那样做倒是省了我们的事儿,反正我们是要把他摆脱掉的。因为如果他一如既往——我猜想他的本性难移——他就会成为我们旅途中的绊脚石。耶稣的使徒说得多好啊,"要远离这种人。"②

劝服不了别人远离罪恶就摆脱这个人,地地道道的一种逃避态度。再看第13回"伪君子欲盖弥彰"中,基督徒对顽固不化的沾光说:"除非你照我所建议的去做,否则就不要再往前走一步。"③ 这也是逃避态度的典型见证。

但是,世界上的好多事情不是逃避所能够解决的;班扬于是特别强调信仰的重要性。因为单有知识而无信仰,可能会一事无成。请看第11回"舌战扯臊护真道"中守信说的话:

> 空谈者和夸耀之人喜欢卖弄知识,但是上帝喜欢的却是替他行道。这并不是说,没有知识的心灵也可以善美,因为没有知识,心灵就是空虚的。因此,在一般知识之外,还有一种特殊的知识。一般知识来源于对事物的表象和思考;特殊知识则伴随着信仰和慈爱的恩典,这种恩典促使一个人全心全意地按照上帝的旨意行事。

---

① [英]约翰·班扬.天路历程[M].王汉川,译.济南:山东画报社,2002:173.
② [英]约翰·班扬.天路历程[M].王汉川,译.济南:山东画报社,2002:129.
③ [英]约翰·班扬.天路历程[M].王汉川,译.济南:山东画报社,2002:152.

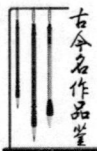

表面的知识为空谈者所钟情。①

　　这句话暗含的意思是：知识必须要和实践结合，不做那种空谈信仰，在现实生活中却是口是心非的人。在第 17 回"启迪无知论小信"中，基督徒说有信念的人，不会见利忘义。第 26 回"听晓谕举一反三"中，班扬又借晓谕的口说，不论人们充满了多少罪孽，凭着信念的手，就能紧紧抓住墙壁，住在天上君王殿中最好的房间。所有这些都说明了信仰的重大意义。

　　信仰是人的精神支柱和行动指南，一个没有信仰的人不仅会对个人的生存意义茫然失措，而且会在社会生活中无所适从，从而生活在空虚和迷惘之中。班扬无疑是幸运的，因为他以梦幻寓意的形式将自己的信仰从水面中托起呈现给世人。《天路历程》无疑是成功的，它不但对读者的心灵产生了巨大影响，同时，它的许多修辞造句成了英语世界里广泛引用的谚语、俗语、成语和经典表达手法，微软公司出版的《大百科全书》曾收录其中近百条"语录"，就是一个明证。班扬就是这样凭借他的《天路历程》，终于成就了他的用梦幻托起的信仰。

　　建立一种信仰，就是确立一个世界观、人生观、价值观，确立一种生活的目的和意义，由此可以排除围绕人生的无知、怀疑、虚无和绝望，得到知识、确定、安慰、价值和希望，满怀信心地生活下去。信仰作为社会价值、人生价值的定向机制，像罗盘一样指导、支配着信徒的社会活动和精神活动，并以此对人类社会的发展产生影响。某一时代的通行信仰，作为时代精神的集中体现，对于社会的作用就像太阳用自身的光热为自然提供光明和活力一样，它也通过自身的真理之光为世人提供真理的标准和价值尺度。在班扬那个时代，《天路历程》表现出的信仰就是时代精神的集中体现。班扬和他的《天路历程》在他们那个时代，永远都熠熠发光。

---

① ［英］约翰·班扬.天路历程［M］.王汉川，译.济南：山东画报社，2002：125－126.

《游神》

一、迷狂叛逆之舞：马原的"叙述圈套"

马原（1953—　　），1953 年出生于辽宁锦州，现任同济大学中文系教授，做过农民、钳工。中国当代"先锋派"小说的代表作家之一，马原的"叙述圈套"开创了中国小说界"以形式为内容"的风气，对中国当代文学的发展产生了重要影响。

《游神》一书是马原关于西藏的系列中短篇小说集，是中国新时期文学的经典之作，共收录《游神》《冈底斯的诱惑》《低声呻吟》《死亡的诗意》等 13 部中短篇小说；其中，中篇小说《冈底斯的诱惑》被列入 20 世纪中文小说一百强。

先锋小说在开始阶段，重视的是"文体的自觉"，也就是小说的"虚构性"以及叙述方法上的意义和变化。马原的小说所显示的"叙述圈套"在那一时间成为文学创作者的热点话题。马原被文艺批评家视为先锋小说的起点，这种区分立足于对"文体"的绝对信仰。可以说，马原的叙述的自觉给当时的小说界吹来一股先锋凌厉的气息。

读马原的作品，需要静下心来，不可急功近利，不然会云里雾里，读不明白。

洪子诚在《中国当代文学史》中说，马原发表于 1984 年的短篇小说《拉萨河女神》是大陆当代第一部将叙述置于重要地位的小说。①

---

① 洪子诚 . 中国当代文学史 [M]. 北京：北京大学出版社，1999：337.

《拉萨河女神》的成功之处在于给人的视觉造成了陌生化效果。首先,是地域、民俗上的陌生化效果,对拉萨的人文、地理环境谙熟的人不太多,这一点作者先占了优势。其次,叙事方法的陌生化。马原把叙事本身看作审美对象,运用虚构、想象等手段,进行叙事方法的实验。如"我们假设这一天是夏至后第二个十天,这时候天正热,大概可以游泳。这么说下去,读者可以因此推断这是在拉萨河里游泳度假日的故事。还可以进一步假设,夜里刚刚下过雨,所以早晨尽管晴朗仍然凉爽,是个典型的理想假日"。[①]再次,马原第一次把叙述置于故事之上,把几起没有因果联系的事件拼贴在一起,给人造成视觉、思想上的极大冲击力。

吴亮在《马原的叙述圈套》中说:"在我的印象里,写小说的马原似乎一直在乐此不疲地寻找他的叙述方式,或者说一直在乐此不疲地寻找他的讲故事方式。他实在是一个玩弄叙述圈套的老手,一个小说家中偏执的方法论者。"

一般情况下,普通读者大都会被马原的叙述方式唬住,如中篇小说《骠骑兵上尉》中的片段:

> 明大姐说他弟弟高高大大的,一点看不出有那么多细致。她说他弟弟说他哥在拉萨是骑兵营的一个副教导员,说她有什么困难可以去找他哥,他哥肯定会帮忙,她说他还说他马上给他哥写信让他哥知道他弟媳妇到拉萨去了。她说她当然以为他弟弟这么说只是说说而已,她自己也就没怎么往心里去,谁知道一到拉萨他哥马上就来电话找到她,她认真地感动了。[②]

这段话把人绕得云里雾里,我读了至少三遍也没彻底读明白马原这个小说家到底要说明白什么。但这一段绕口令式的叙述语言不会影响整篇小说的故事情节的开展,一遍读完后,骠骑兵

---

① 马原.游神[M].杭州:浙江文艺出版社,2001:2.
② 马原.游神[M].杭州:浙江文艺出版社,2001:16.

上尉的性格、外貌、行动、思想等带着鲜明个性化色彩的东西和体验还是会给人留下很深的印象。

马原最关心的是故事的"形式",即如何处理这一故事,进行叙事方法的实验。如中篇小说《死亡的诗意》中"我之所以从结尾开始讲述这个故事,部分是因为这个故事早已发生过,它与那些边讲述边发生的故事有大不同,它自身能够提供的可能性都已经完成了或接近完成,或者可以说这个故事的弹性已经被它的过去时态销蚀得一干二净了。"①

读者从马原的小说中很难得到通常小说有关因果、本质的暗示,和有关社会、道德、人性之类的"意义"。如"可以设想,不搬到木屋去住这场火灾和这桩命案都将子虚乌有,事实推翻了如上假设。"②

与传统小说竭力创造与现实世界对应的"真实"幻象不同,马原明白指出他的小说就是一种编造、虚构:"我要多说的一句话是——借真实事件来编撰我的人物,虚构我的故事,这第一次经验带给我永远的激动。"③尽管作者将小说的题目定为"死亡的诗意",实际上,主人公林杏花的死亡一点儿诗意都没有,小说将人性之恶暴露得非常突出。李克开始虽然是一个浪子,但妻子肖君让他收了心,林杏花的出现也未让他动摇,他还有良心;但是邹颖的出现,小旺堆的行为,这一系列的无情打击,让他丧失了善良的本性,沦为一个十字架上的标准罪人。

二、先锋小说的形式实验

先锋小说实验的观念和方法的依据,与法国的"新小说"(但是阿兰·罗布—格里耶的"零度叙述"理论,又被一些批评家用来描述新写实小说的文体特征)、阿根廷的博尔赫斯的创作和理

---

① 马原.游神[M].杭州:浙江文艺出版社,2001:68.
② 马原.游神[M].杭州:浙江文艺出版社,2001:94.
③ 马原.游神[M].杭州:浙江文艺出版社,2001:114.

论有关。被用来解说先锋小说文体实验的依据的,还有 20 世纪 60 年代和 70 年代美国的所谓"反小说"。

重视叙述,是先锋小说开始最引人注目的共通之处。他们关心的是故事的"形式",也就是如何处理这一故事。他们把叙述本身看作审美对象,运用虚构、想象等手段,进行叙事方法的实验,有的并把实验本身,直接写进小说中。

小说《低声呻吟》中女主人公牛牛的生活似乎有些荒唐,她"勾引"男人,与萨莉———一个外国女人搞同性恋,但牛牛是出于放纵自己的需要,她还与大杨搞同性恋;她与小小、小罗、大牛等男人周旋,她只信任大马,也许连大马也不相信;牛牛来藏是为了换一种活法,但据她自己讲挺没劲。这样的牛牛活着还有什么意思,尽管她很漂亮,但是因为太内秀了或者说太没有内涵了,太胡闹了,索性让她意外死掉吧!大马喜欢牛牛,但是不爱她;他的境遇比牛牛又好得了多少,没有人知道,冥冥中也许只有天知道吧!作者似乎有些宿命论思想。

小说《冈底斯的诱惑》中,"我们也知道他们在第二次探险后各写了一部关于冈底斯山的故事,那是若干年以后的事了。我们还知道在这之外陆高另写了一篇关于说唱艺人的真实故事。在讲这个故事之前,先讲一下离开天葬台后的一个意外的小小插曲。"[1] 马原就是这样,总是千方百计地告诉人们他是在讲故事,是在虚构。"故事到这里已经讲得差不多了,但是显然会有读者提出一些技术以及技巧方面的问题。我们来设想一下。"[2] 马原无时无刻不在提醒人们读的只是他杜撰的故事。这也许就是马原的叙述圈套。将几个很少内在联系,自己单独成立的故事摆在读者面前,他自己说"这是个纯粹技术性问题"。

小说《喜马拉雅古歌》是能带给人心灵震撼的那种小说。珞巴族的男人极其自尊自傲,对于侵犯了他们的人或动物都毫不留情,但在这无情的背后又隐藏着一种脉脉的温情。是什么?我说

---

① 马原.游神[M].杭州:浙江文艺出版社,2001:192.
② 马原.游神[M].杭州:浙江文艺出版社,2001:207.

不清。但是可以下一个结论：他们尽管民风剽悍，却无比淳朴。这让人感觉，他们，人性本善。除掉马原的"叙述圈套"，他还有更令自己自豪的东西。小说《游神》有魔幻色彩，主人公契米二世是个有传奇色彩的亦魔亦人的东西，称之为"游神"也不过分。

马原可能觉得《游神》未完全写足契米二世这个人，于是在小说《琢磨》中尽量再补充一下，使其由"神"到人完成一个转变。但故事似乎没什么意义或者内涵，挺没劲的。《黑道》读完之后让人感觉矮子老桑是个狡黠却又无奈的人，黑道似乎也没有想象中那么可怕。在《康巴人营地》中，那个头带红缨的康巴人就是一颗煞星，仅为了别人亵渎了他的尊严就拔刀将人捅死了。野蛮吗？谈不上，但确实不太文明。

在小说《涂满古怪图案的墙壁》中，马原写道："这里，我不是角色，我是个背景，叫道具什么的也行。姚亮自己才是角色，陆高也是。"[①] 马原的"叙述圈套"又来了。马原很多小说中描写的是同一幢楼房，譬如"这是个旧庄园，院子不大，二层楼房显得古老幽深……"[②] 这里的房子颇似《游神》中契米二世早先卖掉的那幢房子。小说中梦境描写类似意识流，作者在叙述过程中不带一点感情。

笼统地说在先锋小说中寻找象征、隐喻、寓言，寻找故事的意义都将是徒劳的——这种说法，并不太确切。在这些先锋气息浓郁的小说中，历史和现实的有关社会、人性的体验的记忆，会以另外一种方式来展开。陈思和在其主编的《中国当代文学史教程》中如此评价马原：在中国当代文学史上，马原第一个把小说的叙事因素置于比情节因素更重要的地位，他广泛地采用"元叙事"的手法，有意识地追求一种亦真亦幻的叙事效果，形成著名的"马原的叙事圈套"。事实上，这使他不仅致力于瓦解经典现实主义的"亦真亦幻"，更创造了一种对现实的新的理解。

马原的小说最大的魅力就是地域风情给人造成的艺术陌生

① 马原.游神[M].杭州：浙江文艺出版社，2001：287.
② 马原.游神[M].杭州：浙江文艺出版社，2001：294.

化效果,再加上他的不知是杰出的还是多余的"叙述圈套"。

先锋小说总体上的以形式和叙事技巧为主要目的的倾向,到了后期局限性日益显露,而不可避免地走向形式的疲惫。

文学界的一些人存在着对已被过分渲染的先锋小说的某种不满情绪,对先锋小说的批评,主要是认为它们疏远了中国现实生活处境,疏远了读者大众。先锋小说作家于是很快分化。

《桃花流水》

一、爱的救赎

常芳（1970— ），女，原名王常芳，山东临沂人。现居济南。自由撰稿人。

著有长篇小说《爱情史》《桃花流水》，小说集《一日三餐》等。作品获山东省泰山文艺奖、《上海文学》奖等。

唐代司空图在《二十四诗品》中云："娟娟群松，下有漪流。晴雪满竹，隔溪渔舟。可人如玉，步屦寻幽。载瞻载止，空碧悠悠，神出古异，淡不可收。如月之曙，如气之秋。"此语用来形容常芳的长篇小说《桃花流水》，可谓恰如其分。此部作品风格清奇、柔媚，内容厚重、沉着，含蓄、旷达的文字后面透出作家深深的历史责任感和社会忧患意识；作家感情恰到好处地融入作品之中，气象高大壮阔而不浮阔，含蕴深沉精微而不浅率，让人观之动容却不感到窒息；文章大气且很有节制，无磅礴以致一泻千里之相，语言文字灵动优美而不轻佻低俗，字里行间透出一股大家闺秀般的高雅脱俗气质；可读性极强，是一部读起来让人感到心里沉甸甸、很有分量的小说。

《桃花流水》以时间为纬度，用写实的手法，从1928年开始，每隔十年为一个界限或切入口，选取了对中国济南具有深远意义的重大历史事件进行描述，一直写到2008年。作品围绕主人公厉秋甫、何启明、渠连水三家人的悲欢离合、家国情仇展开，厉秋甫之子厉崇熹、何启明之子何木头和渠连水之子渠德州自幼在济南大明湖畔、百花洲边长大，他们的成长经历是主线；厉崇熹的

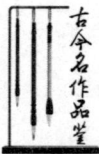

父亲厉秋甫、母亲陆青莲、大哥厉崇舜、二哥厉崇浩、妹妹厉清照、女儿向平、儿子向明,何启明及妻子丁宝仪、女儿何玉珠,渠连水的母亲渠老太太、儿媳荷叶、孙子渠解放、孙媳林卫红,老约翰,苏立夏、苏小夏等人则为辅线,随着时间的进展,小说中的人物一一粉墨登场……

　　天地不仁,以万物为刍狗。多灾多难的中华民族,在经历了日本侵华战争的考验后,又迎来了内战。故事的主人公厉崇熹当年离开济南追随重庆的国民党军队,是为了抗日;抗战胜利后,他不忍将枪口对准中国人,便在渡江战役前夕,毅然选择脱下军装,从南京逃回济南;因为这段经历,厉崇熹后来被划为"右派"和反革命,历尽磨难;所幸的是,他没有像木头那样脆弱以致疯癫,他顽强地生存了下来,并和玉珠结了婚,养育了向平、向明姐弟俩。

　　十分认同小说中体现出来的历史观。厉崇熹的二哥厉崇浩当年参加了共产党的地下组织,他和"小红娘"合作,通过多种途径窃取日本人的情报。厉崇浩身份暴露后,被日本人折磨致死;"小红娘"在通知完厉秋甫家崇浩因是地下党而被抓的信儿之后就再没了影子。时间过去了几十年,"小红娘"依旧没有任何消息,找不到她,崇浩是地下党的说法就没法证实,他们的那段经历只能被无情地湮没到历史中,永远成为了一个谜。无论是正史,还是野史,他们的那段历史是永远模糊了。如作家所言,真正的历史也有很多说不清楚的地方吧。

　　爱情描写是小说中的亮色。厉崇熹和苏苇之间的爱情让人潸然泪下、唏嘘不已,因为对苏苇的爱,支撑着厉崇熹熬过了一个个人生的重坎儿和难关;因为对厉崇熹的爱情的坚守,年轻漂亮的苏苇在台湾终身未嫁。一弯浅浅的海峡啊,造成了多少人间的悲剧;值得庆幸的是,历经40多年的分离,厉崇熹终于找到了苏苇,尽管她已去世,却依旧是书中让人感到无限温暖的人物。"天风浪浪,海山苍苍",厉崇熹和苏苇的爱情终究带了一丝丝豪迈的色彩。

爱情拯救不了一切。英子对崇舜的爱，木头对清照的爱，曾是那么纤秾、纯真、热烈，结局却如此凄美、无奈、悲凉。当年崇舜跟着共产党参加抗日后，英子一直等着他，一个美丽女子最好的青春年华都留在等待心上人归来的希望中了，最后，在周围人的劝说下，善良的英子嫁了个比她大很多的男人，给人家填房。后来知道，崇舜在 1940 年的百团大战中英勇牺牲了。木头和清照曾是那么相爱，但木头的汉奸家庭背景阻止了清照，清照嫌弃木头的父亲何启明曾做过日本人的伪县长，为逃避木头的爱她毅然参军，跑到了上海，和比她大很多岁还瘸了腿的彭天亮师长结了婚。

二、大爱无疆

历史却是如此的复杂与简单。何启明当年之所以去当日伪县长，为了搭救因抵制学习日语而被抓到日本宪兵队的厉秋甫，是重要原因之一；另外，因厉崇熹与木头用日本国旗擦屁股而导致全体教员被抓，日本人也借此要挟何启明；何启明叮嘱妻子丁宝仪不要把此事告诉厉秋甫，只是在他上任前夕，送给厉秋甫一把珍贵的水壶，暗含了自己"一片冰心在玉壶"的心意，但当时厉秋甫并未理解。当厉崇熹知道这一切时，何启明已因汉奸罪入狱并在狱中自杀，木头也因被划为右派而变疯，清照也早就参军去了上海。情势如"萧萧落叶，漏雨苍苔"般悲慨，个人尘缘怎能不相误！可惜了清照与木头的纯真爱情。

大爱无疆。因为有爱，世界才如此美好！新中国成立后，虽走过很长一段弯路，如反右、文革；但可喜的是，1978 年终于彻底拨乱反正，祖国母亲迎来了欣欣向荣的春天。国家在进步，人民更在反思，厉崇熹的女儿向平就是这么一个女孩儿。造化弄人，何玉珠怎么也想不到向平嫁给了他们家的仇人渠解放，解放当年曾率领红卫兵折磨死了玉珠的母亲丁宝仪，还无情地批斗过厉崇熹；但向平却认为解放也是那段历史的受害者。向平和解放通过

解放的爷爷渠连水在台湾寻找苏苇的事情上结了缘,后来彼此竟成了知音,婚后共同创办日语学校。时代不同了,中日民族关系也在变化着,由敌人变为和平共处的邻居;努力创造条件教孩子们学习日语的向平、解放,思想可是紧跟时代前进的步伐呢。

书中很少有彻底丑陋的人物,但林怀松是个例外,尽管如此,作者也未对他表示十足的厌恶,只是以一种非常平静和怜悯的口吻,记述了坏人林怀松的故事:他因为喜欢何木头的妹妹何玉珠而请人去玉珠家说媒,却没想到被木头一口回绝,从此对木头一家记恨在心;为消心头之恨,林怀松写材料揭发木头,木头因此被划为右派,气急了的木头把林怀松的鼻子咬了半个下来,从此,林怀松竟阳痿了……不明真相的荷花嫁给了林怀松,一直守着活寡。木头成为右派后,妻子离他而去,重重打击下以致疯癫;北大才子木头的一生就这么被林怀松毁了。"大风卷水,林木为摧",也许,木头的一生注定就是个悲剧吧。林怀松的侄女林卫红下场也不好,渠解放为娶厉向平,骗着林卫红和他离了婚。

《桃花流水》非常出彩的地方是人物心理描写细腻入微,妥帖、自然、到位;同时,景物描写雅致优美,很多人物心理都是通过周边景物描写烘托出来的。百花洲里的自由自在、游来游去的鱼,是那么的纯洁鲜美!春天里渠老太太翘着手指一个个采摘下的柳芽蒸的菜团子,是如此的诗情画意、清苦可口!玉珠家里的凤仙花,清照她们用来涂指甲是多么漂亮!丁宝仪买来熏香的鲜茉莉花,是多么清香美好!老约翰的钢琴声,如清涧之曲,是多么清奇和善解人意!何启明送给厉秋甫的那把水壶,是多么意味深长!苏苇临去台湾前送给厉崇熹的小提琴弓子,是多么浪漫多情又令人肝肠寸断!苏立夏笔下的"右派百丑图",是多么无奈和凄惶!老渔网"温都尔汗"打的鱼,透着无尽的黄河气息,让人感到多么亲切醇厚!三红为庆祝厉崇熹摘掉右派帽子而宰杀的两只鸡,是多么真切自然! 2007年济南发生的那场导致几十人丧命的大雨,是多么可怕恐怖……

独具的文采是本书的一大特色。古语说,言之无文,行之不远。《桃花流水》全文 27 万多字,文字冲淡处不显乏味,庄重处不显板滞,流畅处不显油滑,洗练处不显浮夸,典雅处不饰雕琢,妩媚处尽显婀娜,字里行间显示出作家常芳丰瞻弘富的知识面。浓浓的社会、历史责任感和忧患意识,如自然环境保护意识,老城区文物保护意识等则像阳光一样,从文章的点点缝隙中洒落出来,不时照亮读者的眼睛。种种迹象表明,山东大学学生青年作家常芳文思缜密、劲健,文笔飘逸、精神,文风雄浑、沉着,在文学方面很有天赋,未来必将大有前途。

当然,《桃花流水》也有不十分完美的地方,譬如,尽管作者非常注重文气、文势,起、承、转、合,峰回路转,努力做到一气呵成;但部分章节因时间跨度太大,而略显文气不够通畅……但,金无足赤,人无完人;白璧微瑕,并不能掩盖住它的绚丽光芒。"落花无言,人淡如菊。书之岁华,其曰可读。"毫无疑问,《桃花流水》是当代文坛上一部非常优秀的文学作品,必将凭其绮丽、秀雅之姿,赢得广大读者的喜欢。

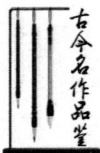

《1/4 天堂》

一、一场雅逸感官的都市文化盛宴

新锐作家王春芳的长篇小说《1/4 天堂》,以改革开放后深圳的快节奏生活为背景,关注当下深圳人的精神层面,赤裸裸地抒情写世,不强作悲音;内容重在描绘主人公个人之穷通利达,展示出强烈的生命意识,间杂着对生命本体的赞美;语言细腻、优美、率真,既平易、畅达,又雄放、俊快;厌庄、喜谐的文风,坦荡、放浪、自然,时时透出处世维艰幽默对之的旷达、淡定,为文坛此类小说别开生面。

在众多重在娱乐的都市小说中,此书拓展了读者的视野,满足了读者超越日常凡俗经验的愿望;4 个女孩子的个人境遇为主线,钟亦聆、韩溪、齐眉和林素本是一个高校乐队的四成员,大专毕业后她们怀抱梦想来到深圳,面对快节奏的开放的深圳,她们迅速地成长、成熟起来……作家将一般人习焉不察的都市日常生活纤毫毕现地描摹出来,让人既产生于心戚戚的认同感,又惊叹于作家完美表达的精湛技巧。

山东大学中文系毕业的王春芳性情温敏、沉静,细腻温敏的艺术感觉和沉静多思的心理意向,使他的创作努力追求一种亲和的人事关系及和谐的美学意境,无论是新诗还是小说。《1/4 天堂》用纤细的文体,多彩而优美的笔,柔和的线条,诗歌一般的语言,画出生活中一切的人与物。作家擅长描写爱情、女性心态,把都市生活中细碎的忧愁和哀伤,附着在女性温热的肌体、无羁的畅笑、情爱的芳香之中;描写男女的情感生活时,对女性的复杂心理和妖娆体态描摹得细腻丰富。

都市钢筋铁骨的构架、机械、力和动、速度，某种意义上是男性的象征，具有男性的严厉和霸气；快节奏的深圳，充斥着征服、力和动，也满溢了儿女情长、柔情依依。《1/4 天堂》对深圳的网吧、舞厅、酒吧等场所，泼墨甚多；对深圳这个都市的风景大刀阔斧般砍削和面粉般揉捏，活色生香、秀色动人的文字展露出作家与20 世纪二三十年代的新感觉派在审美趣味上有某种契合。

情欲描写是书中的重头戏，作家擅长在表现情欲的同时解剖情欲，这是他超越新感觉派的高明之处。情与欲的比重在不同的人物形象之间不一样，时而情大于欲，描写时显得羞涩，用笔矜持，很少正面的男女交媾色情图；即便有躲避不了的性欲描写，也用感觉、心理、梦幻之语遮掩掉。时而欲大于情，人物甚至互不认识或了解，便凭着动物式的异性相吸原理而幽会野合，完全抛掉了道德礼义的羁绊，给读者带来强烈的感官刺激，因而显得偏于浊。

作家对女性的态度，时而尊重、宽容，怀着同情、袒护之心；时而用词刻薄、一针见血，但批判的矛头没有直接对准女性。在他笔下，漂亮小气的农家女林素虽情欲躁动、主动荐枕，但作家也写出了她悲酸的家境和遇人不淑的痛苦，用笔主要不在情欲上。齐眉这个深圳红舞女，尽管情欲泛滥、游戏人生，但作家却将矛头指向物欲横流的都市，写出了她向善向美、不甘沉沦的一面；这里，她与古典小说中那些沦落风尘却总想寻点真情的青楼女子杜十娘们站到一起。

《1/4 天堂》文藻富丽、色泽腴润、绮密瑰妍。作家很有才气，极富张力地写出了深圳感觉，找到了最佳突破口；勾勒了一幅幅深圳生活的写真图，描写深圳不夜天的热烈疯狂，冲出朦胧、婉约、怅惘的包围。人物形象的塑造非常成功。作家笔下的人物是立体的、多面的，钟亦聆的智慧、韩溪的坚硬、齐眉的风情、林素的小气让人感觉活灵活现。她们感觉灵敏，内心寂寞，在喧嚣的深圳被紧张而紊乱的节奏所拖累，试图在身边寻找爱情，以聊慰孤

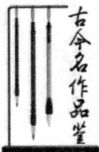

独；作为都市新女性，她们对待感情大都拿得起放得下，很少在心中回肠九曲，反复摩挲。沈碟是作家传递道德的尺子，他气质古典、有韵致，艺术情趣高雅，富有极纤细的神经、敏锐的官能感觉和丰富细腻的感受能力。

二、当下精神的建构

《1/4 天堂》颠覆了女性世界的贤慧、深情、娇爱、温柔等传统式描写，直接逼近生活现实，写出了泥沙俱下的生活和人。作家描写深圳，不单写其五光十色，白昼辉煌，还重点选择了幽、黯的景色，大量表现黄昏、傍晚、夜间，写一个作家视野中的都市风景、性工作者；选取一个个感伤的故事，设置一个个悲剧的氛围，安排一个个让人同情怜悯的人物，挖掘繁华风流背后隐藏着的辛酸与悲苦。

本书心理分析直接指向女性心理和男女间的爱欲，钟亦聆是作者心目中理想的人物，她没被刻画得淫佚放荡，情的比重大于欲，灵与肉的拉锯不明显。作者叙述视角多变，笔下人物虽面临失业、死亡、疾病等威胁，但大都活得有声有色、风生水起。年老色衰的"二奶"们年轻时也曾天真、纯洁、多情过，但到都市后，随年龄、阅历的增长，都市繁华风流的影响，使得她们心性大变⋯⋯

对于深圳和 4 个女主人公，作家行文的感情是复杂的，雅致和抒情中间或流露出点点私情，时而欢欣如歌，时而沉痛似火，时而平静如水，当是岁月洗练中的情感跌宕；若没有对大时代的真切把握而要写出深圳的神韵，无异于缘木求鱼。《1/4 天堂》的神韵不仅表现在人物塑造的成功上，还表现在作家强烈的主体意识方面，它直指读者心灵的深处，散发出很强的感召力。作家借助自己记者的身份，对深圳开放发达的社会现实细腻观察，将自己鲜活的文化艺术感觉融入笔端，写出了现实的忧患，对人性的洞察，对未来的执着，对文化的感悟，表现出了真正纯正的主体意识；而由更高的层次对深圳社会进行极其深切的眷顾，其中的忧思、苦恼、欢愉、欣慰，都与历史、现实、未来相契合，从而构成小说结构的立体化主体意识。

《1/4 天堂》仿佛一首气势恢弘的交响乐，诗意、激情，洋溢着某种丰厚而内在的东西，为读者带来一种心灵的战栗；作家宛如一个思想者，无时无刻不在思索着，或吸引读者去思索，表现出一种自觉的文化人格和艺术情趣；在作家深邃的思想层面，一种深层次的、立足于历史和现实，对都市社会精神建构的过去、现在与未来的关注日渐凸显。

一个纯粹的地道的学者艺术家，性情容易太激动，太天真，太出世，太不考虑前后左右，太随心所欲，以致在社会人格上大多缺少旋转力。比较之下，曾是记者身份的王春芳的社会人格比较强健；基于文化良知之上的健全人格，促使他以一种积极、入世的心态，在《1/4 天堂》中提出"精神建构"这样一个简单又深奥的命题，提出 60 后、70 后、80 后、90 后等代际交流、沟通问题，提出包养"二奶"的社会问题……并对这些命题进行了细致深入的探讨，字里行间流露出深深的社会责任感和担当意识。

一个个坦诚而透彻的生命，在作家笔下延展开来。作家倡导在中华文明的传承中追寻一种健全的个体生命，拥有强烈的生命激情、丰沛的精神能量以及深刻的生命意识，如钟亦聆，她正在通向成功的路上奋斗；萎弱的生命是没有任何希望的，如"二奶村"那些染上"二奶病毒"的女人们。作家自觉地将写作视为了一种文化传播行为，这种行为并非简单的娱乐读者，这之间渗透着他主体的思考，饱含着作家的人文关怀、思想关怀。《1/4 天堂》可以说是作家个体生命的强悍呈现和人格内核的直接外化，作品中主人公人生体验的苦恼、无奈、焦灼和充满生气的奋斗、挣扎，都让人感到一种绮丽震撼的美。

小说《1/4 天堂》为读者展示了一个有着生命奔泻的艺术天地，作家在追求一种生命的力量，让读者深深感到生活的残酷，当生命意识的激流在崇山峻岭的围困中变得恣肆而怪异，便显现出一种崇高狞厉的美。不时爆出粗口的语言风格偏离了儒家温柔

敦厚的文艺主张,超越了那种由隐逸意识所促成的,虽高雅精美却缺乏强烈、坦诚、透彻的生命的笔墨趣味;最终传达给读者的是,坦诚而透彻的生命,憧憬着充满激情的生活,关注着当下的存在,实践着"精神建构",追求生命的高蹈……这实在是一种人生境界。

《水仙已乘鲤鱼去》

一、极富才情的 80 后女作家

张悦然（1982—　），女，1982 年 11 月 7 日出生于山东济南，2001 年毕业于山东省实验中学。大学毕业于新加坡国立大学。中国当代作家，中国作家协会第九届全国委员会委员。全国新概念作文大赛 A 组一等奖获得者。"新概念作家"最杰出的代表人物之一。

张悦然 14 岁开始在《青年思想家》杂志发表作品，此后凭借发表于《萌芽》杂志的《陶之陨》《黑猫不睡》作品，在青少年文坛引起巨大反响，并被《青年文摘》等多家报刊转载。

目前，张悦然已出版小说作品有《葵花走失在 1890》《十爱》《樱桃之远》《水仙已乘鲤鱼去》《誓鸟》《红鞋》《是你来检阅我的忧伤了吗？》《昼若夜房间》《月圆之夜及其他》《茧》等。主编主题书《鲤》系列等。2016 年，张悦然被"南方人物周刊"授予"2016 中国青年领袖"。

如今，张悦然在中国人民大学文学院任教。2017 年 12 月，她凭借作品《大乔小乔》获得"2017 汪曾祺华语小说奖"中的中篇小说奖。

2007 年出版的长篇小说《水仙已乘鲤鱼去》是张悦然一部很显才情的作品，讲述了主人公璟由一个一无所有的小女孩蜕变为一个众人艳羡的才气纵横的女作家的故事。小说中间穿插着璟与母亲的争斗、与继父的情感纠葛、与小姐妹优弥的无间友情、与编辑沉和的相识、相恋，以及她对女作家丛薇的人生轨迹的追逐。

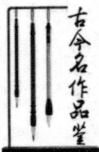

张悦然擅长编织凄美的故事,《水仙已乘鲤鱼去》就是这样一部作品。小说的主人公璟的童年生活非常不幸,比起其他家庭圆满的孩子,她的经历过于辛酸。它的母亲曼曾是个舞蹈家,父亲是曼所在剧团的编导,但才子佳人的美满生活随着剧团的关闭而结束。父亲开始赌博,曼则去歌舞厅陪舞。唯一给璟无限关爱的奶奶在烫伤脚后不久去世,当时璟还在上小学。接着,嗜赌如命的父亲死在牌桌上;曼则带着璟与陆逸寒结婚,璟与继父之子小卓相识。

陆家是个富有的书香门第,陆逸寒是个画家,经营着一家画廊,虚荣心甚强的曼成为陆家豪宅的女主人。继父和小卓以他们博大、纯真的爱接纳了璟,璟却不能原谅母亲对她的疏怠和无爱。璟对母亲的恨像常青藤一样生生不息地缠绕在她的心房放,对继父的爱却像一粒种子慢慢地在心底生根发芽。

《水仙已乘鲤鱼去》中的心理描写非常到位,譬如璟和曼,她们两人可谓无仇不结母女。曼因生育璟而失去领舞位置——她的荣耀和骄傲,接着又失去了美妙的身材和姣好的面容;曼因此恨这个孩子,恨璟让她失去她引以为傲、赖以生存的资本。为恢复美貌,曼费尽心机,健身、美容,再加上各种以夜生活为主题的日子使她无暇顾及自己的骨肉,因她更爱自己。终于,璟10岁时,曼重新昂起头,她又像以前一样过上了美好的生活,并且寻到了爱她更胜于爱自己的陆逸寒,曼成功了。

陶醉于过富宅少奶奶生活的曼无暇顾及璟的感受。璟是个肥胖、内向并有暴食症的小女孩,母爱的缺失让她自小学会坚强。继父陆逸寒和继父之子小卓给了她一份温暖的亲情,缺爱的璟渐渐迷恋上继父,追逐他所喜好的,以讨其欢心。小卓亲切地称璟为小姐姐,璟也喜爱小卓,两个小孩相亲相爱、相互扶持,但毕竟是处于弱势的孩子。小卓有梦游症和先天性心脏病,小璟则有暴食症,缺失母爱的小卓和父母爱尽失的璟如何有能力改变现状呢!

二、"埃勒克特拉情结"的极致书写

"埃勒克特拉情结"（Electra complex）描述是小说《水仙已乘鲤鱼去》中的亮点。

埃勒克特拉是古希腊杀母的神话人物，"埃勒克特拉情结"概括的是女性在儿童时期形成的恋父憎母情结。在小说《水仙已乘鲤鱼去》中，陆逸寒给璟的是一份父兄之爱，但这爱拯救不了女孩，她被曼送到寄宿学校，从此结识了小姐妹优弥。优弥的出现真是及时雨，她帮助璟戒掉暴食症，并鼓励璟写作。小卓经常去探望璟，陆逸寒也曾去过几次，但璟躲着不见他，他便不再去。

璟逐渐由一个胖子变为身姿曼妙的姑娘，还逐渐挖掘出了写作特长，学习成绩也非常优秀，她正向好的方向发展。但这背后的原动力是璟对母亲曼的恨，仇恨在她心中滋长，如一棵充分汲取了水分、养料的小树，已逐渐长成一棵参天大树。

小姐妹情谊的描写给此书增添了些许暖色调。璟考上了大学，优弥未考上，但优弥真的喜欢璟，她甘愿做璟的护驾者。颜面一新的璟回到了她三年未回的陆宅，这里却面目全非。曼和陆逸寒的感情已破裂，曼联合情人骗走了陆逸寒的所有家底。被心爱女人伤了的陆逸寒经常出去酗酒，对小卓也不管不问。璟想挽回这个已然颓败的家，重建家园，但陆逸寒拒绝了璟的示爱，在酒后驾车回家的途中死于车祸。曼拿走陆家的一切，赶走璟和小卓，这个女人太爱自己，她无暇再爱别人。

璟在优弥的帮助下，用稚嫩的肩膀为小卓撑起了一个家。璟太想留一件陆逸寒的东西作念想了，深夜她和优弥进入陆宅，拿走陆逸寒最喜爱的字画和丛薇的相框。曼报了案，因这字画和相框都价值不菲，优弥代璟入狱四年，兑现了她要保护璟的承诺。璟从此过上陀螺般的劳累生活，她一边打工赚钱养活自己和小卓，一边要完成大学学业。疲于奔命的生活让她无暇顾及小卓的感受，他们虽然生活在一起，感情却日渐疏远起来。璟每隔一段时间就去监狱看优弥,优弥用坚强的心鼓励璟:"日子会好起来的,璟一定要成功呀!"

在健全理想的人格中,虽然"埃勒克特拉情结"会不同程度地潜存于女子的心灵深处,也会有这样或那样的表现,但那都是很正常的情况了。璟在一个深夜救了被继父追打的小颜,一个自称被继父蹂躏的女孩,并把她带回了家。璟的负担又加重了,她充分发挥了自己的潜能,在书店、酒吧、咖啡店连轴打工,还不时给杂志社写稿赚点稿费。一个出版商看过她写的东西,想和她签约,让璟写个长篇小说。璟太需要钱了,她不计较廉价的稿酬,和书商签了约。璟拿着书商预付的一半稿酬为自己、小卓和小颜租了个大房子。

"埃勒克特拉情结"是女性儿童一般必然存在的倾向,普遍地在童年时代形成。它不单是由弗洛伊德所讲的生物性的性欲本能所决定,而且带有人类社会文化的诸多印记。在正常的童年环境中,"埃勒克特拉情结"会被人类的社会文化逐步抑制与克服,最终发展起健全理想的人格。但不幸的是,璟童年的生活环境有些糟糕,所以,璟的健全理想的人格非常脆弱。为了写书,璟的暴食症又犯了,暴食催吐的摧残让她无限憔悴,也无暇顾及身边人的感受。璟的大学同学林妙仪悄无声息地走近对人毫无防备之心的璟,窃走了她的书稿占为己有,第一时间出了书并冠上林妙仪的名号。璟心力交瘁,她没有证据证明自己。在林妙仪庆祝新书出版的林家宴会上,璟认识了编辑沉和。

白描的手法是作家的强项。沉和将醉酒的璟安置到自己家,并得知她的遭遇。第二日璟回家,却看到小卓和小颜已在一起,肌肤相亲。在陆逸寒去世后的几年里,璟和小卓相依为命,小卓是她的生之希望;但小卓选择了跟小颜在一起。遭到双重打击的璟选择退出这个局,她搬走了,但她说会继续养活小卓和小颜。璟很久不敢去看优弥,因怕她会问起小卓、小颜,还有她的书,璟不知道怎么回答,所以选择回避,但璟会按时给优弥寄去她的牵挂。

在沉和的扶持下,璟的新书出版反响很好,她成功了!璟去监狱接优弥出狱，却被告知优弥因表现良好而提前出狱三个月，优弥没再联系璟，她们归于两个世界。璟要求沉和带她去见丛薇，却发现丛薇住在精神病院，是个疯女人。多年来崇拜的偶像原来这么潦倒，璟有些受不了。原来丛薇是陆逸寒的第一任妻子，但丛薇太时尚、任性了，陆家老人接受不了，丛薇又太想去国外，她和陆逸寒只好分手。到国外后，丛薇的生活并不如意。她酗过酒、吸过毒，是沉和唤醒了她的自信，让她继续写书。四年前，陪伴丛薇的父母在乘飞机时遇难，她决定归国。但迎接她的是陆逸寒已死的事实，她精神崩溃了。

三、心若放逐，爱将如何才能延续？

《水仙已乘鲤鱼去》文字优美，情节跌宕起伏，引人入胜。小颜来找璟，说小卓快死了。原来小颜是个女骗子，她被人买去，专门做骗人的勾当。那日，她假装被继父追赶，让璟救下，实际是想卷走璟和小卓的所有财产；但小颜发现璟和小卓待她如此之好，就舍不得走了，后来她和小卓相爱也是真心。但一日，她外出，被原先的"大哥"发现，就扣下小颜，以此勒索小卓。可怜的小卓到处筹钱，去救小颜时又遭到百般刁难和羞辱，回家后便病倒了。没人照顾小卓，小颜从"大哥"那里逃出，去看小卓时，他已昏迷。

小卓死了，璟因此无法原谅小颜。璟又陷入暴食催吐的恶性循环中，她还出现幻听，精神很不好。沉和带着璟以旅行来疗伤：丽江河畔，他们一起放生鲤鱼；大理租住的小家中，他们温馨的生活俨然一对世间最普通的小夫妻……时间治疗了璟。她又能写作了。璟和沉和又回到这个城市。在璟的一次签售会上，她见到了优弥，优弥已怀孕，爱人并不尽如人意，但她显得很知足……小颜自杀未遂，在医院里，小颜痛斥璟，说璟见死不救，杀了她和小卓的孩子，璟决定要照顾好小颜。

张悦然显然是个叙述的高手。曼过得并不如意，她的情人已死，并在死前卷走了她所有的财产。她变得一无所有，却意外发

现了丛薇在精神病院的秘密,她将这个消息卖给报社。报社挖掘出了关于丛薇的人生轨迹,她原是小卓的母亲,因为对陆逸寒的恨而生下这个孩子报复他,这又是一个爱恨交织的故事。

璟为帮小颜和丛薇,高价租下了陆宅,将这两个女人都接进去。但没有谁是谁的救世主,璟自认是在扶持她们走出以前生活的阴影,却没想到给周围的人带来了灭顶之灾。一把大火烧死了小颜、丛薇,沉和为救她们也被烧死,只有璟逃过一劫。璟怀孕了,她还没来得及将这个消息告诉沉和,沉和便去了,命运对璟真是太过残酷了。璟自认承担不起对腹中孩子的责任,决定不要这孩子。在医院,璟遇到曼,曼也怀孕了,但曼想生下孩子,好生地抚养照顾,以弥补她和璟无爱的亲情。这让璟动容,母女间的爱恨情仇到此应一笔勾销了吧……

《水仙已乘鲤鱼去》带着唯美、高贵、蓝调的色彩走向我们,它是锦心绣口的张悦然的一部杰作。小说塑造了很多感人至深的人物,沉和与优弥是书中的亮色,他们是暖调的、伟大的、奉献的,所以,他们是幸福的。纵然沉和死了,但并不影响他的高大和美丽;优弥纵然离开璟的世界,但她以自己的方式成就了璟,她是带着无限光与希望的,即便卑微,却不卑怯。陆逸寒和小卓在书中是冷调的,时时地放射出一些忧郁的光芒,温暖照亮周围的人。

在张悦然摇曳生姿的笔下,世间的人情冷暖、生活百态尽显其本色;没有谁比谁更加高贵,高贵是骨子里的事,不是仅有物质就能做到的。自己才是自己的天堂或地狱,心若倦了,便无法前行。压抑、残酷的童年让璟有了悲剧色彩,凭着"埃勒克特拉情结"她用奋斗赢得了一切,但这些是她真正想要的吗?璟又真正战胜了谁呢?这对璟来说不能不是个悲剧,但丛薇一生更是个悲剧吧。

归根结底,所有的爱恨情仇,皆是宿命吧!因为有缘、大家今世成为生活在一张网里的生物;因为个人的欲望,众人各自奋斗。努力奋斗,超越自己,成就自己,这便是生活的真谛。只是有些人损人利己,为成就自己,不惜以损害别人为代价,如曼的情人诗三百首》《唐宋八大家文钞》《唐宋传奇集》《乐府诗集》《宋词三百首》《三国演义》《金瓶梅》《牡丹亭》《东周列国志》《聊斋志异》《镜花缘》《老残游记》《鲁迅经典文集》《茶馆》《城南旧事》《倾城之恋》《白鹿原》《黄金时代》《红高粱家族》《檀香刑》《丰乳肥臀》《四十一炮》《海子诗全集》《天路历程》《游神》《桃花流水》《1/4 天堂》等,实是机缘巧合,个人的兴趣占绝大因素。不才斗胆,对这些名作品鉴,错谬之处在所难免,肤浅之处可能会贻笑大方,恳请相关专家学者不吝赐教!对于您的批评指正,在此一并表示感谢!

　　春意盎然的日子,一切都散发着无限的希望;酷暑难消的盛夏,万物在积蓄力量,果实在孕育;金秋大地,丰穗硕硕,勤劳的人们,田野里收获希望的欢笑;冬天的第一场雪飘下时,用雪莱的诗说,就是"冬天已经到来,春天还会远吗?"人的一生也像四季的轮回吧!从冬走到春,从春走到夏……因为有希望,所以可以用平和的心态,快乐地面对生活中的烦恼或失落;因为懂得只有辛勤的耕种,才可以收获丰收的喜悦,所以会倍加珍惜今天拥有的耕作的机会。

　　人生天地间,忽如远行客。

　　曾年少轻狂,挥霍青春,不知天高地厚。然岁月悠悠,人世沧桑变换,光阴无情,终会催人老。布衣半生已过,荆钗素手天涯。天地风云变幻,岁月长河永流。

　　天高地阔,山高水长,芸芸众生,自有因果。愿种善因,得善果。

　　愿一切有情众生,皆能历劫成长,圆满前行。

王美春

2019 年 5 月 30 日于济南

郑鹏,他是可耻的,他欺骗了朋友陆逸寒,令他倾家荡产,还拐走了曼。

心若放逐,爱又如何才能延续?曼把心交给了追逐美貌、时尚等物质元素,留给璟的只能是缺失母爱的背影;璟把心交给了死去的陆逸寒,留给小卓的只能是一个无法交心、无法再相爱的高高在上的小姐姐……

或许,爱是个太过沉重的字眼,普通人已无法承担其重!

致　谢

感谢恩师莫言先生、贺立华先生和张华先生！莫先生是文坛大家，他平和率真、雍容大度，让我领会到了大家的风范！贺先生治学严谨、博学多才，在先生的耳濡目染下，我领悟了快乐读书的宗旨！张先生高义谦和，有谦谦君子之风，从先生处，受益良多。

师恩难忘，师情长存！感谢博学多才的孔范今先生！感谢治学严谨的黄万华先生！感谢热情谦和的郑春先生！感谢学识渊博的牛运清先生！感谢温柔敦厚的张学军先生！感谢才华横溢的黄发有先生！感谢善良儒雅的庞守英先生！感谢美丽大方的庄平先生！感谢纯真可爱的孙基林先生！感谢山东大学的所有老师们！感谢儒雅俊逸的吴义勤先生！

作为莫言先生在山东大学的开门弟子，今生，我和山东大学有缘。她深厚的人文底蕴和博大的学养气度必将让我受益终生。这里，留下了我成长的青涩和青春的足迹，曾经的欢歌和忧伤，都将长存于记忆！怀着感恩的心情回忆过去生活的点点滴滴，感谢母校，感谢师长，感谢同学与朋友！感谢一切有缘人！

感谢山东财经大学王邵军书记、赵忠秀校长！感谢山东财经大学会计学院张涛书记、王爱国院长！感谢山东师范大学德高望重的朱德发教授！惜乎哉，朱先生已驾鹤西去；但朱先生宽厚亲和的面孔，常浮现于眼前……感谢给予我诸多关怀、帮助和扶持的所有前辈、同事和朋友们！感谢家人！

古今名作很多，纳入本书视野的这些名作如《山海经》《左传》《诗经》《论语》《庄子》《孙子兵法》《楚辞》《淮南子》《古诗十九首》《洛神赋》《嵇康集》《搜神记》《世说新语》《文选》《唐